Das Buch:

Eine Brandserie hält den Landkreis Oberhavel in einem Schockzustand. Scheunen und Lagerhallen gehen in Flammen auf, Menschen sterben, ohne dass es dem Team um Anne Pagels gelingt, die Täter zu stoppen.
Auch Sonderermittler Hagen Brandt tappt lange im Dunkeln.

„Brand(t)helfer" ist Hagen Brandts dritter Fall.

Der Autor:

Harald Hillebrand (Jahrgang 1958) wuchs in Frankfurt (Oder) auf, lebte einige Jahre in Berlin, bis er 1998 in den Landkreis Oberhavel kam. Viele Jahre war er als Kriminalist tätig, ab 1992 als Ausbilder für Kriminalbeamte. Seit 1997 arbeitet er als Verwaltungsbeamter in Gransee.

Die Hagen-Brandt-Reihe:
Ochsenblut (2013, BoD)
Pfingstschleier (2014, BoD)
Brand(t)helfer (2014, BoD)

Weitere Romane des Autors:
Eismenschen (2005, Lerato-Verlag)
Jard – der Druidenlehrling (2005, Gipfelbuch-Verlag)
Begegnung mit den Göttern (2006, Lerato-Verlag)

Lesetermine und Feedback unter:
http://oberhavel.blog.de

Harald Hillebrand

Brand(t)helfer

Ein Oberhavel-Krimi

Für meine kleine Schwester Katrin,
die mich immer wieder angetrieben hat, dieses Buch
zu schreiben.

In Gedenken an den mutigen Michael!

Alle Personen und Handlungen sind frei erfunden. Etwaige Ähnlichkeiten mit lebenden Personen sind rein zufällig. Den Ort Mühlhof gibt es nicht, ansonsten stimmt der Inhalt des Buches im Wesentlichen mit bekannten Verhältnissen überein.

Alle verwendeten Markenzeichen verbleiben im jeweiligen Eigentum.

1. Auflage
Copyright © 2014 Harald Hillebrand
Herstellung und Verlag:
BoD – Books on Demand, Norderstedt
ISBN 978-3-7386-0050-6

Kapitel 1

1

Der Himmel schien aus einer einzigen dicken Wolke zu bestehen. Es regnete zwar nicht mehr, doch spürte er noch immer die Feuchtigkeit in seinen Sachen. Wind war aufgekommen, der ihn erschaudern ließ. Oktoberwind, genau wie letztes Jahr, als er von einem ähnlichen Hügel herabgeschaut hatte auf die, die seinem Ruf gefolgt waren. Und da hatte es sogar Frost gegeben. André Markowski erinnerte sich genau an diesen Tag vor einem Jahr, denn heute war der 17. Oktober 2013 – sein 26. Geburtstag.

Normalerweise störte er sich nicht am Wetter. Er verbrachte die Tage sowieso meist allein in seinem Bunker auf den Hellbergen, manchmal auch im Jugendclub – oder in der Dorfkneipe, je nachdem, ob er gerade Geld in den Taschen hatte. Nach Hause ging er jedenfalls nur zum Schlafen.

Nur Schnee hätte heute wirklich gestört, denn bei Schneetreiben konnte er nicht Moped fahren und musste zusehen, dass er zu Fuß dorthin kam, wo seiner Meinung nach etwas zu holen war. Und zum Versteck musste er dann ja auch noch, damit ihm sein Stiefvater zu Hause nicht die Beute streitig machte. Unwillkürlich schlug er sich mit der Faust in seine Handfläche, dass es klatschte. So ein Widerling. Ein echter Arsch. Nichtmal bei Mutter konnte er sich beklagen, denn sie sollte nichts davon wissen. Sie hatte es sowieso schon schwer genug mit dem Alten, der ständig besoffen war. Allerdings hatte er nie verstanden, warum sie dauernd fremder Leute Wohnzimmer putzte. Der Alte versoff das Geld sowieso nur.

Und dann sein Name. Markowski. Hach!

Obwohl er seinen leiblichen Vater nie kennengelernt hatte,

hasste er den Namen seines Stiefvaters, weil der überhaupt nicht zu ihm passte. Gegen irgendwelche Verniedlichungen seines Namens hatte er sich immer aufgelehnt. Schon in der Grundschule. Aber das hatte es nicht besser gemacht.
Jetzt nannten sie ihn Marke. Na ja.
Ob sich von den Lehrern überhaupt noch jemand an ihn erinnerte? Schließlich war er nach der achten Klasse abgegangen, weil sein Stiefvater und das Schulamt sich darauf geeinigt hatten, es sei genug mit der Quälerei. Zum Arbeitslosengeldabholen wäre er nun schlau genug.
Marke suchte sich eine bequemere Sitzposition, zündete sich eine Selbstgedrehte an und erstarrte wieder.
Irgendwann begann der Findling, auf dem er saß, am Hintern zu drücken. Kalt war es außerdem. Marke fror, obwohl er sich extra den Parker über seinen Tarnanzug gezogen hatte. Er zog die Kapuze über den Kopf und formte dann aus seinen Händen eine kleine Höhle in der Hoffnung, dass die Glut der Zigarette ihm ein wenig Wärme bringen würde.
Wäre diese Kälte nicht, könnte er noch stundenlang hier sitzen, ohne dass ihn jemand entdeckt hätte. Hier hoch kam sowieso nie jemand und um diese Zeit schon gar nicht.
Das Land ringsum war hügeliger als es sich Tante Claudia immer vorgestellt hatte. Das hatte sie jedenfalls auf ihrer Geburtstagskarte geschrieben. Denn vorige Weihnachten hatte er ihr ein Foto geschickt von dem Hügel mit den Windrädern, sozusagen als Dank für das Weihnachtspäckchen.
Er erinnerte sich genau, wie der Alte sich aufgeregt hatte über das Päckchen mit Kaffee, Schokolade und Strumpfhosen.
„Glaubt die etwa, wir leben immer noch in der DDR?", hatte er geschrien.
Marke war trotzdem dankbar gewesen über die Geschenke

und hatte ihr dieses Foto geschickt. Tante Claudia war eben alt, aber er hätte sie gern einmal besucht und sich die richtigen Berge angesehen. Statt der Hügel, die es hier gab.

Etwa zwei Kilometer entfernt lugte gerade noch ein Zipfel des Dörfchens Buberow hinter den Bäumen hervor. Vom alten Rundling mit Kirche in der Mitte konnte er zwar nichts erkennen, aber die Lichter waren da gewesen. Bis eben noch.

Auf einmal schien ihm die Welt ringsum auf einen Schlag dunkler geworden zu sein, als hätte jemand eine dicke Wolldecke darüber geworfen und durch einen Dreiangel funzelte nur noch ein einziges erleuchtetes Fenster. Aber es waren wohl doch die Straßenlaternen in Buberow, die man abgeschaltet hatte. Mitternacht.

Marke schaute nach links hinüber. Jetzt passierte das Gleiche in Kraatz. Er drehte sich auf dem Stein nach hinten um. Mühlhof war an der Reihe, dann Gransee, woher nun auch das Läuten der Marienkirche erklang. Nur bei dem Bauernhof hinter den Bahnschienen direkt unterhalb seines Hügels passierte gar nichts. Waren die Decken alle? Jedenfalls gab es dort nur eine einzige Straßenlaterne bei der Bushaltestelle und die blieb an. Außerdem glitzerte etwas auf den Bahnschienen.

Schade, dass jetzt kein Zug mehr fährt. Der letzte in Richtung Berlin war um halb elf gefahren, gleich danach der aus der Gegenrichtung. Er sah gern zu, wie die Reihe erleuchteter Fenster vorbeihuschte, als wäre es ein einziger heller Strich. Man musste nur in der richtigen Entfernung und richtigen Höhe sitzen. Und hier saß er richtig.

Unbewegt lauschte er. Und plötzlich war da wirklich das einsame Pingen der Buberower Schranke, gefolgt von einem lauten Rattern. Ein Güterzug polterte vorbei, für ihn extra lang und extra schwer, aber leider ohne erleuchtete Fenster.

Als das Rattern und Quietschen in der Ferne verklang, erstarrte Marke wieder auf seinem Stein. Er hatte sich noch nicht entschieden, wohin er heute fahren wollte. Doch auf einmal wusste er es: Wohnte nicht sein ehemaliger Physiklehrer dort unten in diesem Haus?

Marke stand auf und reckte den Hals, obwohl dies mit seinen einsneunzig Länge nicht nötig gewesen wäre.

Richtig. Herr Peters hatte im Unterricht von seinem Apfelbaum erzählt und wie das mit dem freien Fall funktioniert. Irgendwann später durften sie dann mit Bunsenbrennern hantieren. Das hatte ihm noch viel mehr Spaß gemacht.

Ja, er sollte Peters einen Besuch abstatten, hier und jetzt. Marke sprang vom Stein und klopfte sich den Hintern ab. Dann drehte er dem Hof den Rücken zu, schritt langsam den Hügel hinab, kletterte über die Bahnschienen und gelangte zu dem Weg, der von Buberow kam und zu den Einzelhöfen führte. Dort hatte er seine Motocross-Maschine mit dem kleinen Anhänger abgestellt.

Am Moped schaute er sich noch einmal um. Dieses Sichern war ihm inzwischen zur Gewohnheit geworden, seit ein Bauer in Großmutz ihm eine Ladung Schrot hinterher gejagt hatte. Noch einmal würde ihm das nicht passieren.

Also sicherte er lieber gründlich, auch wenn es rundum stockfinster war und er nur zu seinem Moped zurückkehrte. Er löste mit klammen Fingern den Riemen und ergriff den Fünf-Liter-Kanister.

Diesmal kletterte er nicht über die Bahnschienen, um zu Peters' Hof zu gelangen, sondern ging außen herum über das Brachland. Dann lag der Bauernhof vor ihm, gleich dahinter huschten die Scheinwerfer vereinzelter Autos über die Bundesstraße. Um diese Zeit war selbst auf der B 96 nicht mehr

viel los. Niemand würde ihn entdecken.
Trotzdem duckte er sich hinter den Zaun, als ein Sattelzug heranbrauste und der Fahrer das Fernlicht einschaltete. Kaum war der Brummi vorbei, schob er vorsichtig den Kanister zwischen den Latten des Zauns hindurch. Die Lücken waren so groß, dass Marke sich darin ganz sicher war, dass es hier keinen Hund gab. Denn der hätte an der Bundesstraße nicht lange überlebt.
Marke blieb hinter dem Zaun hocken und sicherte. Rechterhand stand das Wohnhaus, diesem gegenüber die Scheune. Selbst von hier aus konnte er erkennen, dass das Scheunentor gut einen Meter breit offenstand. Hoffentlich gab es dort etwas zu holen. Und am liebsten wäre es ihm, würde sich auch Stroh oder Heu in der Scheune befinden. Dann könnte er das Benzin sparen, denn für neues hatte er kein Geld. Sein letzter Beutezug lag schon ein paar Wochen zurück und hatte ihm kaum etwas eingebracht.
Vorsichtig kletterte er über den Zaun, schnappte sich den Kanister und schlich zur Scheune. Mit dem Rücken ans Scheunentor gepresst lauschte er, ob sich drinnen etwas bewegte. Doch er hörte nur den nächsten Brummi kommen.
Eilig huschte Marke ins Dunkel. Das Licht der Scheinwerfer zeigte ihm große Strohballen auf der linken Seite. Die rechte Scheunenhälfte blieb finster.
Markes Bewegungen waren so leise und vorsichtig, wie man es diesem Muskelpaket überhaupt nicht zugetraut hätte. Seine winzige Taschenlampe erhellte nur einen kleinen Kreis des Betonfußbodens. Doch gleich darauf sah er eine Kettensäge neben dem Eingang liegen. Er brachte sie zusammen mit dem Kanister zum Zaun und kehrte zurück.
Nun tastete er sich weiter in die Scheune hinein. Maurerkel-

len, säckeweise Maurermörtel, Wasserwaage. Nein, das lohnte den Aufwand nicht. Noch weiter hinten aufgestapelte Abrisssteine. Was sollte er damit? Ein Rührwerk zum Mörtelmischen, das war schon eher interessant.

Als er es aus den mit Wasser gefüllten Eimer hob, achtete er darauf, nirgends anzustoßen. Allerdings glaubte er nicht, dass das irgendwas ausgemacht hätte. Wer hier an der Bundesstraße wohnt, musste innerlich jeglichen Lärm ausschalten, um überhaupt schlafen zu können.

Marke schaute sich noch einmal um. Er leuchtete mit seiner funzeligen Taschenlampe den Heuhaufen an, der sich im rechten Teil der Scheune auftürmte, griff dann in die Hosentasche und holte sein Gasfeuerzeug hervor.

Mit zwei Schritten war er am nächsten Strohballen und ließ das Feuerzeug aufblitzen. Die ersten Halme brannten sofort. Schnell machte er kehrt, setzte über den Zaun und stakste eilig den Hügel hinauf, nachdem er sich auch noch Kettensäge und Kanister unter den Arm geklemmt hatte.

Oben angelangt, setzte er sich schwer atmend auf den Boden und lehnte sich mit dem Rücken gegen den Stein.

Ein wenig bedauerte er, dass er nicht auch noch die anderen Nebengebäude durchsucht hatte. Doch mehr hätte er beim besten Willen nicht schleppen können.

Die Scheune ließ er nicht aus den Augen. Es dauerte und dauerte, ohne dass etwas passierte. Er glaubte schon, das Feuer sei wieder ausgegangen. Doch dann sah er den Feuerschein, der schnell heller wurde. Etwas knackte, ein Funkenregen sprühte durch den Spalt des Scheunentores. Dicke Rauchschwaden quollen aus dem Tor und unter dem Dach hervor. Zuerst hörte er nur leises Rauschen, das langsam zu einem Brausen anschwoll. Wieder knackte etwas, dass er sich fragte, ob sie auch Feuerholz in der Scheune gelagert hatten. Irgendwoher hörte er Schreie und Husten.

Im Wohnhaus ging das Licht an. Jetzt schrie ein Mann etwas. Eine Frauenstimme antwortete. Der Mann trug etwas Schweres zur Scheune. War das ein Feuerlöscher? Lächerlich.

Die Frau kam hinter ihm her gerannt und rief und fuchtelte mit den Armen, das den Mann innehalten ließ. Aus der Scheune kam ein brennendes Etwas herausgekrochen.

Ein brennendes Schaf? Nein? Nein.

Es schrie und schrie. Menschlich irgendwie.

Der Mann hielt den Strahl des Feuerlöschers auf die Gestalt. Das Schreien erstarb. Die Gestalt blieb liegen.

Marke lachte trocken auf. Das war ja dieses Mal ein ganz besonderes Geburtstagsfest. Eins mit Kerze. Nur für ihn.

Die Frau rannte bis auf zwei Meter an die leblose Gestalt heran, die von hier oben wie ein verkohlter Baumstumpf aussah, blieb dann aber stehen und wandte sich schreiend ab.

Auf der Bundesstraße hielt das erste Auto. Bestimmt ein Schaulustiger. Dann das Quietschen von Bremsen. Krachen und Quietschen von Blech. Marke verzog den Mund zu einem Grinsen, als er erkannte, dass einer dem ersten Auto hinten rein gefahren war.

Musst du eben besser aufpassen. Mensch.

Er spürte ein Frösteln den Rücken hinaufkriechen, als er in der Ferne die Feuerwehrsirenen hörte.

Ja, wacht endlich auf! Kommt her und bietet mir meine Geburtstagsshow.

Endlose Minuten reihten sich aneinander. Eine Viertel Stunde, in der der Mann die leblose Gestalt von der Scheune wegzog, sich dann aber abwandte und zurückrannte zum Scheunentor. Der Mann blieb auf Abstand stehen, beugte sich vor und

brüllte etwas ins Feuer, als wollte er es niederschreien.
Von seinem Hügel herab sah das wirklich komisch aus. Marke musste lachen.
Endlich. Die Feuerwehr kam. Drei Löschfahrzeuge, nein, sogar vier. Dann die Polizei aus Gransee und der Rettungswagen vom Krankenhaus. Türen klappten. Befehle wurden gerufen. Die blauen Lichter tanzten im Reigen mit dem Feuerschein, der längst das Dach durchstoßen hatte. Das Brausen des Feuers wurde zum Orkan.
So viele Menschen. Nun kamen auch die Nachbarn angelaufen, blieben abseits stehen und diskutierten.
Hey, das ist meine Feier! Hey!
Sie alle waren gekommen, weil er sie gerufen hatte. Und doch würden sie nichts davon erfahren, dass er überhaupt jemals hier gewesen war.
Es ist Zeit. Für heute soll es genug sein.
Marke stand auf, nahm seine Sachen und ging.
Nicht ein einziges Mal schaute er zurück.

2

Eine halbe Stunde nach Mitternacht heulte die Kraatzer Sirene los und zerriss die nächtliche Stille. Dann in der Ferne weitere Sirenen. Alarm für die Feuerwehren der Umgebung.
Brannte schon wieder eine Scheune oder war es diesmal ein Verkehrsunfall, der die Leute mitten in der Woche aus den Betten holte?
Hagen Brandt rieb sich die Augen. Er und sein Stuhl ächzten leise, als er vom Schreibtisch aufstand, um das Fenster zu öffnen. Kühle Luft drang ins Zimmer. Er schaute die Straße hinunter. Es roch nach Regen. Der Wind wehte kräftig und zerzauste seine inzwischen grau und licht gewordenen Haare. In

Mühlhof brannte es jedenfalls nicht, auch über Kraatz war kein Feuerschein zu sehen. Dann wahrscheinlich in Gransee oder westlich seines Hofes.
Die Sirenen verstummten. Einen Moment genoss er noch die Stille, dann schloss er das Fenster und wollte sich gerade wieder an den Schreibtisch setzen, um ein Exposee fertigzustellen, als ihm einfiel, dass er vergessen hatte, die verdammten Hühner einzusperren. Mist, man sollte wirklich ein bisschen Geld darauf verwenden, ihnen neben dem Sporn auch eine Riegelkralle anzuzüchten.
Also gut, die Immobilieninteressenten konnten sicherlich noch ein paar Minuten länger auf das neue exklusive Angebot warten. Entschlossen zog er sich Jacke und Gartenschuhe an und öffnete die Tür. Der Bewegungsmelder sprang sofort an. Geblendet hob Hagen die Hand und stieß mit dem Knie gegen die Schubkarre, die er selbst neben der Haustür stehen gelassen hatte. Fluchend verließ er den ausgeleuchteten Bereich. Zwischen den beiden Scheunen strich der kalte Wind hindurch. Hagens Augen tränten. Trotzdem sah er den Feuerschein in der Ferne.
Er schob die Brille hoch, tupfte seine Augen mit dem Taschentuch ab und blinzelte in Richtung des Feuers.
Was lag da? Margaretenhof? Ja, und die Bundesstraße. Das Feuer schien recht groß zu sein, wahrscheinlich zu groß für einen Verkehrsunfall. Also doch eine Scheune?
Ihm fröstelte. Schnell eilte er zum Hühnerstall und sperrte die Tür zu. Auf dem Rückweg zum Haus sah er in der Küche das Licht angehen. Dann wurde auch schon die Hintertür aufgerissen und Anne Pagels eilte quer über den Hof.
„Musst du zum Brand?", sprach er sie an.
Sie blieb abrupt stehen. „Mensch Hagen. Mir wäre beinahe

das Herz in den Slip gerutscht. Was schleichst du denn hier im Dunkeln rum?"

Er lachte. „Teenie-Slang? Cool. Ich hatte vergessen, den Hühnerstall abzusperren ... Und? Brennt wieder eine Scheune?"

Sie nickte. „Wird Zeit, dass wir die Brandstifter kriegen. Wenn die Bauern selbst zur Forke greifen, wird's haarig."

„Habt ihr denn überhaupt noch keine Anhaltspunkte?"

„Später, Hagen. Ich muss los. Mein Lieblingsteenie hat heute Dienst. Fernando Lucio kann ich noch nicht allein auf die Jagd schicken." Sie lachte.

Ehe er antworten konnte, war Anne Pagels in ihren rosaroten VW Käfer gesprungen. Hagen Brandt schaute ihr nach, als sie vom Hof fuhr. Kurz darauf huschten Scheinwerfer durchs Dorf.

Als er zurück zum Haus ging, hörte er in der Ferne das laute Knattern eines Motorrads. Er blieb stehen, drehte den Kopf hin und her und lauschte. Dann machte er noch einmal kehrt, ging zwischen den Scheunen hindurch und schaute in die Richtung, aus der das Röhren kam.

Warum man die Dinger nicht stilllegt und dem Fahrer ein ordentliches Bußgeld verpasst? Sicherlich so eine Geländemaschine mit aufgebohrtem Auspuff. Jedenfalls hatte er sie schon öfter gehört und sich jedes Mal gewundert, dass sich niemand darüber aufregte. Die Leute waren eben wählerisch, gegen wen sie ihren Unmut richteten, zumal wenn es um Lärm ging.

Als das Motorengeräusch leiser wurde, wandte er sich ab. Schade, die Richtung, wohin der mit seinem Moped gefahren war, hatte er nicht ermitteln können.

Während er sich im Flur der Schuhe entledigte, fragte er sich ernsthaft, ob er einen weiteren Bewegungsmelder zwischen den Scheunen installieren sollte. Vielleicht hielt das die Feuerteufel wenigstens von diesem Hof fern. Denn laut der Gransee-Zeitung suchten die Täter sich immer abgelegenen Ziele aus, die möglichst nicht bewohnt sein sollten. Und seine lange Erfahrung bei der Kripo sagte ihm dasselbe.

3

Anne Pagels trat heftig das Bremspedal, als sie auf die L 21 einbiegen wollte. Ein Transporter rauschte an ihr vorbei und hupte.
„Ja, ja. Fahr zu, du Trottel!", rief sie ärgerlich und gab Vollgas, dass die Räder ihres Käfers durchdrehten.
Natürlich konnte der andere sie nicht hören und sie selbst war nur zu ungeduldig, obwohl sie mit der Spurensuche sowieso warten musste, bis die Feuerwehr ihre Arbeit getan hatte und der Brand gelöscht war. Wegen Fernando hatte sie es so eilig.
Am Granseer Ortseingangsschild schloss sie zu dem Transporter auf, der vor dem Bahnübergang plötzlich bremste und schleudernd nach links abbog. Es sah aus, als würde er in der Kurve umkippen. Anne erkannte ein BAR-Kennzeichen.
Barnim? Was macht der denn hier?
Sie bremste und hielt an, als sie zwei Polizisten zum Streifenwagen rennen sah. Sie schaute wieder zum Transporter. Wie in Zeitlupe hoben sich die Räder auf der Fahrerseite in die Luft. Der Fahrer versuchte gegenzusteuern, um seine träge Kiste wieder auf vier Räder zu stellen. Da krachte etwas laut im Wagen. Der Transporter neigte sich noch mehr zur Seite. Dann schlug er mit der Beifahrerseite gegen den Mast der Straßenlaterne. Das rettete den Fahrer.
Der Mast knickte und legte sich auf dem Dach eines Schuppens zur Ruhe. Der Blechkasten des Transporters wurde hef-

tig eingebeult, aber das Fahrzeug richtete sich wieder auf, im Gegensatz zum Laternenmast. Noch einmal quietschten Räder, dann schoss der Transporter davon.

„Verdammt!", fluchte Anne Pagels laut. Die beiden Uniformierten, ein großer dicker und ein kleiner dünner, waren aus ihrem Streifenwagen gesprungen und auf den Transporter zu gerannt, als der kurz vor dem Umkippen war. Nun machten sie wieder kehrt.

Anne erkannte Stan und Olli, ließ die Seitenscheibe herab und schrie: „Jungs, macht hinne! Ich informiere die Leitstelle."
Sie griff zum Handy.

„Notruf Polizei."

„Anne Pagels. Am Bahnübergang Gransee flüchtet ein VW Transporter, Barnimer Kennzeichen, in Richtung Kraatz. Zwei Kollegen haben die Verfolgung aufgenommen. Sie brauchen Verstärkung."

Alles weitere würde die Leitstelle regeln. Also gab sie wieder Gas und hoppelte über die Schienen nach Gransee hinein.

Käfer oder Kaninchen?, schienen die Gleise zu fragen.

Für einen Augenblick sah sie noch das Bahnhofsgebäude, das jetzt zwar dunkel, seit einem halben Jahr aber wieder zum Leben erweckt war. Und plötzlich fiel ihr ein, dass neuerdings rund um den Bahnhof viel weniger Autos parkten als früher. Dies lag wohl daran, dass zum einen jetzt die Linienbusse mit den Abfahrtszeiten der Regionalbahn abgestimmt waren, zum anderen benutzten viel mehr Pendler ihre Fahrräder. Seit ein paar Wochen konnte man die nämlich im Bahnhof unterstellen und sicher sein, dass sie am Abend noch vorhanden und fahrtüchtig waren.

An der Bundesstraße bog sie nach Süden ein. Kein Verkehr. Gut. Sie trat das Gaspedal durch. Hinter dem Ortsausgang ging es einen Hügel hinauf. Oben nahm sie ganz automatisch den Fuß vom Gas. Die Bundesstraße verlief hier schnurgerade bergab. So dunkel die Nacht war, so hell erstrahlten jetzt die Straße und die Gebäude an der B 96.

Erst drei Fahrzeuge standen an der Straßensperre. Anne zog links rüber und parkte ihren Käfer auf dem Feldweg neben dem Bauernhof. Westwind, stellte sie fest, als sie ausstieg. Wenn sie hier fertig war, würden nicht nur ihre Sachen abgebrannt stinken, sondern auch ihr Auto.

Sie sah sich noch einmal um, musste aber feststellen, dass es keine andere Parkmöglichkeit gab.

„Dann eben nicht", knurrte sie und holte ihren weißen Einteiler aus dem Kofferraum.

Als sie die Klettverschlüsse geschlossen hatte, war Anne Pagels nur noch die Kriminaltechnikerin. Suchmodus, wie sie das nannte. Sie konzentrierte sich auf ihre Aufgabe, alles andere fiel von ihr ab. Kein Gedanke mehr an Hagen Brandt, der sich zu anderen Zeiten eine solche Gelegenheit nicht hätte entgehen lassen, an einen Tatort zu kommen und helfend einzugreifen. Auch den Barnimer Transporter hatte sie in ihren Gedanken ganz nach hinten geschoben.

Sie griff sich die große Taschenlampe, testete, ob die auch funktionierte, und marschierte los.

Zunächst blieb sie auf dem Feldweg und leuchtete den Acker bis zur Grundstücksgrenze aus. Der Boden war etwas schlammig vom vielen Regen. Sie verstand es als gutes Zeichen. Denn wenn es einen Brandstifter gab – und sie zweifelte nicht daran – dann würde sie auch die Stelle finden, an der er den Lattenzaun überwunden hatte.

Plötzlich hörte sie schmatzende Schritte hinter sich und drehte sich um. „Ach, Fernando. Zur Hochzeit oder zur Beerdigung?", fragte sie lächelnd, als sie dessen sportliche Gestalt mit den schwarzen Haaren erkannte. Der schwarze Anzug sah ein wenig deplatziert aus in dieser Umgebung.

„Hallo Anne."

Sie gaben sich die Hand, obwohl sie sich erst vor vier Stunden voneinander verabschiedet hatten, als sie Feierabend machte und er seinen Dienst antrat.

Sie leuchtete ihn von oben bis unten ab.

„Ja, ich weiß", sagte er verlegen. „Aber ich hatte keine Zeit mehr, mich umzuziehen."

„Dann geh zu meinem Käferchen und hol dir einen schicken Overall aus dem Kofferraum. Wir machen heute Partnerlook. Deinen Anzug kannst du sonst wegwerfen. Pack ihn am besten auf die Rückbank."

Er nickte und rannte zurück zum Auto.

Mehrmals leuchtete sie wie zufällig zu ihm hinüber, als er sich umzog und musste sich ein lautes Lachen verbeißen, als sie sah, wie linkisch er sich verhielt. Immer darauf bedacht, die Autotür zwischen sich und Anne zu haben.

Fernando Lucio war ein wenig in sie vernarrt – das hatte sie längst bemerkt. Er schien sie sogar zu bewundern. Und das war ihr nicht unangenehm. Aber er war zwanzig Jahre jünger als sie und noch dazu Berufsanfänger. Sie hatte ihn unter ihre Fittiche genommen, als Hagen Brandt seine Tätigkeit für die Kripo wieder einmal eingestellt hatte.

Sie rechnete es dem Kripo-Chef hoch an, dass er sich beim Polizeipräsidenten mit seiner Personalforderung nach Fernando Lucio durchgesetzt hatte. Schließlich konnte das nicht ewig so weitergehen: Gransee ohne Kripo – und das bei dieser Brandserie. Drei Brände in acht Wochen. Und in den beiden Jahren davor waren es auch schon zwölf. Sogar eine Belohnung war ausgesetzt worden. Und sie hatten noch nicht einmal den Schimmer eines Verdächtigen.

Als hinter ihr die Autotür klappte, ging Anne weiter. Der Boden begann anzusteigen. Sie richtete den Lichtkegel ihrer Lampe nach vorn in das Brachland hinein. Weit reichte er nicht. Doch oben auf dem Hügel wurde ein großer Stein angestrahlt, davor verlief noch die Bahntrasse.

Fernando kam heran. „Hast du schon mit dem Einsatzleiter gesprochen?"

Sie schüttelte den Kopf.

„Sie haben eine Leiche geborgen und nach Aussage des Hausbesitzers liegt in der Scheune wohl noch eine zweite."

„Ach du Scheiße." Ihr Kopf ruckte herum.

Er nickte. „Zwei junge Männer, die ihm beim Bau geholfen haben, meinen die Nachbarn."

„Schwarzarbeiter? Ausländer?"

Fernando zuckte mit den Schultern. „Möglich. Sonst hätten sie bestimmt nicht in der Scheune übernachtet."

„Eben." Sie wandte sich ab und ließ den Strahl der Taschenlampe weitertanzen, während sie langsam vorwärtsschritt. Sie folgte dem Zaun parallel zur Bundesstraße und fluchte immer lauter. Denn zwischen Haus und Scheune kam ihr dicker Qualm entgegen. Kurz darauf hatte sie die brennende Scheune passiert, dicht gefolgt von Fernando. Als sie hinter der Scheune ankamen, schlugen die Flammen erst richtig hoch.

Anne Pagels zeigte nach oben. „Die machen jetzt nur noch Schadensbegrenzung, damit das Wohnhaus nicht auch noch abbrennt. Zwei Tote reichen. Komm, wir müssen den Einsatzleiter finden. Es hat keinen Sinn, jetzt hier weiterzumachen."

Inzwischen ging es auf 6 Uhr zu. Die zweite Leiche hatten die Feuerwehrmänner auch gefunden.

„Anne, was meinst du?", fragte Fernando. „Ob da nur einer der Übernachtungsgäste geraucht hat? Vielleicht hatten sie ja etwas zu feiern, haben getrunken."

Anne sah Fernando an. Hoffte er wirklich, dass sie es hier mit einem Brand aus Unachtsamkeit zu tun hatten? Schön wäre es ja. Es würde die Ermittlungen vereinfachen. Aber ...

„Glaubst du daran? Ich nicht. Der Brandursachen-Ermittler wird es vielleicht wissen", erwiderte sie.

„Dann suche ich jetzt die beiden Hauseigentümer und bestelle sie am besten für den Nachmittag ins Revier. Das ist doch vernünftig – oder?", fragte Fernando nun und wischte sich die Haare aus der Stirn. „Inzwischen können sie eine Liste der Sachen zusammenstellen, die sich in der Scheune befunden haben. Die brauchen sie sowieso für die Versicherung."

Anne nickte. An der Straßensperre erkannte sie Olli, der ihr zuwinkte.

„Habt ihr den Transporter geschnappt?", rief sie hinüber.

Olli schüttelte den Kopf und stoppte den Verkehr nach Berlin, um denen, die nach Norden wollten, eine Chance zu geben.

Vom Hof her kam der Einsatzleiter der Feuerwehr auf sie zu.

„Wie sieht es aus, Kollege, wann kann ich denn rein?", fragte Anne ihn.

„Wenn du unbedingt willst, dann jetzt – aber nur mit Atemschutzmaske und Helm."

Sie nickte und folgte ihm. Als sie merkte, dass Fernando stehen geblieben war, rief sie ihm zu: „Hey, du musst nicht mit rein. Aber falls du noch keine Brandleiche gesehen hast, wäre das jetzt deine Chance."

Fernando sah blass aus. Jedenfalls kam er nur zögernd näher.

Ja, sie verstand ihn. Sie selbst war auch nicht scharf darauf, den Leichen näher zu kommen, als unbedingt nötig. Doch die

Fotos und das ganze Drumherum waren nun mal ihr Job.

Am Fahrzeug des Einsatzleiters erhielten sie Atemschutzmasken. Damit würde der Gestank nicht ganz so schlimm sein, hoffte sie jedenfalls.

Aber trotz allen Hoffens – es war furchtbar. Nicht nur der Anblick der verkohlten und verkrümmten Leiche, die an der Hauswand lag. Sie atmete flach durch den Mund.

Bloß gut, dass sie nichts zu Abend gegessen hatte.

Anne spürte Fernandos Hände auf ihrer Schulter, ahnte, dass er tapfer sein und einen Blick riskieren wollte – doch er hätte es lassen sollen. Sie bekam einen Schubs in den Rücken, als er sich hastig wegdrehte und rennend und stolpernd die Scheune verließ.

Junge, nimm die Maske ab, dachte sie noch, sonst erstickst du unter dem Ding. Dann war er verschwunden. Anne Pagels konzentrierte sich wieder auf das, was da vor ihr lag.

„Das ist ein Tatort und ich muss meine Arbeit machen", redete sie sich flüsternd ein. Es war ihre Art, mit dem flauen Gefühl umzugehen, dass auch sie befallen hatte.

Vorsichtig trat sie noch einen Schritt näher. Der Betonboden war schwarz. Daneben gab es ein relativ scharf begrenztes Rechteck, wo irgendwelches Material lag, das Blasen geworfen hatte. Vielleicht Schaumgummi? Eine Matratze?

Von der Kleidung des Toten war nichts mehr zu erkennen. Die Gliedmaßen sahen verrenkt aus, der Kopf nach hinten geworfen, als ringe er nach Luft. Vielleicht war er noch zu sich gekommen, bevor das Kohlenmonoxid ihn erstickte. Sie hoffte jedenfalls, dass er nicht lange bei Bewusstsein geblieben war, als das Feuer ihn erfasste.

Anne hob die Kamera vor ihr Gesicht. Das Blitzlicht erhellte den Innenraum der Scheune mehr, als ihr lieb war. So erkann-

te sie jede Einzelheit.
Ein Tatort. Ein Brandort. Ein Tatort. Doch irgendwann half ihr auch diese Selbstsuggestion nicht mehr. Sie musste raus. War das noch ein Mensch, der dies hier inszeniert hatte?
Ein Monster! Ein verdammter Irrer!

Anne stellte den Spurenkoffer zurück ins Auto. Plötzlich fühlte sie müde und ausgetrocknet. Und dann hatte sie noch dieses Kopfkino vom Scheuneninnern, das sie irgendwie loswerden musste. Sie wollte immer hart sein im Nehmen. Wie Hagen Brandt es gekonnt hatte, bis er eines Tages aufgeben musste und kündigte. Jedenfalls brauchte sie jetzt etwas. Irgendeine Ablenkung.
Fernando zuckte regelrecht zusammen, als sie die Kofferklappe schloss. Anne ging direkt an ihm vorbei, als er gerade versuchte, in seine Hose zu kommen, ohne dass die in die Pfütze fiel. Ihrer Eingebung, Fernando einen Klaps auf den Hintern zu geben, widerstand sie.
Anne öffnete die Fahrertür und holte die Wasserflasche von der Mittelkonsole. Während sie trank, stützte sie ihre Arme auf die Hintertür und sah Fernando beim Ankleiden zu.
„Sag mal, bist du eigentlich noch mit Knuts Tochter zusammen?", fragte sie. Ein Schmunzeln ging über ihre Lippen.
Er nickte ohne aufzusehen. Trotz der schwachen Innenraumbeleuchtung sah sie, dass sein Gesicht etwas Farbe bekam. Schnell stand er von der Rückbank auf und zog die Anzughose hoch. Das Weiß seines Slips verschwand. Sie zog augenblicklich den Kopf ein, als er sein Oberhemd mit einer weit ausholenden Bewegung überstreifte.
„Ein schmuckes Kerlchen bist du", kommentierte sie, als dann auch noch Schlips und Anzugjacke richtig saßen. Sie be-

merkte seinen Blick und grinste ihn offen an. Nur schade, dass du so jung bist, ging es ihr durch den Kopf. Den aufkommenden Gedanken an Hagen Brandt, ihre alte Liebe, schob sie dann aber doch schnell zur Seite.

Da muss Luft ran, so lange es nicht richtig blutet, hatte Hagen mal gesagt. Scheiß drauf!, erwiderte sie im Geiste.

„So, dann werde ich mich mal wieder an die Arbeit machen", sagte sie leicht hin. „Ich will noch da hoch auf den Hügel."

Und am liebsten würde sie noch weiter weglaufen.

4

Ganz wunderbar wärmte es seinen Rücken. So sehr, dass ein Schweißtropfen kitzelnd den Hintern herabrann. Ebenso zwischen den Brusthaaren. Seine Beine brannten, als liefe er über glühende Kohlen. Die Flamme, zuerst rötlich, wechselte langsam zu gelb und leuchtete dann gleichmäßig hell. Sie war wunderschön. Er griff danach. Ließ sie zwischen seinen Fingern hindurchgleiten. Wie ein kleines Wunder erschien sie ihm und versuchte, sie einzufangen. Ganz langsam wurde seine Hand schwarz und es begann wehzutun. Die Haut der Fingerkuppen schlug weiße Blasen und fing die Flamme ein. Es brannte, schmerzte so wundervoll ...

Feuer!

Hagen Brandt schreckte hoch, warf die Zudecke zurück und stellte die Füße auf den Boden. Das Kopfkissen leuchtete. Langsam wandte er sein Gesicht dem Fenster zu, durch das die Sonne strahlend hell hereinschien, und spürte, wie sich sein Herzschlag beruhigte. Es war einfach lächerlich. So sehr, dass er niemandem erzählen konnte, wie dünn sein Nervenkostüm inzwischen war.

Die Polizeipsychologin damals, als er Chef der Mordkommis-

sion in Frankfurt(Oder) war – wie hieß sie gleich? Maria irgendwas? – hatte ihn durchschaut und dringend geraten, sich nicht mehr auf irgendwelche Psycho-Spielchen einzulassen.
Nein, das hatte er auch nicht vor. Bestimmt nicht.
Gekündigt hatte er und ging nun gelassen seiner Arbeit als Makler nach. Er wollte sich um nichts weiter kümmern als um Silke. Das hatte er sich selbst versprochen und durchgehalten bis zum Sommer vor zwei Jahren, als sie diese Leiche unter dem Küchenboden gefunden hatten. Hinterher hatte er bereut, sich eingemischt zu haben.
Diesmal würde er sich bestimmt heraushalten.
Er öffnete das Fenster und ließ die kühle Luft herein, die den Schweiß auf seiner Haut trocknete. Die Sonne blinzelte zurück, als hätten sie ein geheimes Abkommen.
Irgendwo klapperte Geschirr. Silke. Hagen schaute zur Wanduhr und zog einen Slip an. Als er die Tür hinter sich schloss, hörte er Annes VW auf den Hof fahren.
In der Küche trällerte ihm Silke ihr „Guten Morgen, mein Schatz" entgegen. So wie jeden Morgen seit Pfingsten, als sie gemeinsam beschlossen hatten, dass sie nicht mehr zur Arbeit nach Berlin fahren musste.
Sie würden schon nicht verhungern.
„Morgen", knurrte er zurück und spürte ihren belustigten Blick im Rücken, als er im Bad verschwand.
Beim Frühstück strahlten noch immer nur zwei – Silke und die Sonne. Hagen und Anne, die beiden Nachtarbeiter, stopften nur Brötchen in sich hinein und spülten mit Kaffee nach. Die Nummer vier ihrer kleinen Kommune, Carla Krause, war sicherlich schon bei ihrem Minijob im Museum.
Er schaute zu Anne Pagels hinüber. Von ihrem sonst so strahlendem Aussehen war nicht viel übrig. Die Bubikopf-Frisur

und der Hals rußig, die quietschgrüne 70er-Jahre-Retro-Bluse zerknautscht, schwarze Ränder unter den Fingernägeln. Offenbar hatte sie nur ihr Gesicht in der Küche unter den Wasserhahn gehalten, da er selbst das Bad blockiert hatte.
Sie sah zum Erbarmen aus und er hätte ihr gern tröstend über die Haare gestrichen. Schließlich hatten sie früher, ganz früher, einige Jahre zusammengelebt und er mochte sie noch immer sehr. Letztlich war Anne wieder zu ihm gezogen, als Silke letzte Pfingsten Schluss gemacht hatte. Allerdings nur für drei Wochen. Als Silke reumütig zurückkehrte auf den Hof, hatte Anne kurzerhand das Feld geräumt, war jedoch hier wohnen geblieben. Hagen wusste nicht, wie lange das in dieser Konstellation funktionieren würde.
Er schaute wieder zu Anne. Sie hob den Kopf und sah offenbar seine fragenden Augen. Denn sie sagte müde zwischen zwei Bissen: „Zwei Brandopfer. Gastarbeiter. Kein Brandbeschleuniger."
„Also habt ihr ...", begann Hagen, wurde aber unterbrochen. Anne hatte nur die Hand gehoben und er verstummte. Keine Fragen jetzt, hieß das.
Sie trank ihren Kaffee aus und ging ins Bad.
Manchmal bedauerte er eben doch – trotz aller guten Vorsätze – dass er ihr und der Kripo nicht mehr helfen konnte. Seine Gesundheit war dabei nur die halbe Wahrheit. Seit Silke wieder bei ihm eingezogen war, hatte er es tunlichst vermieden, sich in Annes Ermittlungsarbeit einzumischen. Sicherlich hätte von Meerbusch, der Kripo-Chef, seine Hilfe dankend angenommen – vor allem bei dieser Brandserie – doch er hatte Silke versprochen, sich herauszuhalten.
Aber Kripo-Arbeit ist wie Rauchen. Eine Sucht. Und leider halfen da auch keine angeblich abschreckenden Sprüche, die

seit einigen Jahren jede Zigarettenschachtel trug.

Selbst Doktor Lutze, sein Hausarzt, hatte dies inzwischen eingesehen und versuchte es jetzt mit: „Sie sollten wenigstens Ihren Konsum etwas einschränken". Aber wie heißt es so schön? Hagen Brandt bemühte sich nach Kräften.

Es kam nur nichts dabei heraus.

Silke begann abzuräumen. Hagen wollte seine Mails durchsehen. Er ließ den Kaffeeautomaten noch einmal durchlaufen und ging ins Büro. Während er die beiden Spam-Mails löschte, dachte er an den Brand von letzter Nacht. Ob wieder jemand nachgeholfen hatte, darüber konnte er nur spekulieren. Geduld war gefragt, bis Anne damit herausrückte. Aber es wäre nicht der erste Brand im Landkreis, der mutwillig entzündet wurde.

Er dachte an von Meerbusch. Der war jetzt gefordert. Schließlich hatte es die ersten Toten gegeben. Anne allein konnte es nicht schaffen, so viel war sicher. Nachdenklich zündete er sich eine Zigarette an. Dann nahm er einen Schluck von dem kalt gewordenen Kaffee.

In seinem Kopf schwirrten verbotene Gedanken.

5

Anne Pagels schloss ihren VW ab und eilte die Stufen zum Büro hoch. Fast bis Mittag hatte sie geschlafen. Länger, als sie eigentlich vorgehabt hatte.

Sie durchquerte den Raum und öffnete das Fenster, um den verqualmten Geruch hinauszulassen, der von ihrem Overall und einigen anderen Sachen vom Brandort ausging.

Es klopfte. Hinter ihr wurde die Tür geöffnet. Dem festen Schritt nach war es Jonas Lück. Sie drehte sich um.

„Morgen, Jonas, bringst du schon den Bericht des Brandursachen-Ermittlers?"

„Morgen, Morgen und nicht heute. Er hat mir aber am Telefon gesagt, dass es nur einen Brandherd gab und das war einer der großen Strohballen." Jonas kam näher und gab ihr die Hand. Dann setzte er sich an den Konferenztisch.

„Warte mal", sagte sie und überlegte laut: „Die Ballen lagen auf der linken Seite. Loses Stroh und Heu gab es nur dort, wo die beiden geschlafen haben. Die werden doch ihre Kippen nicht quer durch die Scheune geschnippt haben."

„Dann war es Brandstiftung?"

„Für mich stand das von vornherein fest. Bei trockenem Stroh braucht man keinen Brandbeschleuniger. Der Funkenflug erledigt den Rest, und zwar schnell. Was hast du da?" Anne wies auf die Papiere in Jonas' Hand und setzte sich zu ihm.

„Fernandos Bericht und die Vernehmungen der Hauseigentümer. Um es kurz zu machen: Sie haben weder irgendwas gehört, noch gesehen."

Aufmerksam las sie Seite für Seite. Es gab wirklich nicht die geringste Neuigkeit. Aber wenigstens sie selbst hatte etwas. Vielleicht sogar einen ernsthaften Ermittlungsansatz. Anne holte das Spurenprotokoll von ihrem Schreibtisch.

„Hier, für die Akte. Die Bildanlagenkarten mache ich gleich fertig."

Jonas überflog das Protokoll.

„Wo ist das?", fragte er. „Weit weg vom Brand?"

„Die Schuheindrücke habe ich 200 Meter hinter dem Hof gefunden, auf einem Hügel. Da liegt ein Findling. Sah aus, als wäre der Brandstifter – wenn er es denn war – von dem Findling hinuntergesprungen. Die Reifenspuren waren auf der anderen Seite des Hügels, also noch einmal über die Schienen und 200 Meter weiter. Ich bin nicht sicher, ob diese Spuren zum Brand gehören oder ob das nur ein Neugieriger war. Auf der Seite des Hofes war nichts abgesperrt und es ist ziemlich weit weg vom Brandort."

„Aber du bist sicher, dass sie aus dieser Nacht stammen?"

„Ja, das schon. Es hat bis gegen 23 Uhr geregnet. Die Spuren waren frisch, sowohl die Schuheindrücke als auch die Reifenspuren."

Die Tür ging auf.

„Du hast Reifenspuren?", fragte Fernando, schloss die Tür hinter sich und kam an den Tisch. „Was für Reifen?"

„Zwei verschiedene. Moped mit Anhänger – oder so. Auf dem Weg nach Buberow. Das Motorradprofil war recht stark. Sah aus wie eine von diesen geländegängigen Maschinen, aber ich muss das noch prüfen."

„Na wenigstens etwas."

„Wieso bist du eigentlich noch da?", fragte Jonas und sah Fernando an. „Du stinkst, dass man fürchten muss, die Rauchmelder springen gleich an. Diese Rauchbombe hier", fuhr er zu Anne Pagels gewandt fort, „stinkt mir schon seit Stunden das Büro voll. Echt ätzend." Er zeigte auf den Anzug.

„Jaja, ich hau gleich ab, Dicker. Ich wollte eigentlich nur Tschüss sagen", antwortete Fernando, feixte und boxte Jonas gegen den Oberarm.

Jonas sprang mit einer Behändigkeit auf, die Anne ihm nicht zugetraut hätte, und nahm Boxerstellung ein.

„Du dürres Gehopse", knurrte er Fernando an und schlug zwei rechte Geraden in die Luft.

Fernando begann zu tänzeln. „Komm schon, Jonas. Mehr Beinarbeit, bitte. Mehr Beinarbeit und die Deckung nicht vernachlässigen."

„Okay, Jungs", rief Anne und ging dazwischen. Beide ließen

augenblicklich voneinander ab und grinsten.

„Raus hier. Ich muss meine Bildanlagen fertigmachen und überlegen, inwieweit uns die Spuren weiterhelfen. Fernando, wir sehen uns morgen um halb neun zur Krisensitzung. Anschließend ist Laufarbeit angesagt. Richte dich darauf ein."

Die beiden Boxer schlugen sich zum Abschied gegenseitig auf die Fäuste und raus waren sie.

Anne setzte sich an ihren Laptop. Sie nahm die Speicherkarte aus der Kamera und kopierte die Bilder auf den Laptop. Dann war sie zwei Stunden mit Nachbearbeiten und Ausdrucken der Fotos beschäftigt. Immer wieder hielt sie inne und machte sich Notizen. Nach einer weiteren Stunde lehnte sie sich unzufrieden zurück, starrte auf den Bildschirm und sprang dann auf. Sie brauchte Bewegung zum Denken.

Während sie schon die Treppe hinunterlief, warf sie noch ihre Jacke über. Dann knallte sie die Tür hinter sich zu. Mit großen Schritten eilte sie über den Hof der Tankstelle und bog dann auf den Trampelpfad an der Bundesstraße ein, der ein Stück weiter zu einem richtigen Fußweg wurde. Die Gärten lagen verwaist, obwohl sie hin und wieder einen Baum mit leuchtend roten Äpfeln sah. Rechts lag der Aldi, aber dort gab es nicht, wonach sie suchte.

Hinter dem Kreisverkehr wechselte sie auf die rechte Straßenseite. Beim Reifendienst ging sie hinein und fragte im Büro nach Katalogen. Ein Stück weiter, schon fast am Granseer Ortsausgang, noch einmal. Ja, man konnte ihr helfen.

Schwer schleppend machte sie sich auf den Rückweg. In der Breitscheid-Straße überlegte sie einen Moment, ob sie einen der vielen Friseure aufsuchen sollte. Weniger wegen der Haare. Tee-Lounge stand groß an der Scheibe.

Ja. Jetzt einen Tee und dazu eine Kopfmassage.

Sie ging hinein und genoss den Service in der Straße der tauschend Friseure. Doch neue Gedanken, die zur Aufklärung des Falls hätten beitragen können, kamen ihr nicht.

Gegen fünf saß sie wieder im Büro. Sie war unruhig. Auf nichts konnte sie sich richtig konzentrieren. Ein verlorener Tag, sagte ihr Gefühl. Trotzdem blieb sie, bis ihr Magen so laut knurrte, dass sie es nicht mehr ignorieren konnte. Sie zog ihre Jacke über und löschte das Licht.

Eine Etage tiefer schaute sie bei Jörg Butterbrod hinein. Er stand über seinen Schreibtisch gebeugt studierte eine Straßenkarten.

„Jörg, ich mache Feierabend. Gibt es noch etwas?", fragte sie.

„Nein, nichts. Ich schaue mir gerade die Karte mit den Brandorten der letzten beiden Jahre an."

Sie trat näher und betrachtete die Markierungen. Wie ein breiter Streifen zogen sie sich vom südwestlichen Löwenberger Land bis zum nordöstlichen Zehdenick. Nur eine Markierung in Fürstenberg fiel etwas aus dem Rahmen.

„Und was siehst du daraus?", fragte Anne.

„Schwierig", antwortete er. „Wohnt er in Zehdenick und arbeitet in Löwenberg? Oder sind es mehrere Täter? Ich versuche festzulegen, wohin ich meine Leute schicken muss, aber sie scheinen überall richtig zu sein." Jörg Butterbrod hob die Schultern und lächelte Anne hilfesuchend an, wie es eben seine Art war.

„Ich weiß es auch nicht", entgegnete sie. „Nichts weist darauf hin, wo er das nächsten Mal zuschlagen wird. Aber meine Intuition sagt mir ..." Sie zögerte. „Zehdenick. Außenbereich, ländlich. Irgendwie scheinen er oder sie sich in den Dörfern wohlzufühlen. Ja, Zehdenick, südwestlicher Stadtrand. Zwischen Mildenberg und Krewelin. Na ja, vielleicht nicht ganz so südlich."

Jörg nickte. "Ja, irgendwo dort. Leider ist das nicht nur ein Parkplatz, den ich überwachen lassen muss. Ziemlich groß, dieses Terrain."

"Ich kann es nicht kleiner reden. Vielleicht ist aber auch Grieben dran oder Grüneberg. Jörg, ich weiß es nicht. Fakt ist: Auch dieses Mal weist alles auf Brandstiftung. Und jetzt bin ich müde." Sie gab ihm die Hand. Jörg Butterbrod studierte weiter seine Karte, während Anne zum Auto ging.

Die Oranienburger Straße lag wie ausgestorben da, obwohl es erst acht vorbei war. Und zwar nicht nur die Ruine gegenüber der Feuerwehr. Ein Jugendklub mit DJ gehört hier her, ging es ihr durch den Kopf.

Sie rollte die Breitscheid-Straße entlang, überquerte die Bundesstraße, passierte den Bahnhof. Auf der Landstraße fiel ihr ein, dass sie längst hätte zu Hause sein können, hätte sie den Mietvertrag für die Wohnung am Krankenhaus nicht gekündigt. Seit Silke zurückgekehrt war zu Hagen, rang sie mit sich selbst: Soll sie bleiben? Hagen jeden Tag sehen, sogar mit ihm in einem Haus wohnen?

Seit einem halben Jahr versuchte sie, Silke als Freundin zu sehen, aber Silke hatte sich Hagen zurückgeholt und sie selbst lag manche Nacht wach und fühlte sich wie begraben. Dann lieber eine kleine Ein-Zimmer-Wohnung über einem Jugendklub, dachte sie.

Sie sollte wegen einer Versetzung mit dem Kripo-Chef reden. Ein für alle Mal. Vielleicht braucht man im Spreewald oder in der Prignitz gerade eine engagierte Kriminaltechnikerin.

Anne trat hart auf die Bremse. Beinahe wäre sie an Mühlhof vorbeigefahren. Sie bog rechts ein und rollte langsam durch den Ort, der nur auf sehr guten Karten verzeichnet war. Kurz

vor dem Ende der Dorfstraße zweigte ein einspuriger Weg ab, der zur ehemaligen Kiesgrube führt. Gleich hinter der Kurve hielt sie an und schaute hinauf zum Hof von Hagen Brandt.
Ja, sie liebte diesen Kerl mit der grauen Tonsur und dem etwas zu groß geratenen Bauch noch immer. Aber er hatte sich erneut für Silke entschieden und es tat weh, sehr weh.
Morgen würde sie ihr Gesuch schreiben. Gleich morgen.

6

Hagen erwachte, als die Tür leise geschlossen wurde. Er öffnete die Augen und strich sanft über das Laken neben sich. Es fühlte sich angenehm warm an und ihr Geruch hing noch in der Luft. Bestimmt war Silke jetzt im Bad, er konnte also liegen bleiben und die Tatsache genießen, in Silkes großem Bett geschlafen zu haben. Sein eigenes hatte er vor einem halben Jahr ins Büro geschoben, um Platz für alle zu schaffen.
Silke und er hatten sich schon vor langer Zeit zu getrennten Schlafzimmern entschlossen. Die Gründe waren die gleichen: Er behauptete, sie misshandele seine Apfelbäume mit der Säge, und sie, dass er die wilden Bären über den ganzen Kontinent gejagt habe. Egal. An solchen Abenden wie gestern zog er eben zu ihr.
Sein Blick ging zum Fenster. Draußen brach gerade die Dämmerung an. Es konnte kaum sieben sein. Noch längst nicht seine Zeit. Aber vielleicht konnte er endlich mit Anne über den Brand sprechen und so aus der Ferne am aufregenden Leben der Kriminalbeamten teilnehmen. Das bisschen, das die Zeitungen mit zwei Tagen Verspätung meldeten, war ihm definitiv zu wenig.
Also schaltete er die Nachttischlampe ein und fahndete dann nach seinem Slip. Nachdem er ihn unterm Bett gefunden, vor-

sichtig daran gerochen und dann verachtungsvoll angezogen hatte, streifte er noch T-Shirt und Hauslatschen an und ging in Richtung Bad.

Silke kam ihm in der Küche verliebt lächelnd entgegen und ihm schien es, als sei ihr Gesicht das Spiegelbild seiner eigenen Gefühle.

„Hast du gut geschlafen, mein Schatz?", fragte er und nahm sie in den Arm. Sie nickte und schnurrte.

„Keine Bärenjagd diesmal?", hakte er noch einmal nach.

Kopfschütteln. „Hab mich tot gestellt."

Er lachte leise und gab ihr noch einen Kuss. Sie verzog den Mund. „Schmeckt nicht. Geh ins Bad. Ich hole Brötchen vom Bäcker und dann frühstücken wir. Nur wir beide", erklärte sie, gab ihm einen Klaps auf den Hintern und entzog sich ihm, als er versuchte, unter ihr T-Shirt zu kommen.

„Ist Anne schon weg?", fragte er noch, als sie schon halb auf dem Weg nach draußen war.

„Ja, vor zehn Minuten."

Beim Frühstück waren sie dann wirklich allein und teilten sich die Gransee-Zeitung. Nachdem Hagen den Artikel über den Brand gelesen hatte, seufzte er. Silke hob die Augen und schaute fragend über ihren Teil der Zeitung.

„Na ja, ist doch wahr. Wie soll man sich über das lokale Weltgeschehen auf dem Laufenden halten bei so allgemeinen Meldungen?"

„Wahrscheinlich dürfen sie nicht mehr schreiben. Die gehören doch jetzt zur Märkischen Oder-Zeitung und müssen schreiben, was man ihnen vorgibt."

Ja, sie amüsierte sich über ihn und seinen Wissensdrang.

„So schlimm wird's nun auch nicht sein", erwiderte er. „Aber der Lokalteil wird immer kleiner. Da fragt man sich wirklich,

warum die überhaupt noch Gransee-Zeitung heißen, wenn es nur eine Seite über Gransee gibt. Und meist ist es noch weniger. Eigentlich müsste man einen Leserbrief schreiben."
„Dann schreib doch einen", versuchte Silke ihn anzustacheln.
„Nein!"
„Nein?"
„Der steht dann auf den Lokalseiten und es ist noch weniger Platz für eine vernünftige Berichterstattung. Aber sieh dir das doch an: Ein kleines Foto über den Feuerwehreinsatz und eine fünfzeilige Bildunterschrift, in der steht, dass es gebrannt hat. Weißt du was? Ich werde meine Konsequenzen ziehen."
Silkes Stirn legte sich in Falten.
„Warum heute so kämpferisch, mein Fürst? Was wollt ihr unternehmen? Die Verantwortlichen um einen Kopf kürzer machen?"
„Ich werde sie mit Nichtachtung strafen und den Vertrag kündigen. Einfach mundtot machen werde ich sie. Abbestellen! Jawohl!"
„Und ein Kompromiss ist nicht möglich? Wie wäre es, wenn du einen Aufruf verfasst und ihn in die Briefkästen der Granseer Bürger wirfst, dass alle an die Chefredaktion schreiben sollen. Meinst du nicht, es könnte helfen?"
„In alle Briefkästen, ja?"
Sie nickte gespielt euphorisch. „Wir beide machen das auf einer kleinen Joggingrunde. Das hätte auch gleich noch einen positiven Nebeneffekt für dich."
Ihre Augen funkelten belustigt, als sie das sagte. Und gleich darauf spürte er ihre Hand auf seinem Bäuchlein.
„Weg da mit der Hand!", rief er lachend. „Keine unlauteren Mittel jetzt. Das ist eine ernste Sache."
Silke zog ihre Hand zurück und gluckste hinter ihrer Zeitung.

Hagen stand auf und schob den Kaffeeautomaten noch einmal an. Zischend und brodelnd, grummelnd und pfeifend lief der Kaffee Crema in die Tasse. Heiß, schwarz und stark. Und nebenbei ein Späßchen – so konnte jeder Tag nur schön werden.
„Was machen wir heute", rief er aus der Küche.
Silke lies die Zeitung sinken und drehte sich zu ihm um.
„Mein Vorschlag wäre: Wir machen Apfelsaft. Inzwischen stehen schon fünf oder sechs Stiegen Fallobst in der Scheune. Die vergammeln sonst. Außerdem hat Carla versprochen mitzuhelfen."
„Wo ist Carla eigentlich?", fragte er zurück.
„Sie hatte ein Date mit Knut und das ging wohl die ganze Nacht." Sie lachte.
„Also gut, wenn du meine Mistress Apfelsaft sein willst und wenn geschäftlich nichts dazwischenkommt."
Als Hagen eine Stunde später an der Spindelpresse stand und alles aus sich und den Äpfeln herausholte, saß Silke vor der Scheune auf einem Hocker, wusch Äpfel und viertelte sie.
Plötzlich hielt er inne und lauschte. Da war wieder dieses Moped, das er vorletzte Nacht gehört hatte. Nach einem Weilchen lockerten sich seine Armmuskeln wieder.
Motorcyclephobie. Lächerlich.

7

„Sie kommen näher, die Einschläge."
„Wovon sprichst du, Opa? Was für Einschläge?", fragte Helle und kaute lahm an der Marmeladenstulle. Das Brot war schon fünf Tage alt, also genau richtig für eine gesunde Ernährung. Das war jedenfalls Opas Meinung.
„Nur so ein dummer Spruch. Es brennt überall! Hier." Er schlug mit der Hand auf die Zeitung. „Diesmal hat es Marga-

retenhof erwischt."

Opa Willi tunkte seine Stulle in den Kaffee, da er die harte Korste nicht mehr beißen konnte. Aber für neue Zähne war er zu geizig.

Helle schaute betont gelangweilt. Nein, ein besonders guter Schauspieler war er nicht. Das wusste er selbst. Trotzdem. Schließlich konnte er Opa Willi nicht einfach sagen, wie sehr ihn interessierte, was über das Feuer in der Zeitung stand.

Opa leckte seinen Daumen an und blätterte die Zeitungsseite um. Helle beobachtete ihn aus den Augenwinkeln. Irgendwas würde noch kommen.

„Meinst du nicht auch, dass man langsam Angst haben muss? Hier steht, diesmal habe es sogar zwei Tote gegeben."

Helle, der gerade das letzte Stück Stulle in den Mund schieben wollte, hielt inne.

Tote? Davon hat Marke nichts erzählt, dachte er. Dabei war Marke doch sein Freund, sogar sein einziger. Helle schluckte.

„Sind sie ... verbrannt?", fragte er stockend, ungläubig.

Der Alte gab ihm die gefürchtete Bestätigung. Er nickte und schaute von seiner Zeitung auf.

Marke! Verdammt!

„Was ist los mit dir, Helfried? Hast du damit etwas zu tun?"

„Was? ... Natürlich nicht, Opa." Schnell verdrückte er das Stück Stulle. Helfried – er zuckte jedes Mal zusammen, wenn er so gerufen wurde. Opa hatte ihm diesen Namen gegeben, das wusste er.

Der Alte musterte ihn noch kurz und widmete sich dann wieder seiner Zeitung. Helle atmete auf. Erst jetzt merkte er, wie seine rechte Hand schmerzte, die er unter dem Tisch zur Faust geballt hatte. Verstohlen rieb er mit der Handfläche über seinen Oberschenkel.

„Nach dem Frühstück ziehst du frische Sachen an", sagte der Alte ruhig nach einem Weilchen. „Du stinkst nach Rauch."

„Ja, Opa. Aber das war nur ein Lagerfeuer, das Marke und ich oben bei den Windrädern angezündet haben. Nichts weiter. "

Opa Willi las weiter. Plötzlich schaute er auf, schob seinen Stuhl zurück und schlurfte zum Geschirrschrank, wo er sich bückte und die untere Schranktür öffnete. Opa bewahrte dort in einem Schuhkarton Andenken an alten Zeiten auf. Fotos von Helle als Baby und solch Kram. Auch Fotos von Mama und Papa und dem neuen Opel, den sie sich nach der Wende gekauft hatten. Hätten sie den Trabant behalten, ging es Helle durch den Kopf, wären sie garantiert nicht mit 160 km/h gegen einen Brückenpfeiler gerast. Und er hätte nicht nur Opa, der inzwischen schon sehr hinter dem Mond lebte. Vom Pizza-Mann in Gransee hatte der bestimmt noch nie gehört. Von wegen altes Brot sei gesund – ja, für Kaninchen vielleicht.

Jetzt richtete der Alte sich wieder auf. In der Hand hielt er ein kleines Büchlein und schaute es nachdenklich an. Dann schob er es in die Gesäßtasche seiner alten Arbeitshose, die noch aus dem Kleiderfundus der nicht mehr existenten LPG stammte. Dabei brabbelte er etwas vor sich hin, das Helle nicht verstand.

„Was hast du vor, Opa?", fragte er, als der Alte im Flur sein gutes Jackett und die schwarzen Halbschuhe anzog.

„Ich gehe mal zu Irene."

„Und was hast du mit dem Sparbuch vor?"

Jetzt drehte sich der Alte zu ihm um. Dann kam er zurück zum Küchentisch und setzte sich.

„Ich denke, es ist an der Zeit, etwas zu unternehmen", sagte er nach einigem Nachdenken. „Ich mach es nicht mehr lange … und das Haus auch nicht. Hinten der Holzgiebel ist morsch

und vorne fehlen schon einige Bretter. Durch die Fenster zieht es und die Dielen sind so von Würmern zerfressen, dass man fürchten muss einzubrechen."
„Ja, und? Worauf willst du hinaus, Opa?"
„Also. In der vorigen Woche habe ich einen Vorvertrag unterschrieben."
„Was für einen Vorvertrag?"
„Jetzt erkläre mich nicht für verrückt. Wir werden ein neues Haus bauen."
Helles Mund klappte auf und nach einem Weilchen wieder zu. Er wusste nicht, was er sagen sollte.
Opa fuhr schnell fort: „Das Grundstück ist groß genug für zwei Häuser. Das alte für mich, das neue für dich. Ich habe mir das genau überlegt: Wenn ich nicht mehr bin, reißt du das alte Haus ab, sollte es bis dahin nicht jemand angesteckt haben."
„Mein Gott, wie bist du denn auf diese Schnapsidee gekommen? So viel Geld", entgegnete Helle, stand auf und holte sich eine Flasche Cola aus der Kellergrube, die in der hinteren Küchenecke in den Boden eingelassen war. „Wollen wir nicht erst gründlich darüber reden? Ich weiß gar nicht, ob ich nach der Ausbildung hierbleibe oder woanders einen Job finde."
„Geld ist genug da. Daran soll es nicht scheitern. Und wenn du wegziehst, kannst du das Haus ja verkaufen."
„Aber wie kommst du darauf, ein neues Haus zu bauen, Opa? Das alte ist doch gut. Es muss nur ..."
„Nein, nein. Ich habe mir das monatelang überlegt, seit das mit diesen Bränden losging. Wir bauen das Haus. Keine Widerrede."
Opa Willi rieb sich die Hände und blinzelte verschmitzt. Man konnte wirklich glauben, der Alte sei nicht mehr ganz dicht.

Aber Helle wusste, dass dem nicht so war, sondern dass sich sein Ersatzvater ... den er liebte, wie seinen richtigen ... einfach nur diebisch freute, ihm eine solche Überraschung bereiten zu können. Wahrscheinlich hatte er sie aufheben wollen bis zu seinem achtzehnten Geburtstag in ein paar Tagen. Opa hatte es wohl nicht mehr ausgehalten mit der Geheimniskrämerei. Er hatte echt Spaß an solchen Überraschungen.
Helle seufzte, wie Opa es oft tat, und sagte dann: „Opa, du bist ein verrückter Hund."
Sie strahlten sich an. Dann stand Opa auf. „So, ich muss los. Irene soll das Geld besorgen. Die arbeitet doch bei der Bank. Bis nächste Woche brauche ich es für die Anzahlung. Die Firma will die Hälfte im Voraus, und zwar in bar."
Helle blieb sitzen. Mit dem Frühstücksmesser fuhr er gedankenverloren die Rillen des alten Küchentisches entlang, den Opa selbst gezimmert hatte. Er musste an Irene denken, an ihre hell schimmernde Haut, ihr lüsternes Lachen und wie gern er jetzt über ihre Brüste gestreichelt hätte. Ob sie ihn ranlassen würde? Der Mann war ihr schon vor Monaten weggelaufen. Und dass sie seine Tante war – wen störte das schon?

8

„Guten Morgen, Irene. Ich hatte gehofft, dass du noch nicht zur Arbeit bist." Er zog seine Mütze vom Kopf. Schließlich wusste er, was sich gehörte. Auf jeden Fall, wenn er als Bittsteller kam. Wenn es auch nur um eine kleine Gefälligkeit ging.
„Opa Willi. Das ist ja eine Überraschung. Komm doch rein. Viel Zeit habe ich aber nicht. Wir öffnen um zehn."
Irene, die Tochter seiner letztes Jahr verstorbenen Schwester,

war sozusagen auf seinem Schoß groß geworden. Und es freute ihn jedes Mal, sie zu sehen.

Der Familie war es immer gut gegangen. Das große, frisch sanierte Haus, das sogar ein neues Dach bekommen hatte, zeugte von einem gewissen Wohlstand. Neues Bad, neue Heizung, neue Fenster. Und, und, und. Allerdings ... der Schein trog. Er wusste, dass es Irene zurzeit nicht so gut ging. Nicht finanziell und auch sonst nicht. Er schaute sie prüfend an, als sie in der Küche saßen, vor sich einen dampfenden Kaffee.

„Mädchen, wie geht es dir. Du siehst wieder besser aus", stellte er fest. „Aber Frank hat dir übel mitgespielt."

Sie winkte ab. Das Thema war ihr unangenehm. Er konnte sich denken, dass sie einsam war im großen Haus. Und dann noch die vielen Schulden.

„Ja, ich müsste dann los", sagte sie, während er noch grübelte, wie er anfangen sollte.

„Irenchen, ich habe nur eine Frage. Bin wegen Geld hier."

„Geld? Bei mir? Da suchst du vergeblich", versuchte sie zu scherzen. Doch er ging nicht darauf ein. Er zog sein Sparbuch aus der Gesäßtasche und legte es auf den Tisch.

„Ich möchte Geld abheben. Kannst du mir helfen?", fragte er.

„Sicher. Das kann ich heute Abend mitbringen."

Sie kramte in ihrer Handtasche und zog ein Formular und einen Stift hervor. Dann beugte sie sich über den Tisch und schaute ihn an. „Wie viel brauchst du denn?"

„Neunzigtausend Euro."

Der Kugelschreiber fiel ihr aus der Hand. Hastig bückte sie sich, um ihn aufzufangen, als er die Tischplatte verließ.

„Opa Willi", sagte sie dann und begann zu schreiben.

„Also, ich kann den Auftrag und dein Sparbuch gern mitnehmen und alles vorbereiten. Aber heute Abend wird das nichts.

Eine so große Summe muss man drei Wochen vorher anmelden. Das hängt damit zusammen, dass die Bank das Geld ja nicht bunkert, sondern damit arbeitet, weißt du?"
Der Alte nickte verstehend. „Drei Wochen also?", fragte er.
„Ja, ich kann dir heute Abend genau sagen, wann das Geld bereit liegt. Dann musst du aber zur Bank kommen. So viel kann ich nicht einfach herbringen. Das verstehst du doch?"
Er nickte und Irene blätterte neugierig im Sparbuch. Als sie die letzte Eintragung gefunden hatte, schien sie zu erstarren.
„Ist etwas nicht in Ordnung mit dem Sparbuch?", fragte er.
„Doch, doch. Alles super", erwiderte sie leichthin.
Arme Irene, ging es ihm durch den Kopf. Sie denkt jetzt wahrscheinlich über ihre eigenen Finanzen nach.

9

Noch immer hockte Anne Pagels über ihren Reifen-Katalogen. Die Schuhspuren, die sie auf dem Hügel gesichert hatte, konnte sie beinahe sofort als Springerstiefel identifizieren. Doch bei den Reifen war das schwieriger. Zu viele Anbieter, zu viele Möglichkeiten, obwohl sie die Sorte schon auf Offroad-Reifen spezifiziert hatte.
Schade, dass es keine Software gab, die die Reifenprofile mit irgendwelchen Datenbanken abglich. Das lag bestimmt daran, dass die sich laufend änderten. Mindestens einmal im Jahr brachten die Firmen Weiterentwicklungen heraus. Das machte die Suche so schwierig. Vor ihr lag der Katalog 2011 einer Reifenmarke. Sie blätterte um und die Bürotür ging auf.
„Guten Morgen, Anne. Schon bei der Arbeit?" Fernando stieß die Tür hinter sich zu und kam näher. Zögernd riss sie sich von dem Katalog los und sah Fernando an.
„Guten Morgen." Sie gaben sich die Hand.

„Was machst du?" Er beugte sich über ihren Schreibtisch.
„Ah, Reifen-Kataloge. Bist du schon fündig geworden?"
„Ja, in diesem Moment." Sie drehte den Katalog zu Fernando herum und tippte mit dem Zeigefinger auf das untere Foto.
„Offroad? Motocross? Cool", kommentierte er. „Das grenzt die Suche natürlich erheblich ein."
Nach kurzem Klopfen wurde erneut die Bürotür geöffnet. Jonas stürmte herein. „Sorry, bin ein wenig zu spät", rief er, zog seine Jacke aus und warf sie über eine Stuhllehne am Konferenztisch.
„Du kommst gerade richtig, um dir die veraltete Kollektion von Cross-Reifen anzusehen", antwortete Fernando. „Anne meint, die hier waren an unserm Brandort."
Beide fachsimpelten ein wenig über Vor- und Nachteile von Offroad-Reifen, dann setzten sie sich an den Konferenztisch.
„Also, diese Reifen", begann Anne, „was sagen die uns? Wonach müssen wir suchen?" Sie schaute in die Runde.
„Das sind Junior-Reifen", erklärte Fernando. „Es ist also keine schwere Maschine. Reifenbreite vorn 70 Zentimeter, hinten 90. Das kann nur ein kleines geländegängiges Motorrad sein. Aber bestimmt schön laut, würde ich sagen."
„Stimmt", kommentierte Jonas und nickte.
„Gut. Fernando", schaltete sich Anne nun wieder ein, „damit hast du deine Aufgabe. Mach dich auf die Socken nach Buberow. Das ist das nächste Dorf und am Weg dorthin stand dieses Motorrad. Befrage die Einwohner. Und frage mal unten im Revier, ob dir jemand helfen kann. Hier, nimm den Dienstwagen." Sie schob ihm das Fahrtenbuch zu. „Alles klar?"
Fernando nickte. Anne sah Jonas an.
„Jonas, du überprüfst alle Brände der letzten zwei Jahre auf diese Reifenspuren und auch gleich die Springerstiefel." Sie

schob ihm die Fotos über den Tisch. „Außerdem fragst du im Landeskriminalamt an, ob sie Fälle mit gleichen Spuren haben. Einbrüche, Autobrände, überhaupt Eigentumsdelikte. Ich glaube, Anfang des Jahres hatten wir Springerstiefel bei einem Einbruch. Weitere Ideen?"
Für Anne war das eine ungewohnte Situation, die Ermittlungen zu leiten. Aber Levian von Meerbusch, der Kripo-Chef, hatte sie gebeten, den beiden Jungermittlern unter die Arme zu greifen. Jonas empfand sie als ausgezeichneten Auswerter. Er hatte alles im Kopf, was noch erledigt werden musste. Und Fernando war als Operativer die Idealbesetzung. Manchmal vergaß er dabei nur das Denken. Lange würde es nicht dauern, bis die beiden ein Team waren. Anne hatte dem Kripo-Chef versprochen, sich darum zu kümmern. Sie schaute von einem zum anderen. Beide schüttelten den Kopf.
„Dann los. Wir werden ihn diesmal schnappen."

10

Kurz vor zwölf. Jetzt müsste er aber wach sein, überlegte Aurelia Fuchs und klingelte. Während sie wartete, schweifte ihr Blick über die Ein- und Mehrfamilienhäuser in der Koliner Straße. Schade, dass sie hier weggezogen war, die Wohngegend war wirklich schön. Nicht zu nah am Bahnhof und nicht zu nah an der Schule, dass sie stören konnte – beides aber in wenigen Minuten zu Fuß erreichbar, ebenso die Altstadt. Auch mit den Nachbarn hatten sie sich verstanden. Nur zum Schluss war man ihnen aus dem Weg gegangen …
„Was willst du?"
Sie schrak zusammen. Die Haustür stand offen. Unter der Tür stand ein kleiner, sehr dicker Kerl in Retro-Slip und T-Shirt.
„Manfred, wir müssen reden." Sie versuchte, ihrer Stimme

einen festen Klang zu geben.

„Worüber", blaffte Manfred zurück.

„Können wir das nicht drinnen besprechen? Muss das wieder die ganze Straße mitbekommen?" Sie fasste sich ein Herz und drängelte sich an ihm vorbei. Sie ging den Flur entlang, vorüber an Schlafzimmer, Bad, Küche und Kinderzimmer, stieß die Tür zum Wohnzimmer auf und blieb abrupt stehen. Was sie sah, schockierte sie. Bierflaschen und Doppelkorn auf dem Wohnzimmertisch, daneben ein überquellender Aschenbecher und eine angebissene Bockwurst mit angetrocknetem Senf.

Mein Gott, wie tief kann man sinken, dachte sie, atmete durch und drehte sich zu Manfred um, der die Haustür geschlossen hatte und hinter ihr her geschlurft kam.

„Manfred, wir müssen über das Haus reden. Das kann so nicht weitergehen. Vor einem Jahr hast du versprochen, dich um den Verkauf des Hauses zu kümmern. Du wolltest nur so lange hier wohnen bleiben, bis es verkauft ist, und du wolltest dich um die Renovierung kümmern ..."

„Nu halt mal die Klappe, ja?", antwortete Manfred wütend und kappte mit einer schneidenden Handbewegung ihren Redefluss. Er schob sich zwischen Couch und Wohnzimmertisch und setzte sich. „Ich kümmere mich schon noch um die Renovierung. Aber schließlich muss das Haus erst einmal verkauft werden."

„Aber so wie es hier aussieht, geht doch jeder Interessent gleich wieder rückwärts raus. Und getrunken hast du auch schon, obwohl noch nicht einmal Mittag ist." Sie stapfte mit dem Hacken auf das gute Parkett und bereute es im selben Moment.

„Und du? Was machst du? Haust ab und lässt mich mit dem ganzen Mist hier allein. Noch nicht einmal Marc Antonius darf ich sehen. Er könnte wenigstens herkommen und beim Renovieren helfen. Ist ja kein kleines Kind mehr. Farbe für das Schlafzimmer habe ich gekauft. Und was soll ich nun machen? Schließlich hast du die Leiter mitgenommen und für neue Pinsel habe ich kein Geld."

„Ist das ein Wunder?" Sie begann im Wohnzimmer auf und ab zu laufen. „Wer jedes Mal besoffen zum Dienst geht und das Büro des Wachenleiters vollkotzt, der braucht sich nicht zu wundern, wenn er eines Tages keinen Job mehr hat. Das hast du dir alles selbst zuzuschreiben."

Vor dem Fenster blieb sie stehen. Der ehemals schöne Garten, in den sie so viel Zeit gesteckt hatte, sah ganz verwildert aus. Sie könnte wahnsinnig werden. Hinter sich hörte sie von der Couch her, wie Manfred mit der alten Leier begann.

„Das war nicht meine Schuld, sondern die meiner Krankheit. Das hat sogar der Arzt gesagt; Erst dieses Blackout – nein, Birnout hieß das – dann auch noch der schwere Alkoholismus. So schlimm war es bisher bei niemandem, hat der Arzt gesagt."

Sie drehte sich um und dachte: Burnout, du ... Sie wollte sich diese ewige Quengelei nicht länger anhören.

„Schluss damit! Hörst du? Ich kann das nicht mehr hören. Weißt du, was ich mache? Ich kümmere mich selbst um den Hausverkauf. Welchen Makler hast du angerufen?"

„Ich? Äh. Das wollte ich gleich morgen machen."

„Morgen, ja? Mir reicht's." Sie zog eine Wochenzeitung aus der Tasche ihrer Übergangsjacke. „Hier. Schau her!" Sie schlug mit der Rückseite der Finger auf die Zeitung, dass es knallte wie ein Schuss. Manfred schrak zusammen.

„Allein heute sind fünf Makler in der Zeitung. Ich rufe jetzt einen an."

Während Manfred mit zitternden Fingern nach der Doppelkorn-Flasche angelte und die Neige in ein Glas kippte, zog sie ihr Handy hervor und wählte.

Als sie die Verbindung trennte, sah sie Manfred an. „Er kommt in einer Stunde. Ich warte hier so lange."

Plötzlich sprang Manfred mit hochrotem Gesicht auf.

„Das denkst du dir so, du Hure. Erst haust du mit dem anderen Kerl ab und dann willst du mir noch mein Bett unterm Arsch wegziehen. Dieser Makler soll es nur wagen, mein Haus zu betreten. Hier habe ich Hausrecht und wer hier eindringt, bekommt es mit mir zu tun!"

Er schubste sie zur Tür. „Und du hast hier auch nichts zu suchen. Hau ab!" Wieder gab er ihr einen Stoß. Sie schrie auf und hielt sich die Brust, die er getroffen hatte. „Los, mach, dass du raus kommst, du Schlampe. Geh zu deinem Zuhälter. Hau ab!"

Sie raffte ihren Mantel, klemmte sich die Handtasche unter den Arm und stürmte zur Tür. „Das lasse ich mir nicht gefallen", schrie sie und knallte die Tür hinter sich zu.

11

Als sein Handy klingelte, ahnte Hagen Brandt, dass sein Job im Herzen der Brandtschen Mosterei für heute erledigt war. Er wischte sich die klebrigen Hände an seiner Jeans ab und fummelte das Handy aus der Hosentasche. Als er nach drei Minuten die Verbindung unterbrach, bemerkte er Silkes verzweifelten Blick.

Doch ehe er etwas sagen konnte, kam Carla lässig herangeschlendert, schob ihre schönen langen, naturbraunen Haare hinters Ohr und sagte grinsend: „Na dann geh Geld verdienen. Muss ja auch sein. Ich übernehme deinen Part mit."

Carla sah nicht mehr so blass aus wie vor einem halben Jahr. Ihr Umzug von Häsen hierher hatte ihr gut getan, denn seitdem war sie clean. Sie schob ihn einfach zur Seite.

„Außerdem kommt Knut gleich. Ich werde ihn schon einspannen. Keine Sorge." Sie blinzelte erst ihm zu, dann Silke.

Das mit Knut und Carla hatte sich lange angebahnt. Hagen konnte sich kaum noch an den letzten Tag erinnern, an dem Knut nicht von früh bis spät auf dem Hof herumgewuselt wäre, immer rund um die Gästewohnung, die Carla bewohnte.

„Gut, dann geh ich mal duschen und umziehen. Etwas essen muss ich auch noch, bevor ich fahre."

Silke ließ den Apfel, den sie in der Hand hatte, wieder in die Aluminiumwanne plumpsen und stand auf.

„Dann gehe ich Mittag kochen. Ist ja auch Zeit", sagte sie, nun etwas entspannter.

Nachdem Hagen seine Portion Pellkartoffeln mit Grützwurst und Sauerkraut vertilgt hatte, lehnte er sich seufzend zurück.

„Mein Gott, wie soll ich jetzt noch arbeiten? Ein Mittagsschläfchen wäre mir definitiv lieber."

Carla nickte mit vollem Mund.

„Aber ich muss wohl", sagte er, und dann an Silke gewandt: „Länger als zwei Stunden wird es bestimmt nicht dauern. Die Koliner Straße liegt um die Ecke und ein Haus in dieser Wohngegend wird nicht jeden Tag angeboten. Der Anbieter heißt Fuchs. Dem Namen nach wird er wohl hart verhandeln wollen."

Carla schluckte hinunter und fragte: „Wie viel kostet denn so etwas?"

„Schwer zu sagen", antwortete Hagen von der Tür her. „Hängt von der Größe und dem Sanierungszustand ab. Aber die Lage ist Top."

Zehn Minuten später holperte Hagen Brandts Astra über die Bahnschienen am Granseer Ortseingang. Seiner Erinnerung nach musste es die dritte Querstraße links sein. Das Straßenschild zeigte ihm, dass er richtig war. Er fuhr an der Schule vorbei, hielt vor Hausnummer 14, die man ihm genannt hatte und stieg aus.

Das Haus mochte aus den dreißiger Jahren sein, der Garten sah jedenfalls ziemlich verwildert aus, als würde das Haus seit mindestens einem Jahr leer stehen. Die Haustür war zwischen den Zierbüschen kaum noch zu finden. Hagen holte seine Aktentasche vom Rücksitz, öffnete die Gartentür und klingelte. Dann stellte er seine Aktentasche auf die Treppenstufe und nahm seine Brille ab, um zu sehen, ob sie sauber war.

Plötzlich wurde die Haustür aufgerissen und krachte hinter der fleischigen Gestalt eines Mannes gegen die Wand. Sein Gesicht war zornesrot. Es kam Hagen bekannt vor. Und plötzlich erinnerte er sich: Die Wohnung von Wolfram Hartwig hatte er bewachen sollen. Richtig. Wachtmeister Fuchs. Der Mann vor ihm war Polizist.

„Guten Tag, mein Name ist Hagen Brandt. Wir kennen uns. Wachtmeister Fuchs, nicht wahr? Ich glaube, Ihre Frau hat vorhin bei mir angerufen", sagte er freundlich. Dann bückte er sich, um seine Aktentasche wieder aufzunehmen.

Noch bevor er die Bewegung zu Ende geführt hatte, trat der Mann einen Schritt an Hagen heran, holte aus und traf ihn hart am Kinn. Hagen taumelte zurück, stolperte und schlug auf. Ein Blitz in seinem Kopf.

Dann wurde es dunkel.

12

Als Anne Pagels auf die Uhr schaute, war ihr auch klar, warum sie Hunger hatte. Mittag war längst vorbei. Sie stand vom Schreibtisch auf und schaute zum Fenster. Eben noch prasselte Dauerregen auf das Dach der Tankstelle und schien plötzlich langsamer zu fallen. Sie schaute kurz weg, dann auf die Linden gegenüber. Schneeregen.

„Na toll", knurrte Anne und dachte an Fernando, dem seine Aufgabe heute sicherlich keinen Spaß machte.

Sie zog ihre Jacke an und holte einen Schirm aus dem Schrank. Dann ging sie zu Jonas' Büro.

„Hast du schon etwas gegessen?", fragte sie.

Er schüttelte den Kopf, stand auf und holte seinen langen Mantel aus dem Schrank. „Wohin gehen wir?", fragte er, während er in den Mantel schlüpfte.

„Bei dem Wetter? Tankstelle."

Während sie in ihr Baguette mit Kochschinken, Tomatenscheibe und Salatblatt biss, beobachtete sie durchs Schaufenster den Regen. Ein Motorrad fuhr an eine der Tanksäulen. Es war eine schwere Maschine. Der Fahrer stieg ab, klappte den Seitenständer heraus und nahm den Helm ab. Dann tankte er und kam anschließend herein zum Bezahlen. Anne folgte ihm mit den Augen. Die Lederkluft glänzte vor Nässe. An den Füßen trug er Motorradstiefel, auf Wildwest gestylt. Dunkle Haare, modisch kurz geschnitten. Er war vielleicht vierzig, schlank und hatte ein sympathisches Lächeln in den Augen, als er sie anschaute. Verwirrt widmete sie sich wieder ihrem Baguette und schaute dann Jonas zu, der sich offenbar mehr für das Mädchen hinter der Ladentheke interessierte, als für seine Bockwurst.

Der Motorradfahrer reichte gerade seine Karte über den Ladentisch und tippte dann die PIN in das Gerät ein. Er nahm die Quittung und drehte sich um. Der Blickkontakt ließ sie erstarren. Gleich darauf fragte sie sich belustigt, was sie hier eigentlich tat. Was schon? Sie benahm sich wie ein Teenager auf der Suche nach dem richtigen Kandidaten, der sie entjungfern sollte. Als sie demonstrativ zur Decke schaute, hörte sie ihn lachen. Ein sympathisches Lachen. Er winkte.
„Hau bloß ab, Mann", rief sie und lachte nun auch.
Jonas hatte sich von der Verkäuferin losgerissen und beugte sich zu ihr herüber. „Kennst du den?", fragte er leise.
Sie schüttelte den Kopf, ließ den Motorradfahrer aber nicht aus den Augen, der nun wieder unter seinem Helm verschwand und den Motor startete. Ein singendes Geräusch im Leerlauf; kraftvoll untermauert, als er Gas gab und auf die Oranienburger Straße einbog. Dann, auf der Bundesstraße, entschwand er ihren Blicken, nur das Motorengeräusch hörte sie noch einige Sekunden länger.
„Diese Motorräder hört man kilometerweit", sagte Jonas neben ihr.
„Stimmt. Deshalb hoffe ich, dass Fernando jemanden findet, der uns in die ungefähre Richtung schicken kann."
„Oder jemand in Buberow hat ein solches Motorrad", stimmte Jonas zu.
Sie holte noch zwei Tassen Kaffee, setzte sich wieder und stützte ihre Unterarme auf die Tischplatte. Jonas schüttete zwei Tütchen Zucker und ein Päckchen Milch in seinen Kaffee und rührte so kräftig um, dass sie fürchtete, er würde überschwappen.
„Das mit den Einbrüchen zu Jahresanfang war nichts", erklärte Jonas leise dem Kaffee. „Aufgeklärt sind sie nicht, aber die

Spuren sind's nicht. Gummistiefel, keine Springerstiefel."
„Schade. Aber dicht dran." Sie lächelte.
Jonas schaute schon wieder zu der Verkäuferin.
„Keine Freundin zurzeit?", fragte sie.
Jonas schüttelte den Kopf, ohne den Blick abzuwenden.
„Weißt du, wie sie heißt?", fragte er dann.
„Nein, frag sie doch. Der Name steht auch an ihrer Brust."
Jetzt sah er sie doch an. Verwundert, als würde er sich fragen, wovon sie hier eigentlich sprachen. „Quatsch. Gehen wir?" Er erhob sich von seinem Schemel. Jonas steuerte ferngelenkt auf den Tresen zu. Anne ging nach draußen, wo der Wind ihr sofort die Haare durchpustete.
Durch die Türscheibe sah sie Jonas in den Süßigkeiten kramen und dabei das Mädchen anstarren. Als ihr langsam kalt wurde, stieß Jonas die Tür auf und kam heraus.
„Und?"
Er lächelte linkisch. „Nele. Das Mädchen heißt Nele."
Sie lächelte, zog ihre Jacke fest um die Schultern und rannte zurück ins warme Büro. Als sie die Bürotür aufschloss, hörte sie drinnen das Telefon klingeln.
„Pagels", meldet sie sich.
„LKA, Eigentum. Ihr habt angefragt wegen eurer Schuhspuren. Ich habe da was. Zwei Einbrüche aus 2011, Täter unbekannt. Das sind eindeutig die gleichen Springerstiefel."
„Na, wenigstens etwas. Ich brauche die Tatorte und Listen der entwendeten Gegenstände. Die Akten mit dem Spurenmaterial könnt ihr auch herschicken."
„Die Tatorte waren Grunewald bei Templin und ein Nest bei Werneuchen. Geklaut wurden Sachen, die man leicht wegtragen kann: Werkzeuge in erster Linie, ein Laptop war dabei. Na, du wirst schon sehen."

Anne bedankte sich und legte auf.

„Das LKA? Haben die etwas?", fragte Jonas hinter ihr.

„Zwei Einbrüche, jeweils kurz hinter der Grenze zum Nachbarkreis. Die gleichen Springerstiefel."

„Das heißt, es könnte sein, dass hier auch etwas entwendet wurde. Vielleicht diente der Brand nur zum Spurenverwischen. Möglich, oder?"

„Ja, wir müssen uns die Fotos noch einmal anschauen. Ist die Liste der verbrannten Sachen von Margaretenhof bei dir?"

„Ja, ich hole sie."

Jonas ging zur Tür und konnte gerade noch verhindern, dass er ernstlich Schaden nahm, als Fernando plötzlich hereingestürmt kam.

„Mistwetter. Ich brauche einen Kaffee, irgendwas Heißes."

Erst jetzt bemerkte er Jonas hinter der Tür, der sich den Ellbogen rieb. „Was machst du da?", fragte Fernando.

Jonas lachte nur trocken und ging hinaus. Fernando sah Anne fragend an. Sie zuckte nur mit den Schultern.

„Wie war es?", fragte sie dann.

„Nass und kalt", rief er und war schon wieder zur Tür hinaus, wahrscheinlich um Kaffee zu holen.

Anne nahm den Stapel Brandort-Fotos vom Schreibtisch und ging zur Pinnwand, ihrer neuesten Errungenschaft. Mit bester Empfehlung vom Kripo-Chef.

Eine Übersichtsaufnahme der brennenden Scheune hängte sie ganz nach oben, an die linke Seite pinnte sie dann die Fotos, auf denen das Innenleben der Scheune zu sehen war. Die Fotos der verkohlten Leichen fanden mittig ihren Platz. An den unteren Rand heftete sie die Fotos der Schuh- und Reifenspuren. Dann trat sie einen Schritt zurück.

„Was ist?", fragte Jonas, der zur Tür hereinkam.

„Ich fürchte, die Fotos werden uns nicht helfen. Wir müssen noch einmal hinfahren."

„Ohne mich", rief Fernando, der drei Kaffeebecher hereinbalancierte. „Mir ist so kalt, das glaubt ihr nicht."

„Doch, ich glaube es", erwiderte sie und nahm Fernando einen Becher ab. „Aber ich fürchte, auf den Fotos werden wir nicht finden, was wir suchen. Jonas, lies vor."

„Steine, Zement, Rührgerät, Maurerwerkzeug, Stroh, Heu, Kettensäge, diverse Nägel und Schrauben, mehrere Wasserwaagen. Das war's."

Anne war näher an die Wand herangegangen. „Tja, die Steine sind noch da und das hier ..." Sie tippte auf ein Foto am linken Rand. „Das könnte der Zement gewesen sein. Aber sonst kann ich nichts erkennen."

„Hier, nimm die Lupe." Fernando reichte sie ihr.

„Hm, das hier sieht aus wie ein Maurerhammer. Nein, ich gebe auf. Wir müssen wirklich hinfahren und uns die Scheune bei Tageslicht ansehen." Sie drehte sich zu Fernando um. „Und was war nun? Außer nass und kalt?"

„Niemand in Buberow hat etwas gesehen oder gehört. Es war zum Mäuse melken mit klammen Fingern. Aber einen einzigen Lichtblick gab es: Einer im Dorf, Christian Helmer heißt er, hat ein ziemlich lautes Moped. Er war nicht zu Hause, aber dort könnten wir nachhaken."

„Gut gemacht, Fernando. Du bleibst dann hier und prüfst zuerst, ob wir über ihn etwas in den Dateien haben. Hast du noch mehr?"

„Nein, eigentlich nicht. Höchstens eins noch: Ich weiß jetzt, wo der Granseer Güterbahnhof liegt, jedenfalls die Straße, die nach ihm benannt ist. Ganz am Ende gibt es eine Autowerkstatt, dann den Hof von DHL und die ehemalige Brotfabrik, letztere wohl stillgelegt."

„Und?", unterbrach Jonas. „Was willst du uns damit sagen?"

„Nun wart doch mal. Also, wenn man diese Straße weiterfährt und sich nicht an dem Tor stört, an dem die Straße aufhört und als Feldweg weiterführt, dann kommt man bis fast zu der abgebrannten Scheune." Fernando holte tief Luft. „Jedenfalls dachte ich, dass die Motorradspuren an dem Weg nach Buberow ziemlich weit weg sind vom Brandort. Und auf der Karte ..."

„Ja?", fragte nun Anne. „Willst du uns jetzt hinhalten? Spuck es aus, Fernando. Was hast du gefunden?"

„Dort sind auch Motorradspuren mit Hänger. Das Profil war allerdings nicht mehr richtig zu erkennen. Aber ich dachte, es könnte wichtig sein, dass der Motorradfahrer öfter dort war."

„Gut, Fernando. Es bleibt dabei: Du prüfst Christian Soundso, Jonas und ich fahren zum Brandort. Wir haben noch eine Stunde Tageslicht."

13

Anne parkte den Dienstwagen vor der Hofeinfahrt und schaltete den Motor aus. Sie beugte sich nach vorn, um durch die Frontscheibe mehr von der Scheune sehen zu können.

„Erstaunlich, wie wenig von dem Brand zu sehen ist, wenn man von dem Dachstuhl absieht", meinte Jonas

„Aber hinten hat es die Wände nach außen gedrückt", entgegnete sie und stieg aus.

Herr Peters, der sie offenbar hatte einparken sehen, kam ihnen entgegen.

„Guten Tag, Herr Peters. Mein Name ist Pagels von der Kripo Gransee und das ist mein Kollege Lück."

Während sie ihm ihren Ausweis vor die Nase hielt, sprach sie schon weiter: „Wir würden uns Ihre Scheune gern noch einmal bei Tageslicht anschauen."

„Na dann kommen Sie mal rein." Er zeigte mit der Hand auf die Scheune, als müsse er erklären, welches der Gebäude die Scheune war, und ließ sie vorgehen.

Vor dem nur noch teilweise vorhandenen, verkohlten Scheunentor blieb Anne stehen und fragte an Peters gewandt: „Haben Sie schon mit dem Aufräumen begonnen?"

„Nein, ich weiß noch nicht so richtig, wo ich mit dem ganzen Schutt hin soll. Bin nur mal durchgegangen."

Sie trat einen Schritt vor und ließ ihren Blick über herabgestürzte Dachziegel und verkohlte Dachbalken schweifen. Irgendwo darunter könnten sich die Werkzeuge befinden, die sie suchten.

„Herr Peters", sagte sie und drehte sich zu ihm um. „Sie haben meinem Kollegen Lucio eine Liste mit Gegenständen gegeben, die sich vor dem Brand in der Scheune befanden. Haben Sie ein ungefähres Bild davon, wo die Werkzeuge gelegen haben könnten?"

Peters trat neben sie und schaute sich suchend um. „In diesem Chaos?", fragte er zurück. „Wozu?"

Anne sah ihm direkt ins Gesicht und versuchte dessen Gedanken zu ergründen. Doch da war nur der Ärger, den sie erwartet hatte.

„Sehen Sie", antwortete Anne, „wir wollen herausfinden, ob es sich um Brandstiftung handelt. Sie haben zum Beispiel angegeben, hier hätte sich irgendwo eine Kettensäge befunden." Sie zeigte in die Scheune hinein. „Wenn wir keine Reste davon finden, könnte sie gestohlen worden sein. Also, wo lag die Kettensäge?"

„Ach du großer Gott, die Kettensäge? Ehrlich, ich habe keine

Ahnung. Die beiden ...", er zeigte in die rechte Scheunenecke, als würde das alles erklären, „... benutzten sie, um die neuen Deckenbalken fürs Wohnzimmer auf Länge zu schneiden. Aber wo die vorgestern Abend gelegen hat ... Meine Frau weiß das bestimmt. Ich bin mir nur nicht sicher, ob sie schon in der Lage ist, solche Fragen zu beantworten. Warten Sie, bitte." Peters drehte sich um und lief zum Haus.
„Alicja, kommst du mal, bitte?"
Er blieb abwartend an der Tür stehen. Doch als sich nichts rührte, zog er die Schuhe aus und ging hinein.
Es vergingen einige Minuten, bis Peters mit seiner Frau herauskam. Er hatte ihr den Arm um die Schulter gelegt und zog sie sanft mit sich, während er beruhigend auf sie einredete.
„Wissen Sie, meine Frau stammt aus Polen und der eine war Neffe Patryk, der andere dessen Freund. Aber sie wird versuchen zu helfen."
Anne nickte verstehend. „Frau Peters", sagte sie, „es tut mir aufrichtig leid um Ihren Neffen und seinen Freund. Und ich bedaure, dass ich Sie in Ihrer Trauer stören muss. Vielleicht hilft es Ihnen ja, wenn wir hinterher feststellen können, ob ein Unfall die Ursache war oder Brandstiftung."
Sie wartete, ob sich Frau Peters beruhigen würde, doch diese schluchzte nur noch mehr. Ihre Augen waren verquollen vom vielen Weinen und die Nase rot. In der Hand knüllte sie ein Taschentuch. Es sah nicht aus, als könnte sie eine große Hilfe sein. Doch plötzlich schob sie ihren Mann weg, schnäuzte sich noch einmal und fragte in einem Deutsch, das Anne von Fernsehberichten aus Ostpreußen her kannte: „Also, was kann ich für Sie tun. Ich will das jetzt hinter mich bringen."
„Frau Peters, in der Scheune soll eine Kettensäge gelegen haben. Wissen Sie wo?"

Alicja Peters tupfte noch einmal ihre Augen trocken und betrat die Scheune, offenbar bemüht, nicht in die rechte Ecke zu schauen. Aber drinnen wandte sie sich nach links und zeigte auf den Torpfosten. „Hier lag sie. Ich hatte am Abend hier noch etwas aufgeräumt. Was noch?"

Anne ließ sich von Jonas die Liste geben und las sie noch einmal von oben bis unten. „Ach ja, das Gerät zum Mörtel anrühren. Können Sie da auch helfen?"

„Das stand hier drüben in einem Mörteleimer mit Wasser. Es lehnte an den Steinen. Kann ich jetzt gehen?"

„Ja, vielen Dank, Frau Peters. Sie haben uns sehr geholfen."

Herr Peters stand mit hängenden Armen an der Seite und schaute ihr hinterher. „Ja, meine Frau ist hier die Handwerkerin. Sie weiß so etwas. Ich bin ja den ganzen Tag in der Schule und unterrichte."

Anne nickte ihm zu. „Wir sind auch gleich wieder verschwunden."

Jonas kam mit einer Schaufel von draußen und begann, links am Torpfosten im Schutt herumzuwühlen. Doch bald brach er die Suche ab. „Hier ist nichts, Anne."

„Schau noch, ob du den Rührer findest. Die anderen Werkzeuge finden wir hier nie."

„Mal sehen, ob ich dort herankomme."

Vorsichtig balancierte Jonas über den Schuttberg, wich geschickt einem herunterhängenden Balken aus. Dann sah Anne, wie er irgendwas zur Seite warf, und hörte ihn fluchen. Es polterte und sie floh nach draußen. Kurz darauf stand Jonas wieder neben ihr.

„Den Henkel eines Eimers hab ich gefunden, den Rührer nicht", berichtete er und wandte sich dann Peters zu: „Kann ich mich irgendwo waschen?"

Peters zeigte zum Wasserhahn an der Hauswand. Anne nahm ihm die Jacke ab, während Jonas seine Jeans abklopfte und dann zum Wasserhahn ging.
Damit wäre das Motiv nun klar, überlegte sie. Wir suchen einen miesen Dieb. Einen, der Spaß daran hat, seine Spuren mit Feuer zu beseitigen.
Schöne Scheiße.
„Herr Peters, Sie sagten, Sie sind Lehrer", sagte sie dann. Schließlich sind nicht alle Lehrer gleichermaßen beliebt bei den Schülern.
„Ja, Sie glauben doch nicht etwa an einen Kinderstreich?", fragte Peters aufgebracht zurück. „Vergessen Sie es. Auf meine Schüler lasse ich nichts kommen."
„Niemand, den Sie … ich nenne es mal auf den Kieker haben? Oder er Sie?"
Peters dachte ernsthaft nach. Dann schüttelte er den Kopf.
„Niemand hat mich auf dem Kieker und keinem meiner Schüler würde ich das zutrauen."
Anne sah ihn nachdenklich an. Die Scheune wich von den bisherigen Brandorten ab. Sie stand nicht so abseits wie die anderen. Dass Peters oder seine Frau die Scheune selbst in Brand gesteckt hatte, glaubte sie schon wegen der Toten nicht. Aber wer war es dann?
Wenn sie an die Toten dachte: eine Beziehungstat? Also statistisch gesehen … nein. Anne, das ist Schwachsinn.
„Bitte denken Sie in Ruhe darüber nach. Vielleicht gab es in der Vergangenheit jemanden, der gern gepesert hat. Sie wissen schon: solch kleine Vorkommnisse in der Schule. Und sie müssen nichts mit Ihnen zu tun gehabt haben. Brennende Papierkörbe, Schulhefte, Klopapierrollen."
Als Peters nicht gleich antwortete, wusste sie, dass er darüber

nachdenken würde. Es wäre immerhin eine Möglichkeit.

14

Silke saß auf der Treppe vor der Haustür und schaute kurz zu den erleuchteten Fenstern der Gästewohnung hinüber. Carla und Knut hatten anscheinend ihren Spaß. Sie zog ihn aus, er ließ es sich gefallen. Dann verschwanden sie zusammen in der Dusche.

Unruhig schaute Silke auf die Uhr: fünf durch. Was dauert bei einer Besichtigung denn so lange, fragte sie sich. Zwei Stunden, hatte Hagen gesagt. Höchstens. Und nun waren schon vier vorbei. So oft hatte sie schon wütend reagiert, wenn er nicht wie versprochen nach Hause kam. Er hätte doch wenigstens anrufen können. Sie erhob sich und ging ins Haus. In der Küche nahm sie ihr Handy vom Tisch und schaltete es ein.

Nein, angerufen hat er nicht. Entschlossen suchte sie den richtigen Kontakt heraus und tippte auf Anrufen. Das Rufzeichen. Nach dem fünften Klingeln ging die Sprachbox an.

„Hagen, wo bleibst du, verdammt?", rief sie und trennte die Verbindung.

Nervöser als zuvor ging sie hinüber in Hagens Büro. Von dort aus konnte sie sehen, wenn er durchs Dorf fuhr und dann den Berg hinaufkam. Zehn Minuten stand sie da und wartete.

Warum rief er nicht zurück?

Weitere fünf Minuten später zog sie mit fahrigen Bewegungen ihren Anorak über und die Schuhe an. Als sie die Haustür hinter sich zuzog, kam Carla aus der Gästewohnung. „Silke, wo willst du denn jetzt noch hin? Ich dachte, wir machen zusammen Abendbrot."

„Ich fahre nach Gransee und schaue, wo Hagen bleibt. Er geht nicht ans Handy und ruft nicht zurück." Silke suchte in der

Anoraktasche nach dem Autoschlüssel.

„Dann warte, ich komme mit. Weißt du die Straße?"

Silke nickte und eilte zum Auto. Noch bevor sie den Motor angelassen hatte, saß Carla neben ihr. Unterwegs schwiegen sie. Silke war angespannt und das Auto vor ihnen trödelte mit neunzig über die Landstraße.

„Weißt du, wo wir hin müssen?", fragte Carla, als sie endlich am Bahnhof vorbei waren.

„Nicht genau. Koliner Straße. Eine Hausnummer weiß ich nicht, aber der Kunde hieß Fuchs. Irgendwo muss ja Hagens Astra stehen."

Da! Koliner Straße. Silke bog links ein und rollte langsam über das Kopfsteinpflaster. Von Hagens Auto war nichts zu sehen. Vor ihnen lag jetzt rechterhand die Schule. Sie fuhr vorbei. Zwanzig Meter hinter dem Platz sah sie vor sich einen silberfarbenen Astra. Sie hielt direkt daneben an.

Im Auto saß niemand und es war abgeschlossen. Carla versuchte es auf der Beifahrerseite. Nichts.

Ein Auto kam, hielt, der Fahrer hupte, dass sie weiterfahren sollten. Silke trat an die Fahrertür heran. Ein junger Mann schaute sie böse an und ließ die Scheibe herunter.

„Wohnen Sie hier in der Straße? Kennen Sie jemanden namens Fuchs?", fragte Silke ihn.

„Gleich hier links." Er zeigte auf das Einfamilienhaus auf der linken Straßenseite.

Sie ließ ihn stehen und lief hinüber. Im Haus war alles dunkel, das Gartentor nur angelehnt.

„Hey, fahren Sie Ihre Karre weg. Verdammt", rief der Mann ihr hinterher. Doch sie reagierte nicht. Eine dumpfe Ahnung trieb sie vorwärts.

Sie stieß das Gartentor auf, drängte sich rücksichtslos zwischen den Büschen hindurch. Da sah sie ihn liegen. Mit einem erstickten Aufschrei kniete sie neben ihm nieder.

„Hagen!"

Er rührte sich nicht. Hier zwischen den Büschen war es inzwischen auch so dunkel, dass sie sein Gesicht nicht erkennen konnte.

„Carla, eine Taschenlampe! Handschuhfach. Schnell!", rief sie und tastete nach seinem Hals. Es fühlte sich klebrig an.

„Er blutet ja", sagte Carla plötzlich neben ihr. „Ich rufe einen Rettungswagen."

Silke tastete vorsichtig nach der Halsschlagader. Tränen flossen ihr die Wangen hinunter, ohne dass sie es merkte.

Doch. Endlich. Sie fühlte das schwache Pochen des Blutes. Er lebt. Sie schob ihre Hand unter seinen Nacken. Noch mehr Wärme, noch mehr Blut.

Mein Gott, dachte sie, vier Stunden.

„Carla?", flüsterte sie. „Wie lange dauert das?"

„Nur ruhig. Sie kommen gleich. Ich fahre dein Auto zur Seite. Bin gleich wieder da."

Sie schluckte den dicken Kloß hinunter, der ihr im Hals steckte. Dann fiel ihr ein, was man ihr im Erste-Hilfe-Kurs beigebracht hatte. „Im Kofferraum, Carla, ist eine alte Decke. Vielleicht friert er."

„Bringe ich mit. Lass ihn so liegen. Vielleicht ein Halswirbel."

Wieder kamen die Tränen. Dann war Carla zurück und breitete die Decke über Hagen aus. Die Ränder stopfte sie unter seinen Rücken. Silke rührte sich nicht.

Irgendwann war ein zuckendes blaues Licht da. Jemand zog sie auf die Füße. Carla?

„Ja, ich bin ja hier. Hagen kommt schon wieder in Ordnung.

Lass die Ärzte nur machen."

15

Willi Lachmann ächzte, als er sich am Griff seines Spatens hochstemmte. Früher war ihm alles leichter von der Hand gegangen. Natürlich. Jetzt spielten die Knie nicht mehr so mit und die Finger taten auch weh. Laufen ging meist noch, manchmal sogar Fahrradfahren – wenn er es nicht eilig hatte. Ansonsten war es nicht mehr weit her mit körperlichen Betätigung.

Trotzdem. Es nützte ja nichts, wenn man Borschtsch essen wollte und Helfried nicht da war. Der Junge steckte bestimmt wieder mit diesem Marke zusammen.

Natürlich kannte er Marke. Zwar nur von weitem, aber er kannte dessen Stiefvater von früher, als sie in der LPG gearbeitet hatten. Ein Taugenichts und Säufer. Und der Sohn fällt nicht weit von der Flasche. Sagt man nicht so?

Vor dem Gartenzaun hielt ein Auto. Irene stieg aus.

„Hallo Opa Willi", rief sie.

Er winkte und trat vorsichtig aus dem Beet. Ganz langsam hinkte er nach vorn.

„Oh je", sagte Irene vom Zaun her, „das sieht ja böse aus. Die Knochen wollen nicht mehr so, stimmt's?"

Er winkte nur ab und bemühte sich, seinen Schritt zu beschleunigen.

„Mach nur langsam", rief Irene. „Jetzt habe ich Zeit."

Ein paar Schritte noch und er stützte sich auf den Zaun.

„Ja, es ist ein Kreuz mit dem Alter. Nichts will so, wie man es sich vorstellt. Für alles braucht man Hilfe. Also, was hast du für mich?"

Sie reichte ihm das Sparbuch über den Zaun.

„Ich habe für dich einen Termin gemacht. Am Donnerstag, den 14. November, um 15 Uhr, liegt das Geld bereit. Ich musste versprechen, dass du wirklich an dem Tag und um diese Zeit kommst. Sonst hättest du nach Berlin fahren müssen. Solche hohen Beträge bearbeitet sonst nur die Hauptfiliale. Jetzt hoffe ich, dass das bei dir klappt."
„Mädchen, reg dich nicht auf. Das klappt schon. Wo soll ich denn sonst hin?" Nachdem er das Sparbuch eingesteckt hatte, schaute er Irene aufmerksam an. Etwas war anders an ihr.
„Gefällt es dir?", fragte sie und fingerte in ihren Haaren.
„Ja sehr. Da wird der Friseur erleichtert sein." Willi Lachmann grinste. Schaute wieder und grinste, bis Irene anfing, Farbe zu bekommen. „Aha, ich verstehe", sagte er nun, „und wünsche Glück. Mehr als mit dem vorigen. Kenne ich ihn?"
Jetzt strahlte sie und schüttelte gleichzeitig ihre frisch gefärbte Mähne. Dann lachte sie. „Nein, bestimmt nicht."
Dann beugte sie sich vor und flüsterte: „Ich habe ihn am vorigen Wochenende kennengelernt in einem Restaurant. Ein feiner älterer Herr. Aber pst ..."
Sie legte den Zeigefinger auf ihre Lippen. Dann drehte sie sich um und rannte zur Fahrertür. Winkte und weg war sie.
„Donnerstag um drei", grummelte Willi Lachmann.

16

Obwohl es bereits stockfinster war und er ohne Beleuchtung fuhr, lenkte Helle Opas altes Fahrrad problemlos den Berg hinauf. Die Betonplatten schüttelten es in rhythmischen Abständen. Kurz darauf hörte er die Windräder über sich rauschen. Es war zwar kein kräftiger Wind, auch kein kräftiges Rauschen, aber immerhin vertrieb er (es sang ein Lied dazu) den Nebel über Kraatz, das Helle vor ein paar Minuten hinter sich gelassen hatte.

Helle stieg ab und schob das letzte Stück. Vor ihm erhob sich ein dunkler Hügel zwischen den Bäumen und er sah ihn nur, weil der Himmel dahinter sternenklar war.

Der Bunker. Früher gehörte er zum Schutzwall für den Frieden, hatte Opa erklärt. Es gab mehrere davon auf den Hellbergen. Leer inzwischen. Die ganze Technik hatte man in Richtung Osten abtransportiert und (hoffentlich) verschrottet. Einer behauptete, Luftabwehr sei hier stationiert gewesen, ein anderer sprach von Mittelstreckenraketen. Egal.

Das Tor war geschlossen. Trotzdem sah Helle den schwachen Lichtschein, der durch einen Spalt an der Seite herausdrang. Marke war da und hatte die Taschenlampe an. Helle blieb einen Moment stehen. Lauschte. Geklapper von drinnen, aber die Umgebung des Bunkers blieb ruhig.

Verabredet hatten sie sich nicht. Das war auch nicht nötig, sie trafen sich fast jeden Abend hier. Marke und er waren Freunde und wenn Marke Geld brauchte, ging er Helle eben mit und half tragen. So war das.

Helle zog kräftig an dem schweren Tor aus Stahl und Beton, bis es langsam zur Seite rollte. Die Rollen hatten sie sorgfältig eingefettet, als sie den Bunker in Besitz nahmen, und gaben kaum einen Laut von sich.

Marke sah kurz auf, konzentrierte sich aber gleich wieder auf etwas, das vor ihm auf dem Boden lag. Helle schob das Tor zu. Dann lehnte er sich mit dem Rücken dagegen.

Marke schien irgendwelche Werkzeuge zu sortieren.

„Ich mache nicht mehr mit", erklärte er Markes gesenktem Hinterkopf. Der Vorteil war, dass der Hinterkopf ihn nicht so wild anstarrte. Der Nachteil: Er sah Markes Reaktion nicht kommen.

Plötzlich flog ein Hammer durch die Luft und knallte polternd gegen den Stahlträger rechts von ihm. Helle zuckte heftig zusammen.

„Willst dich verpissen, Schleimi?", fragte Marke, ihn nun wirklich wild anschauend. „Fällt nicht genug ab für dich – oder was?" Marke stand auf. Er hatte eine Rohrzange in der Hand und kam auf ihn zu.

Helle verfluchte sich selbst für seine Dämlichkeit, hier hergekommen zu sein. Er hätte sich doch denken können, wie Marke reagierte. Der blieb einen halben Schritt vor ihm stehen und wog die Rohrzange in der rechten Hand, als wollte er sich vergewissern, dass sie auch schwer genug war, ihm sein Hirn gegen das Betontor zu klatschen.

Helle schaute zu Marke auf und wusste, dass er keine Chance hatte, gegen den älteren und stärkeren.

„Nein, das ist es nicht. Aber mit einem Mörder will ich nichts zu tun haben."

Marke prallte zurück, als sei es er, Helle, der mit der Rohrzange drohte. Jedes Grinsen, jedes Drohen war aus Marke verschwunden. Von der Macht der Worte hatte Helle gelesen. Doch wie das so ist mit der Macht: Sie kam und ging.

„Was soll das heißen? Mörder?", kam Markes Aufbäumen.

Helle griff in seine Gesäßtasche und zog den Zeitungsausschnitt hervor. „Hier steht es: In Margaretenhof hat es zwei Tote gegeben. Das kannst doch nur du gewesen sein."

„Ach ja? Das kann nur ich gewesen sein? Für wie blöd hältst du mich denn? Ich lege doch keine Leute um", blaffte Marke. „Los, zeig her."

Marke riss ihm den Papierfetzen aus der Hand, drehte sich um und ging zur Lampe. Ein ganzes Weilchen starrte er auf das Bild. Dann drehte er sich heftig um. „Scheiße. Eine Scheune

und ein paar Flammen. Hier sind keine Leichen zu sehen."
„Nein. Das steht unter dem Bild geschrieben."
„Das kann ich nicht lesen. Mist. Ist zu dunkel hier", erklärte Marke. Doch es klang eher kleinlaut, fand Helle und wusste auch, warum. Er stieß sich vom Tor ab und trat neben ihn.
„Gib her. Ich lese es dir vor."
Widerstandslos ließ sich Marke den Zeitungsausschnitt aus der Hand nehmen. Helle las:
„In der Nacht zu Samstag brannte erneut eine Scheune ab. Zwei Menschen starben dabei. Die Polizei ermittelt, jedoch steht nicht fest, ob es sich auch diesmal um Brandstiftung handelt."
„Quatsch", brummte Marke. „Das war nur ein Schaf. Nichts weiter. Außerdem müssen sie mir das erst beweisen."
Langsam schlenderte Marke in die hintere Ecke, wo ein alter Sessel stand, und zog eine Schnapsflasche hervor. Er warf sich in den Sessel und schraubte die Flasche auf.
Helle ging zum Tor und öffnete es. Als er zurückschaute, sah er Marke einen langen Schluck nehmen. Dann schob er das schwere Tor wieder zu.
„Ja, hau doch ab!", hörte er Marke von drinnen schreien.
„Haut doch alle ab!"

17

Draußen war längst die Dunkelheit hereingebrochen. Anne stand am Fenster. Das blass-blaue Licht eines Krankenwagens glitt durch die Nebelschwaden wie der Vorbote der bösen Geister, die zu Halloween die Erdoberfläche bevölkerten.
Fernando kam herein. Anne wandte sich vom Fenster ab und setzte sich zu Jonas an den Tisch.
„Wer fängt an?", fragte sie in die Runde.

„Also, eins ist sicher", begann Jonas. „Hier war ein Dieb unterwegs. Die Kettensäge und das Rührgerät von unserer Liste waren nicht aufzufinden. Ich bin sicher, dass sie nicht dort lagen, wo diese Frau Peters gesagt hat. Damit können wir die Unfall-Variante ausschließen, obwohl der Brandursachen-Ermittler keine Anzeichen von Brandbeschleuniger gefunden hat. Der Ausbruchsherd befand sich recht nah am Scheunentor, weit weg von den beiden Schlafenden, die wir inzwischen auch identifizieren konnten."

„Hat sich der Pathologe gemeldet?", hakte Anne nach.

Jonas nickte. „Ich fahre morgen früh hin. Um neun."

„Gut. Danke, Jonas. Ich muss auf jeden Fall von Meerbusch informieren, dass es jetzt nicht nur um irgendeinen Brand geht, sondern um Brandstiftung mit Todesfolge."

„Na, Mahlzeit", kommentierte Fernando. „Seltsam, dass ich hier noch keine Presse gesehen habe."

„Nu male nicht den Teufel an die Wand. Was hast du?"

Fernando schaute kurz auf seine Notizen.

„Christian Helmer, Jahrgang 1950, hat es in sich: Jede Menge Vorstrafen. Alles Eigentumsdelikte mit einem einzigen Ausrutscher: Er hat 2012 für sechs Monate gesessen, weil er seinem Saufkumpanen ein Messer in den Bauch gerammt hat. Schwere Körperverletzung."

„Hast du überprüft, ob einer der Brände in seine Haftzeit fiel?", fragte Jonas. „Dann könnten wir ihn sofort wieder ausschließen."

„Ich habe es versucht, konnte das aber nicht endgültig klären. Zum Haftantritt kam er nicht, wurde aber irgendwann zu Hause aufgegriffen. An der Stelle müssen wir die Daten noch einmal ganz genau prüfen."

„Aber selbst dann, wenn einer der Brände wirklich in seine

Haftzeit fiel", erwiderte Anne, „kann es eine Bande sein."
Anne schaute auf die Uhr. Neunzehn Uhr.
„Wir holen ihn uns. Heute noch. Und ..." Das Klingeln ihres Smartphones unterbrach sie. Unwillig griff sie in die Hosentasche. Carla?
„Carla, was ist?", fragte sie und klang nicht freundlich dabei. Sie lauschte der Stimme und schob schon nach den ersten Sätzen ihren Stuhl zurück.
„Ich komme." Sie griff sich ihre Jacke und war schon halb aus der Tür.
„Was ist denn passiert?", rief Fernando ihr hinterher.
„Hagen liegt im Krankenhaus. Bewusstlos", hallte ihr Ruf durch den Flur. Drei Paar Schuhe polterten die Treppe hinunter.

18

„Frau Pagels? Das ging ja schnell. Ich habe erst vor zehn Minuten angerufen", sagte der Arzt in der Rettungsstelle. Sein Gesicht war eine Mischung aus Besorgnis und Freundlichkeit, ohne die man als Arzt in einem Krankenhaus wahrscheinlich nicht auskam.
Jetzt klingelte Annes Smartphone. Das Revier. Sie nahm das Gespräch an und fragte: „Jörg?"
„Gerade kam ein Anruf ..."
„Ja, ich bin schon im Krankenhaus. Ich melde mich, wenn ich weiß, was los ist." Sie unterbrach die Verbindung. „Also", wandte sie sich dem Doktor zu, „was können Sie mir sagen?"
„Seine Partnerin hat ihn gefunden. Er hatte einen Maklertermin. Sie haben ihn gesucht, als er überfällig war und nicht ans Handy ging. Es war knapp. Er hat Verletzungen am Hinterkopf und am Kinn. Platzwunden. Wahrscheinlich Gehirner-

schütterung. Bewusstlos, aber keine Lebensgefahr mehr. Er hat ziemlich lange dort gelegen, vielleicht vier Stunden. Mehr kann ich im Moment nicht sagen."

„Kann ich ihn sehen?", fragte sie und fügte dann hinzu: „Wir leben zusammen."

„Ich verstehe nicht." Sie sah ihm an, was er meinte.

„Die Mühlhof-Kommune. Nie gehört? Kann ich ihn sehen?", fragte sie noch einmal.

„Kommen Sie." Der Arzt ging voraus. Zu dritt folgten sie ihm zur Intensivstation. Vor der Tür saß Carla Krause auf der Bank.

„Carla. Danke, dass du mich angerufen hast. Ist er wach?", fragte sie. Carla schüttelte stumm den Kopf. Ihre Augen waren gerötet. Anne drückte tröstend ihre Hand, obwohl ihr nicht besser zumute war.

Der Arzt schob die Tür zur Intensivstation auf. Anne riss sich von Carla los und folgte ihm. Zögernd trat sie an die Zimmertür heran, die er ihr gezeigt hatte, und schaute durch die eingelassene Scheibe.

Zuerst gewahrte sie Silke, die weinend auf einem Stuhl neben dem Bett saß. Ihre Schultern zuckten pausenlos. Von Hagen war nicht viel zu sehen. Die gewölbte Zudecke sagte ihr, dass dort jemand lag. Auf dem Kopfkissen ein Haufen Verbände. Dazwischen Schlitze, die wohl Augen, Mund und Nase freiließen. Sie wandte sich ab und machte Platz vor dem Fenster für Fernando und Jonas.

„Rufen Sie mich bitte an, wenn er wach ist", bat sie den Arzt. „Ich muss ihn sprechen. Sieht so aus, als müssten wir offiziell ermitteln."

Der Arzt nickte. Dann fragte er: „Ist das der Hagen Brandt? Der Sonderermittler?"

„Geben Sie gut auf ihn acht, Doktor", sagte sie nur und ging wieder hinaus. Jonas und Fernando folgten ihr.
„Fernando, ihr beide kümmert euch jetzt um den Motorradfahrer. Und mit Kümmern meine ich, dass ihr aus ihm rausklopfen sollt, was geht. Nehmt den Dienstwagen."
Die Tür zur Intensivstation schloss sich langsam hinter ihnen.
Anne setzte sich sich neben Carla.
„Also, noch einmal genau: Was ist passiert?", fragte sie und zerrte ihren Notizblock aus der Jackentasche, der sich im Unterfutter verhakt hatte.
„Es war ungefähr zwölf, als Hagen einen Anruf bekam. Jemand wollte sein Haus verkaufen. Koliner Straße. Der Name war Fuchs. Wir haben noch zu Mittag gegessen."
„Hausnummer?", fragte Anne und notierte sich Namen, Straße und Uhrzeit.
„Nummer 15 oder 18. Wir haben einfach nach Hagens Auto gesucht. Gegen eins ist er losgefahren und wollte in zwei Stunden wieder da sein. Wir haben Apfelsaft gemacht und Silke war schon etwas stinkig, weil Hagen sich abgeseilt hat. Du weißt ja, wie sie manchmal reagiert."
Anne nickte. „Wann habt ihr ihn gefunden?"
„Weiß nicht. Halb sechs? So ungefähr. Er lag auf dem Weg vor der Haustür und war nicht bei Bewusstsein. Ich habe nicht nachgeschaut, ob Fuchs am Briefkasten stand. Ein junger Mann hatte uns das richtige Haus gezeigt. Ich habe dann den Notarzt gerufen."
„Gut, kannst du nach Hause fahren und für Hagen ein paar Sachen einpacken? Ich glaube, Silke ist dafür jetzt nicht zu gebrauchen."
Sie stand auf und verließ das Krankenhaus. Draußen empfing sie wieder dieser nasse Nebel, der die Nacht immer so un-

heimlich machte und sofort unter ihre Jacke kroch. Anne nahm ihr Handy aus der Tasche und wählte das Revier an.

„Jörg, pass auf", sagte sie, als sie seine Stimme erkannte. „Ich weiß nicht genau, ob Hagen gestürzt ist. Es sieht eher nach Fremdeinwirkung aus. Hagen hatte einen Termin in der Koliner Straße bei jemandem namens Fuchs. Kennst du den?"

„Klar, wer kennt den nicht. Ein ehemaliger Polizist. Hat sich jahrelang in der Wache in Oranienburg abgeduckt. Sie haben ihn letztlich rausgeworfen. Alkoholiker. Geschieden. Provoziert gern. Er hat in der Koliner Straße ein Haus."

„Hast du jemanden da, der hinfahren kann? Ich brauche eine Aussage, was passiert ist."

„Olli macht das bestimmt gern. Er hat mit Fuchs noch ein Hühnchen zu rupfen, weißt du. Und Stan fährt mit. Was, wenn er Ärger macht? Wären blaue Augen schlimm?"

Sie sah förmlich, wie Jörg Butterbrod sie heftig anblinzelte.

„Wenn sie abschätzen können", antwortete sie lächelnd, „dass er Hagen niedergeschlagen hat, dann sollen sie ihn mitbringen. Egal, in welchem Zustand. Ansonsten müssen wir warten, bis sich der Arzt festlegt oder Hagen aussagen kann."

„Gut, alles klar."

Sie trennte die Verbindung, schob das Handy zurück in die Hosentasche und schlug den Kragen ihrer Jacke hoch.

Mensch, Hagen, ging es ihr durch den Kopf, kann es sein, dass du alt wirst? Hast du dich überraschen lassen?

19

„Hier links entlang, dann immer geradeaus zur Kirche", wies Fernando Lucio seinen Kollegen ein und ließ die Tüte Lachgummis im Handschuhfach verschwinden.

„Halt an. Hier ist es."

Sie stiegen aus.

„Was denn, das hier? Und hier wohnt noch jemand?", fragte Jonas Lück, als er sich umgeschaut hatte.

„Klar doch. Bin ja vorhin schon hier gewesen."

„Ach, sicher der Mann mit der Abrissbirne."

Fernando lachte und wummerte gegen die Haustür.

„Die Klingel brauchst du nicht zu versuchen", erklärte er, als Jonas die Hand zu dem Knopf ausstreckte. Wieder schlug Fernando mit der Faust gegen die uralte massive Holztür.

„Hör auf", sagte Jonas. „Da ist niemand. Machst ja die Holzwürmer ganz kirre."

Fernando hob die Hand. „Still." Dann legte er ein Ohr an die Tür. „Da war etwas."

Sie warteten noch einen Moment, dann streckte Jonas die Hand nach der Klinke aus. Die Haustür ging knarrend auf.

„Bitte nach dir", sagte er und grinste Fernando an.

Vom Ende des zehn Meter langen Flurs hörten sie, wie eine Tür leise quietschend geschlossen wurde.

„Polizei! Stehen bleiben!", rief Fernando und rannte los. Jonas machte kehrt und ging zur Hofeinfahrt zurück, deren großes doppelflügliges Holztor und die kleine Pforte daneben geschlossen waren. Beide träumten wahrscheinlich schon länger von einem Techtelmechtel mit einem jungen, nach Schweiß riechenden Tischler.

In diesem Moment klapperte der Riegel an der kleinen, von Unkraut fast zugewachsenen Tür und jemand riss sie von drinnen auf. Jonas erkannte einen alten Mann, der sich hindurchdrängte, und breitete wortlos die Arme aus.

Nein, hier kommst du nicht durch, dachte Jonas noch. Dann rannte der Alte los und rammte ihm mit Wucht den Kopf in den Magen. Jonas verlor den Halt, fiel auf den Rücken und blieb keuchend liegen. Fernando sprang über ihn hinweg und erwischte den Alten am Kragen.

„Stehenbleiben hab ich gesagt", brüllte Fernando, drehte ihm den rechten Arm auf den Rücken und hielt ihn fest.

Jonas erhob sich mühsam und hielt sich den Bauch, als müsse er befürchten, ihn zu verlieren. Tief atmete er ein und aus.

„Geht's?", fragte Fernando.

Jonas hob die Hand, als wollte er sagen: „Weiß noch nicht genau." Dann stützte er beide Hände in die Hüften und drückte das Kreuz durch. Langsam ging er zum Dienstwagen. Fernando folgte mit dem Alten.

Jonas öffnete die hintere Tür und winkte dem Alten einzusteigen. Sprechen konnte er noch nicht.

„Los, einsteigen!", schrie Fernando den Alten an, als der sich sperrte, drückte ihm den Kopf hinunter und hob ihn ins Wageninnere. Jonas setzte sich daneben.

Fernando riss die Fahrertür auf und sprang hinein. Jonas klopfte ihm auf die Schulter.

„Warte mal. Im Kofferraum ist der Fotoapparat. Mach mal ein paar Bilder von der Bereifung den Mopeds." Dann wandte er sich an den Alten. „Er darf doch mal auf Ihren Hof – oder?"

Fernando stieg aus, als der Alte den Kopf bewegte, was man nur mit viel gutem Willen als Zustimmung werten konnte – aber ebenso als ein *Leck mich*. Kurz darauf durchbrachen vom Hof her mehrere Blitze die Dunkelheit. Im Auto sagte in der Zwischenzeit keiner ein Wort. Doch Jonas merkte, wie es zunehmen nach Alkohol, Tabak und Schimmelpilzen roch. Letzteres wahrscheinlich von dem löchrigen Jackett, das der Alte trug.

Alles Bio, ging es Jonas durch den Kopf. Da würde er heute Abend garantiert duschen müssen, wenn Oma Helene auch immer gepredigt hatte, dass der Waschlappen an Werktagen genügt und nur samstags gebadet wird.

Sie kannte eben den alten Helmer nicht.

Fernando schwang sich auf den Fahrersitz und drehte sich zu dem Alten um.

„Wo waren Sie in der vorletzten Nacht?", fragte er.

„Wo soll ick scho jewesen sinn? Zu Hause, im Bett."

„Waren Sie allein?"

Ein undefinierbares Brummen war die Antwort.

„Was hast du gesagt?", knurrte jetzt Jonas, dem immer noch speiübel war.

„Weeß nich. War besoffen."

Jetzt wandte sich auch Jonas dem Alten zu. „Besoffen, ja?"

„Jaaa", antwortete der und hauchte ihm eine Wolke von Getrunkenem und Erbrochenem ins Gesicht.

Jonas hustete mühsam und riss die Tür auf. Sauerstoff, schrie sein Gehirn und gab Fluchtimpulse.

„Margaretenhof. Wann warst du da?", presste er dann hervor.

„Jestern oder vorjestern. Zugucken, als itt jebrannt hat."

„Hast du das Feuer gemacht?"

„Ick? Nee." Der Alte schüttelte heftig den Kopf, dass Jonas schon fürchtete, dass der Sabber, den der Alte in den Mundwinkeln hatte, sich bei ihm entlud.

„Hab nur zujeguckt."

Jonas schaute fragend zu Fernando hinüber. „Reifen?"

Fernando schüttelte den Kopf. „Passen nicht."

Jonas sah den Alten an. „Warum wolltest du abhauen?"

Der Alte zog den Kopf ein, sagte aber nichts. Jonas schob sich zur Tür hinaus und winkte dem Alten. „Los, raus hier."

Kaum stand der Alte wieder neben ihm, knallte Jonas die Tür zu und stieg wortlos auf der Beifahrerseite ein. Er ließ die

Seitenscheiben herunter. „Los, fahr."
Als Fernando Gas gab, hörten sie hinter sich noch den Alten keifen: „Ihr Stasi-Schweine, ihr verdammten!"

20

„Alles dunkel. Ob der dicke Fuchs schon schnarcht, Olli?", fragte Hauptwachtmeister Stanislaus Kern, den jeder nur als Stan kannte. Er parkte gegenüber des Hauses Koliner Straße 14 ein, zog den Schlüssel ab und stieg aus, während Hauptwachtmeister Oliver Kahnes per Funk ihren Standort durchgab.

Sie fuhren nicht nur seit vielen Jahren zusammen Streife, sondern waren auch gute Freunde. Und da man sie immer zusammen sah und sie fast immer guter Laune waren, trafen ihre Spitznamen auch genau ins Schwarze: Stan und Olli, wie die beiden amerikanischen Komiker. Und genau so sahen sie auch aus. Während Stan schmächtig und von eher kleinem Wuchs war, dass er kaum über das Dach seines Streifenwagens schauen konnte, war Olli das genaue Gegenteil. Als der aus dem Streifenwagen ausstieg, entspannten sich die Stoßdämpfer ganz erheblich.

Stan schaute auf seine Armbanduhr. Es war fünf vor halb neun. Er wartete, bis Olli hinter dem Wagen hervorkam.

„Fuchs sitzt sicherlich noch vor dem Fernseher", sagte jetzt Olli. „Stan, du klingelst. Ich schlage mich in die Büsche."

„Sei bloß vorsichtig, Olli. Wenn Fuchs besoffen ist, wird er grantig."

„Ich weiß. Mach dir keine Sorgen. Und schön zurücktreten, wenn du geklingelt hast." Ollis Grinsen ahnte Stan mehr.

Er öffnete die Gartentür. Olli huschte links neben dem Eingang hinter einen Busch, nahm die Stellung eines Rugby-Verteidigers ein und gab Zeichen. Bereit.

Stan stieg die zwei Stufen hinauf und drückte auf den Klingelknopf. Drinnen schrillte eine nervende Klingel. Schnell ging er zwei Meter zurück und wartete. Es dauerte eine kleine Ewigkeit bis das Flurlicht anging, und dann noch einmal zwei Minuten. Die Haustür wurde aufgerissen.

„Bulle, was willst du?", lallte Fuchs und hielt sich am Türrahmen fest. Die fettigen dunklen Haare standen nach allen Seiten ab und das T-Shirt, das Fuchs trug, hatte dunkle Flecke auf der Brust.

Stan schüttelte es. Ihm kam es vor, als würde Fuchs die Zähne fletschen und sich gleich auf ihn stürzen.

„Hallo Fuchs. Ich habe gehört, es hat Ärger gegeben? Hast du wieder einen verprügelt?", fragte Stan gelassen.

„Hat meine Alte das gesagt? Die soll sich bloß nicht mehr blicken lassen, dann kriegt die auch aufs Maul. Das hier ist mein Haus und mein Grundstück. Keiner hat mir was zu sagen. Und wen ich verprügle, das ist meine Sache. Also, verpiss dich, Stan!"

„Ist deine Frau da? Ist sie drinnen?", hakte Stan nach.

„Ich hab gesagt, du sollst dich verpissen! Die Alte hab ick rausgeschmissen. Wohnt jetzt bei ihrem Zuhälter. Und mir will sie mein Haus unterm Arsch weg verkoofen."

„Na sowas, Fuchs. Wirst es wohl verdient haben. Was war mit dem Makler?"

Fuchs schwankte heftig. Sein Kinn sackte auf die Brust. Dann zog er durch die Nase Schnodder hoch und versuchte in Stans Richtung zu spucken. Der Rotz tropfte ihm nur auf die Brust.

Stan machte einen Schritt auf Fuchs zu. Dann wieder zurück, da er fürchtete, Fuchs würde gleich die Treppe herunterfallen. Doch der stierte ihn an und zog einen rechten Schwinger durch die Luft.

„Hör doch auf, Fuchs. Deine Rechte ist ja jetzt schon blutig. Bist du gefallen in deinem Suff?", fragte Stan nun in der Hoffnung, Fuchs vielleicht doch noch zu einer Äußerung provozieren zu können.

Fuchs grinste breit. „Platt jemacht hab ick den Makler. Platt. Jawohl." Fuchs holte wieder aus und versuchte, Stan zu treffen. Doch diesmal war der Schwung zu groß. Fuchs verlor das Gleichgewicht, fiel nach vorn wie ein Sack Reis und landete mit der Schulter auf den Gehwegplatten. Dort blieb er reglos liegen.

„Autsch", machte Stan. „Das hat wehgetan."

Olli kam hinter seinem Busch hervor. „Was meinst du", fragte er, „ob das reicht für eine vorläufige Festnahme?"

Stan bückte sich und begutachtete Fuchs' rechte Faust.

„Die Verletzungen sind frisch. Ich denke, wir sollten ihn einpacken und mitnehmen. Dann kann sich Anne morgen früh mit ihm befassen. Holst du mal den Fotoapparat und eine kleine Plastetüte? Wir sollten zumindest noch etwas von Hagens Blut mitnehmen und ein paar Fotos machen."

„Und du breitest inzwischen die große Kotz- und Spuckplane auf der Rückbank aus. Hab keine Lust, anschließend wieder die halbe Nacht zu putzen."

21

In der Pfanne brutzelten Speck und die ersten, in Scheiben geschnittenen Kartoffeln. Heute Abend gab es Helles Lieblingsgericht. Helle hatte Geburtstag. Er war jetzt achtzehn.

Wenn das kein Grund zum Feiern war, dann gab es überhaupt keine Gründe.

Opa hatte wohl genauso gedacht, als er ihm heute früh sein

Geschenk präsentierte. Die Überraschung mit dem neuen Haus war ja schon vor Tagen geplatzt, als Opa es nicht mehr ausgehalten hatte. Aber dieses Geschenk, das er heute bekommen hatte – echt mal – war der Hammer überhaupt: ein eigenes Moped! Eine rostig blaue Schwalbe.

Und nun wusste er auch, warum Opa ihn im letzten Jahr gedrängt hatte, den Moped-Schein zu machen. Den ganzen Tag war er mit seinem Geschenk umhergefahren. Sogar Tante Irene war begeistert gewesen. Seine Hände kribbelten jetzt noch.

Helle pellte die letzten Kartoffeln zu Ende, die vom Mittagessen übrig geblieben waren, während Opa ganz in Ruhe eine Zwiebel schnitt und anschließend drei Eier in einen Topf schlug, sie salzte und pfefferte. Als die letzten Kartoffelscheiben in der Pfanne landeten, griff Opa nach der Holzkelle. Er wendete die Bratkartoffeln. Majoran war alle, deshalb kamen jetzt die Zwiebeln in die Pfanne, zuletzt die Eier.

„Teilen wir uns ein Bier?", fragte Opa. „So einen Schluck könnte ich heute gut vertragen. Oder willst du zur Feier des Tages ein ganzes?"

„Nein, ein halbes wäre schon in Ordnung."

Helle stieg die steile Stiege hinunter in den Keller. Es roch muffig hier unten. Auf den Gläsern mit Eingewecktem, sogar auf den Bierflaschen, die erst seit zwei Wochen hier standen, hatte sich ein weißlicher Belag abgesetzt. Schimmel von der Feuchtigkeit, die in den Wänden steckte. In der Kellerecke, wo der Bierkasten stand, patschte es unter Helles Füßen. Das Grundwasser stand so hoch, dass es sich anfühlte, als würde es die Backsteine des Fußbodens anheben.

Ein altes Haus eben, ging es Helle durch den Kopf, bückte sich und holte eine Flasche aus dem Kasten. Mit dem Lappen, der daneben lag, wischte er sie ab.

Ob Opa es mit dem neuen Haus ernst gemeint hat? Seit er letztens bei Irene war, hatte er nicht mehr davon gesprochen. Aber Helle wusste, dass es keinen Zweck hatte zu fragen. Opa würde entweder selbst darauf zurückkommen, wenn er es für richtig hielt – oder nie mehr darüber reden.

Als Helle in die Küche trat, hatte Opa bereits die Bratkartoffeln auf zwei Teller verteilt und jedem fünf Stückchen von den selbst gemachten Gewürzgurken dazu getan. Schnell ging Helle zum Küchenschrank, holte den Öffner aus dem Schubfach und öffnete die Bierflasche. Dann setzte er sich an den Tisch. Der Alte nahm ihm die Flasche aus der Hand und füllte die bereitstehenden Gläser, während Helle schon das erste Stück Gurke in den Mund schob. Genüsslich begann er zu kauen.

Sein achtzehnter Geburtstag war für ihn wirklich eine Art Feiertag. Erst dieses hammermäßige Geschenk, dann Bier. Bier gab es fast nie zum Abendessen und die Gurken, die er so mochte, noch seltener.

Opa hob sein Glas und prostete ihm zu. „Auf deinen achtzehnten Geburtstag."

Helle stopfte sich schnell noch eine Gabel mit Bratkartoffeln in den Mund, kaute kurz und schluckte. Dann hob auch er sein Wasserglas aus Kindertagen, das inzwischen vom häufigen Abwaschen milchig weiß und ganz zerkratzt war. Bei Opa wurde eben nichts weggeworfen. Das Bier schmeckte jedenfalls trotzdem.

Beim Essen musste Helle an Marke denken. Was würde der jetzt treiben? Ob er wieder im Bunker saß und überlegte, wie er aus dem geklauten Kram Geld rausschlagen konnte? Bestimmt. Heute Nachmittag war er mit dem neuen Moped zu den Hellbergen gefahren, ja geflogen. Schließlich war Marke sein einziger Kumpel. Auch wenn der jetzt ein Mörder war. Aber er hat es bestimmt nicht mit Absicht getan. Nein. Bestimmt nicht.

„Komm, den Nachschlag schaffst du auch noch", riss Opa Willi ihn aus seinen Gedanken. Der stand plötzlich neben ihm mit der Pfanne in der Hand. Helle nickte und bekam die restlichen Bratkartoffeln, die vorher nicht auf den Teller gepasst hatten. Problemlos verputzte er auch die. Dann lehnte er sich zurück und genoss einen letzten Schluck Bier.

Opa setzte sich wieder auf seinen Stuhl und schaute ernst.

„Helfried, eins wollte ich dir noch sagen: Das mit dem Haus war kein Gespinne, falls du das glaubst."

„Nicht?", fragte Helle zurück. „Du hast die ganzen Tage nichts mehr gesagt."

„Stimmt. Ich wollte dir heute die Quittung von der Anzahlung präsentieren, aber diese Banken sind so lahmarschig. Drei Wochen dauert es, bis ich das Geld bekommen kann. Drei Wochen! Es ist kaum zu glauben."

„Aber das ist doch dein Geld. Die können dich doch nicht so lange hinhalten, Opa."

„Doch. Angeblich steht das so in den Geschäftsbedingungen. Jedenfalls kann ich übernächste Woche hinfahren. Ich habe einen Termin. Donnerstag. Um 15 Uhr."

Helle kratzte mit der Gabel auf seinem Teller herum, bis er das letzte Stück Zwiebel erwischt hatte.

„Ärgere dich nicht, Opa. Ich finde, du solltest dir das noch einmal überlegen."

„Nein." Opa schlug mit der Hand auf den Tisch und plötzlich ging die Geburtstagskerze aus, die mitten drauf stand.

„Da siehst du es: Draußen ist ein bisschen Wind und hier drinnen zieht es wie Hechtsuppe."

Helles Blick ging zum Küchenfenster. Die Fensterläden klapperten leise und es zog wirklich. Helle hatte das Gefühl, die Dunkelheit vor dem Fenster drängelte sich ins Zimmer. Und für einen Moment glaubte er, ein Gesicht hinter der Scheibe gesehen zu haben.
Hatte der Wind ein Gesicht?

22

In die Schwärze mischte sich gegrieseltes Grau.
Empfangsstörung.
Plötzlich durchdrang etwas Neues Hagen Brandts Kopfrauschen. Etwas, das ihm weh tat. Er verzog das Gesicht.
Grell glitt es auf ihn zu. Gelb. Rot. Blau. Es drang in sein Gehirn ein, ohne eine Spur zu hinterlassen. Als er es nicht mehr sah, war auch der Schmerz fort. Nun ein rotes Etwas. Es lugte am Rande seines Gesichtsfelds hervor, als wollte es nur fragen, wie es ihm so ging.
Schlecht.
Das gelbe Band kam von rechts oben. Es fletschte die gelblichen Zähne. Whisky-gelb, gluckerte sein Gehirn.
Plötzlich nahm das Band Anlauf, wurde zu einem Blitz und sprang ihn an. Der Schmerz kam mit Wucht zurück, einem Donnerschlag gleich.
Dann Rauschen. Nur wieder Rauschen.
Hagen war froh darüber und ließ sich hineintreiben.

23

„Nein, das geht nicht. Du kannst nicht einfach das Haus verkaufen." ... „Klar kannst du das? Aber das werden wir ja sehen. Schließlich ist es ..." ... „Was? Ich habe nein gesagt!" ... „Dich auszahlen? Du spinnst doch! Du weißt genau, wie

hoch der Kredit für das Haus ist. Wie soll ich dich da noch auszahlen können? Außerdem findest du zu diesem Preis sowieso keinen Käufer. Egal, ob mit oder ohne Makler." ...
„Nein, verdammt! Da spielt sich nichts ab."
Etwas knallte. Das Handy? Dann lautes Fluchen.
Helle zog sich ganz vorsichtig vom Fenster zurück. Jetzt nur keinen Lärm machen. Er wusste, wie wütend sie werden konnte, wenn er lauschte.
Jedenfalls war heute offenbar ein schlechter Tag für einen Besuch. Oder doch nicht? So lange sie mit ihrem Mann stritt, standen seine eigenen Chancen nicht schlecht.
Helle nahm all seinen Mut zusammen, zupfte noch ein bisschen an seinen Sachen herum und klingelte. Er hörte durch die Tür, wie Irene vor sich hin fluchte, als sie durch den Flur kam. Die Haustür wurde aufgerissen.
Irene! Er strahlte.
„Du hast mir gerade noch gefehlt", schnauzte sie ihn an. Doch schon einen Augenblick später hellte ihr Gesicht sich auf.
„Los, komm rein, wenn du schon mal da bist."
Marke würde noch etwas auf ihn warten müssen.

24

Einen weiteren Tag später, Montag. Hinter den Fenstern ihres Büros war längst die Nacht aufgezogen und Anne Pagels saß an ihrem Schreibtisch und lauschte auf den Sturm, der draußen tobte. November. Genau der richtige Monat für Winterschlaf, dachte sie.
Den ganzen Nachmittag versuchte sie schon, sich auf die Ermittlungsakte des Brandes zu konzentrieren, die Jonas zusammengestellt hatte. Sie las die letzte Seite zu Ende und klappte die Akte zu.

An die Einzelheiten dessen, was sie gelesen hatte, konnte sie sich nicht erinnern. Trotzdem war sie sicher: Sie hatten nichts übersehen und nichts versäumt. Das Ergebnis war bisher ein vollkommenes *Nichts* und das war zum Verrücktwerden.
Noch immer stocherten sie irgendwo am Rande herum. Einig waren sie sich bisher nur in einem Punkt: Nämlich, dass der Täter mit dem Brand die Spuren seines Diebstahls verwischen wollte. Und dies war ihm gründlich gelungen. War es nun ein Einzeltäter? Er stammte (oder sie stammten) von hier, glaubte sie zu ahnen, wusste aber nicht, wo sie suchen sollte. Unter den Jugendlichen? Ehemaligen oder jetzigen Schülern von Peters? Zumindest war das eine Möglichkeit, die sie nicht ganz außer Acht lassen sollte.
Ob Hagen jetzt wüsste, was sie noch unternehmen könnten?
Sie griff zum Hörer, zögerte noch einen Moment, bevor sie dann doch das Krankenhaus anwählte.
„Pagels, Kripo Gransee. Guten Abend, Herr Doktor. Ich würde gern wissen, wie es Hagen Brandt geht?"
„Ja, Frau Pagels, er ist noch immer ohne Bewusstsein. Aber das ist auch gut so. Wir haben ihn heute operiert. Den Hinterkopf, wissen Sie?"
„Ja?"
„Und den angebrochenen Kiefer haben wir operiert. Aber dies spielt keine große Rolle im Verhältnis zu der Schädelverletzung."
„Wann wird er aufwachen, Herr Doktor?", fragte sie und konnte ihre Tränen nur mit Mühe unterdrücken.
„Nun, das kann ich nicht sagen: Praktisch jede Minute oder … nie mehr. Aber das sage ich nur Ihnen. Ach ja, seine Partnerin ist auch noch hier. Sie ließ sich nicht wegschicken. Letztlich habe ich ihr ein Bett ins Zimmer schieben lassen

und ihr eine Spritze gegeben."

„Dann vielen Dank, Herr Doktor. Ich rufe wieder an." Sie unterbrach die Verbindung. In Gedanken ließ sie den Tag noch einmal an sich vorüberziehen.

Manfred Fuchs, den Schläger, hatte sie heute Vormittag selbst vernommen und ihn anschließend wieder nach Hause geschickt, als Staatsanwalt Freigang die Beantragung des Haftbefehls ablehnte. Jörg Butterbrod war eine halbe Stunde später bei ihr erschienen und hatte sich beklagt, wie man so etwas machen könne. Hagen hätte doch wohl Gerechtigkeit verdient. Oder nicht?

Anne seufzte. Bevor es hier zu einem Strafverfahren kam, brauchten sie zumindest Hagens Aussage.

Anne nahm die nächste Akte vom Stapel. Es war die vom vorletzten Brand. Der letzte der zwölf, wegen derer die Landwirte und Kommunen die Belohnung ausgesetzt hatten, während ihre eigenen Chefs bisher vor der Tatsache zurückgeschreckt waren, die Brände im Zusammenhang zu sehen.

Nun aber hatte von Meerbusch endlich seine Zustimmung erteilt, die Brände als Serie einzustufen und eine entsprechende Sonderkommission namens *Fackel* zu gründen. Er hatte sie selbst zur Leiterin ernannt, allerdings nur noch Fernando und Jonas gehörten dazu und die hatten noch viel zu lernen.

Als Anne die Akte aufschlug, klopfte es und Jonas trat ein.

„Ich dachte mir schon, dass du noch hier bist. Was machst du?", fragte er und trat hinter sie.

„Die anderen Akten sind gekommen. Ich wollte gerade anfangen sie zu lesen. Kannst du mir helfen, Jonas? Von Meerbusch hat eine große Kreiskarte spendiert. Lass uns mal Fähnchen stecken und schreib Datum und Uhrzeit dazu."

Sie machten sich an die Arbeit und das Ergebnis, zu dem sie

nach einer Stunde gekommen waren, verblüffte sie beide:
2011 – Lauben in Zehdenick und Umgebung;
2012 - Scheunen im Zehdenicker Umland;
2013 – Ausweitung auf Gransee und Löwenberger Land.
„Warum sind wir da nicht früher drauf gekommen?", fragte Jonas. „Der Täter sitzt doch eindeutig in Zehdenick. Meinst du nicht?"
„ja, sieht so aus. Bisher hat eben niemand die Brände im Zusammenhang angesehen."
Außer Jörg Butterbrod, der Revierleiter, ging es ihr durch den Kopf. Anne stand auf und trat zu Jonas an die Karte.
„Obwohl es Ausrutscher hinter die Landkreisgrenze gibt." Anne tippte auf die beiden Fähnchen, die bei Templin und Werneuchen steckten. „Dann lass uns mal überlegen, wie wir den Täterkreis einschränken können."
„Wir haben doch diese Reifenspuren und Spuren von Springerstiefeln."
„Richtig, Jonas. Und deshalb setzt du dich morgen mit dem Revierpolizisten in Verbindung und dann werden wir sehen, wie gut er seinen Bereich kennt."
„Das werden wohl jede Menge sein."
„Wart's ab. Die jungen Leute mit Abi fahren doch heutzutage alle Auto. Da fällt schon ein ziemlich hoher Anteil raus."
„Und was übrig bleibt, sind dann die bildungsfernen Jugendlichen und Jungerwachsenen?", fragte Jonas skeptisch.
„Nur keine voreiligen Schlüsse." Anne Pagels wandte sich von der Karte ab und setzte sich wieder an ihren Schreibtisch. „Jetzt haben wir zwar die Tatorte und -zeiten, aber vielleicht ergibt das Aktenstudium ja noch mehr."
Wortlos setzte sich Jonas neben sie. Sie schob ihm die ersten sechs Akten zu, während sie sich die jüngeren Tatorte vor-

nahm. Und bald waren beide so in ihre Akten vertieft, dass sie regelrecht aufschreckten, als das Telefon klingelte.

„Hallo", sagte Anne in den Hörer.

„Lucio hier. Mit Margaretenhof bin ich fertig. Nichts. Anscheinend eine harmonisch Dorfgemeinschaft."

„Witzbold. Dann mach Feierabend. Wir sind auch fast durch mit den Akten der älteren Brände. Bis morgen." Sie schaute auf die Uhr. „Um neun im Büro."

Sie legte auf, faltete ihre Hände im Nacken und streckte sich.

„Mir reicht es auch. Hast du etwas entdeckt?"

„Nichts." Jonas klappte seine Akte zu. Dann verabschiedete er sich und verließ das Büro.

Anne schloss die Akten weg, zog ihre Jacke an, nahm noch den Schirm aus dem Schrank und löschte das Licht. Als sie auf den Hof trat, musste sie sich kräftig gegen den Wind stemmen. Den Schirm hatte sie jedenfalls umsonst mitgenommen. Sie warf sich auf den Fahrersitz und zog die Tür kräftig zu. Während sie den Schlüssel aus der Jackentasche kramte, überlegte sie, ob sie noch irgendwo anhalten sollte. Ihr klappten zwar schon jetzt laufend die Augen zu, aber sie hatte Hunger und keine Lust auf altes Brot.

Hinterm Kreisel fuhr sie auf den Gehweg und ging hinüber zu dem Restaurant, von dem sie hoffte, etwas Essbares zu bekommen. Die Uhr über dem Tresen zeigte halb zehn.

Sie bestellte Rindersteak mit Pommes und einen Espresso. Das Essen ließ nicht lange auf sich warten. Während sie aß, schaute sie sich im Lokal um. In der hintersten Ecke saß ein Pärchen beim Bier, ansonsten tote Hose. Anne fragte sich, wie dieses Restaurant oder die anderen Kneipen in Gransee bis heute überlebt hatten.

Sie schob den Teller von sich und schaute zum Tresen hin-

über. Eine Frau putzte Gläser, aus der Küche war noch Topfklappern zu hören. Ob der Koch jetzt noch aus den Resten die Gulaschsuppe für den nächsten Tag kochte? Sie war sich sicher, dass man das früher so gemacht hatte. Gulaschsuppe oder Soljanka. Aber heute?
Anne hob die Hand und rieb Daumen und Zeigefinger aneinander, als die Frau hinterm Tresen aufschaute. Anne zahlte. Ihre Frage stellte sie nicht. Sie wollte die Frau nicht in Verlegenheit bringen.

25

Blitze zuckten zwischen den Oberleitungen in seinem Kopf. Sie schienen von dem Motorrad zu kommen, das mit laufendem Motor darunterstand. Der Motor dröhnte mit Vollgas, kam jedoch nicht von der Stelle. Das Hinterrad schlitterte über loses Stroh, das in diesem Moment zu brennen anfing und von dem durchdrehenden Hinterrad weggeschleudert wurde.
Die Perspektive erschien ihm seltsam. Er sah, wie seine Kleider Feuer fingen, spürte die Flammen jedoch nicht und schaute auf seine Gestalt hinunter wie aus einem Ballon, der sich immer im Kreis um seinen Körper herumbewegte. Es blitzte in seinem Kopf. Wieder loderten Flammen auf. Er versuchte wegzurennen, zappelte merkwürdig mit den Füßen, kam jedoch nicht von der Stelle.
Plötzlich hörte er eine Tür klappen. Das Motorrad jagte davon. Was übrigblieb, waren Schmerzen, die irgendwo in seinem Kopf steckten. Hinter seinen Augenlidern bewegte sich ein Licht hin und her. Eine kalte Hand lag an seinem Hals. Ein Stuhl scharrte.
Was für ein merkwürdiger Traum. Wo bin ich?

Er spürte, wie seine Hand ergriffen wurde und jemand sie sanft drückte.

„Herr Brandt? Hören Sie mich?", fragte eine Männerstimme. „Sie sollten Ihren Kopf nicht bewegen."

Seine Hand wurde angehoben und gegen etwas feuchtes gedrückt. Jemand schluchzte.

„Können Sie die Augen öffnen, Herr Brandt?" Wieder die Männerstimme. „Sehen Sie das Licht?"

Bin ich Herr Brandt?

Er versuchte, die Augen zu öffnen, doch das Licht war so hell. Seine Lider zitterten.

„Gut so. Lassen Sie die Augen zu. Warten Sie, bis sie sich an die Helligkeit gewöhnt haben."

Durst! Er versuchte, es zu sagen und öffnete den Mund. Doch er brachte kein Wort hervor, nur ein Stöhnen.

Da fühlte er, wie ihm etwas in den Mundwinkel geschoben wurde. Und dann spürte er diese angenehme Kühle, die seine Kehle hinabrann.

26

Anne saß frisch geduscht in der Küche und trank ihren warmen Kakao. Dreiundzwanzig Uhr dreißig. Sie freute sich jetzt auf ihr Bett.

Seit sie auf Hagen Brandts Hof wohnte, hatte sie sich sogar angewöhnen müssen, im Schlafanzug zu Bett zu gehen. Das Gute daran war, dass sie ihre Vorliebe für Klamotten aus den Siebzigern nun auch im Bett ausleben konnte. Beinahe liebevoll schaute sie an sich herab und strich mit einem verschmitzten Lächeln über ihre mit großen roten und grünen Kreisen besetzte Brust. Natürlich hatte Hagen sich lustig gemacht über ihre Aufmachung, als sie am Tag von Silkes Ein-

zug so zum Abendessen erschienen war. Deshalb machte ihr dieser Schlafanzug noch mehr Spaß. Doch bei dem Gedanken an Hagen trübte sich ihre Stimmung sofort. Hoffentlich erwacht er bald und hoffentlich wird er wieder gesund.
Aus der Gästewohnung hörte sie Carlas raues Lachen, Knuts Stimme übertönend. Es dauert nicht mehr lange, ging es Anne durch den Kopf, bis Carla bei Knut einzieht und die Gästewohnung wieder frei wird. Dieses neue Leben hatte Carla Hagen zu verdanken, der sie von ihren Drogen weggeholt hatte. Und wäre Silke nicht zurückgekommen zu Hagen …
Anne hörte das Handy in ihrem Schlafzimmer schellen. Fluchend stand sie auf. Ehe sie jedoch das Handy gefunden hatte, verstummte es. Die Nummer des Reviers wurde angezeigt.
„Polizeirevier Gransee." Es war Jörg Butterbrods Stimme.
„Anne Pagels hier. Was gibt es?"
„Es brennt wieder. Du müsstest es eigentlich sehen können. Diesmal eine Halle des Schrotthändlers in Häsen."
„Ist schon jemand dort?"
„Feuerwehr, Streifenwagen und Fernando Lucio."
„Gut. Ich komme."
Die Müdigkeit fiel von ihr ab wie getrockneter Lehm. Eilig zog sie sich an. Ein frisch gewaschener Overall lag schon bereit. Im Flur mühte sie sich in die Gummistiefel, dann noch den Regenmantel.
Sie nahm den Feldweg am Welsengraben entlang zur Straße nach Kraatz und fuhr ihren Käfer beinahe fest. Aber sie hatte genug Schwung, um aus dem Modderloch wieder herauszukommen. Der VW schlitterte heftig, als sie auf die Granseer Chaussee einbog.
Anne parkte vor dem Ortsausgang nach Bergsdorf ihr Auto und sah dorthin, wo außer dickem schwarzem Qualm absolut

nichts zu sehen war. Die Lagerhalle stand genauso abgelegen, wie die anderen Brandorte der Serie auch. Es handelte sich um das letzte Gebäude des Dorfes auf dieser Straßenseite. Gegenüber, auf der rechten Straßenseite, befanden sich noch einige Ställe, wo in den späten Abendstunden noch gearbeitet wurde. Sie konnte sich vorstellen, dass die Halle mehr Werkzeuge oder ähnliches enthielt, das man wegtragen und später zu Geld machen konnte. Alles passte.

Auf dem Weg zum Brandort, der von Feuerwehr-Fahrzeugen blockiert war, kam ihr Fernando Lucio entgegen.

„Haben sie dich also aus dem Bett geholt. Ich hatte extra Bescheid gesagt, dass du nicht zu kommen brauchst", begrüßte er sie.

„Das ist nett von dir. Aber erstens war ich noch nicht im Bett und zweitens muss ja einer auf dich aufpassen."

„Im Ernst: Keiner hier rechnet damit, dass sie das Feuer noch heute Nacht löschen können. Einer der Arbeiter wohnt nebenan und meinte, die Halle sei halb voll mit Autoreifen."

„Autoreifen? Ach du Schei ... Vor zwei Jahren hat bei Oranienburg auch ein Reifenlager gebrannt. Da brauchte die Feuerwehr fast eine Woche zum Löschen. Wenn das wieder der Brandstifter war, dann gnade ihm Gott. Er kann nur hoffen, dass wir ihn schnappen und nicht die Häsener Bürger. Die lynchen ihn. Schon wegen der Wäsche auf der Leine und dem Gestank in den Wohn- und Schlafzimmern."

Einen Moment starrten beide auf die Rauchsäule. Dann wandte sich Anne wieder an Fernando: „Hast du schon die Nachbarn befragt?"

Fernando schüttelte den Kopf. „Nein, aber ich bin den Zaun abgegangen. Die Stelle, wo sie hinübergeklettert sind, habe ich gefunden. Diesmal Gummistiefel und Springerstiefel. Fotografiert habe ich sie."

„Gut. Dann zeig mir, wo es ist, und anschließend übernimmst du die Nachbarn. Und denk an das Motorrad. Ich hole meinen Gipskoffer."

Fernando ging voraus und folgte einem Trampelpfad, der außen am Zaun entlangführte. Zum Glück der Häsener Einwohner und zu Annes Pech hatten sie Westwind, der den Rauch beharrlich in Richtung der Stelle trieb, wo Fernando die Spuren gefunden hatte. Anne beeilte sich, mit dem Ausgießen der Spuren fertig zu werden.

Eine halbe Stunde später warf sie wütend den Kofferraum ihres VW zu und spülte sich den Mund mit Mineralwasser aus. Es schmeckte nach Gummi und Schmieröl.

„Niemand hat etwas gesehen oder gehört", sagte Fernando plötzlich hinter ihr.

Sie drehte sich zu ihm um und fragte: „Auch kein Motorrad, Auto oder sonst was?"

„Nein, nichts. Einer war sich ganz sicher, dass da keine Motorengeräusche gewesen seien. Er hat die halbe Stunde vor dem Brand am Bett seiner kranken Tochter gesessen und auf den Hausarzt gewartet. Die Feuerwehr war eher da als der Arzt aus Löwenberg. Ich glaube ihm jedenfalls."

„Dann werden wir morgen wieder Akten lesen. Im vorigen Jahr gab es Einbrüche mit Spuren von Gummistiefeln. So, Fernando, dann machen wir jetzt Schluss. Das Protokoll kannst du morgen schreiben und ich muss dringend duschen."

27

Als Anne Pagels am nächsten Morgen erwachte und in Richtung Bad schlurfte, fühlte sie sich nicht sonderlich frisch. Und es kam ihr vor, als rieche sie noch immer nach verbrannten

Autoreifen. Während sie sich die Zähne putzte, hörte sie in der Küche Geschirr klappern. Silke? Carla? Sie beeilte sich. Vielleicht gab es Neuigkeiten von Hagen.

Silke saß am Tisch und biss in ein frisches Brötchen.

„Guten Morgen. Schön, dass du wieder da bist. Wie geht es ihm?", fragte Anne und setzte sich zu ihr.

„Heute Nacht ist er zu sich gekommen, hat aber noch Schmerzen und wohl auch Albträume."

„Hauptsache, er ist wieder bei Bewusstsein."

Silke legte ihr Brötchen zurück auf den Teller und stand auf. „Kaffee?"

Anne nickte und fragte dann, als der Kaffeeautomat verstummt war: „Albträume?"

„Ja, in der Nacht schrie er und stöhnte. Als er anfing, um sich zu schlagen, habe ich versucht ihn zu beruhigen. Dabei ist er aufgewacht und hat etwas gesagt von Feuer und Blitzen. Ich konnte nicht alles verstehen."

„Und von seiner Verletzung, woher die kommt, hat er nichts gesagt?", hakte Anne nach.

Silke hatte den Mund voll und schüttelte nur den Kopf. Als sie runtergeschluckt hatte, antwortete sie: „Nein, nur ein Motorrad hat er noch erwähnt. Aber das habe ich auch nicht richtig verstanden."

„Er träumt also von Motorrädern", sagte Anne nachdenklich und nahm einen Schluck Kaffee. Dann beschmierte sie sich ein halbes Brötchen mit Butter und Pflaumenmus. Bevor sie hineinbiss, schaute sie noch einmal zu Silke.

„Ich muss jetzt nach Häsen, aber danach fahre ich zu ihm."

Hastig stopfte sie den Rest Brötchen in sich hinein, spülte mit Kaffee nach und eilte dann zu ihrem VW Käfer.

In Häsen waren von den vier Löschfahrzeugen des gestrigen

Abends nur noch zwei geblieben. Flammen sah sie nicht mehr, aber dicker schwarzer Rauch quoll aus der Halle. Als der Einsatzleiter der Feuerwehr ihr nichts Neues sagen konnte, zog sie ihre Gummistiefel an, holte den Fotoapparat aus dem Kofferraum und ging außen an der Einzäunung nach hinten, wo sie gestern die Schuhspuren gesichert hatte.
Der Wind hatte nach Nord gedreht. Suchend spähte sie durch den Betriebszaun. Bis fast an den Zaun heran war der Boden betoniert und stand voller Pfützen. Auf dem letzten Meter vor dem Zaun hatten Regen und Wind eine Schicht Sand aufgetragen, in dem sich Spuren eingedrückt hatten. Durch den Zaun hindurch sah sie mehrere Schuhspuren, aber auch einen rechteckigen Eindruck sowie mehrere verwischte Spuren.
Anne lief zurück zum Tor und dann innerhalb des Zauns wieder zu der Stelle, wo sie die Spuren gesehen hatte.
„Anne Pagels", rief hinter ihr der Einsatzleiter. „Pass bloß auf. Das kann jeden Moment wieder aufflammen. Warte, ich komme mit."
„Dauert nicht lange", rief sie zurück und ging weiter. Als sie sich über die eingedrückten Spuren beugte, hörte sie den Einsatzleiter näher kommen. Sie legte eine Spurenkarte auf den Boden und fotografierte.
„Was meinst du? Das sieht doch aus wie ein Benzinkanister?", fragte sie, als der Einsatzleiter neben sie trat.
„Möglich. Ja, es sieht so aus", antwortete er, nachdem er sich neugierig vorgebeugt hatte. Doch dann schaute er sofort wieder hinüber zur Halle, die kaum zehn Meter entfernt stand.
„Komm", sagte er dann, „wir müssen hier weg. Es kann gleich wieder losgehen."
Jetzt merkte sie auch, wie der Wind auffrischte. Schnell schoss sie noch zwei Fotos. Dann rannten sie zurück zum Tor.

Der Einsatzleiter gab sofort Befehl, die Halle erneut mit Schaum einzudecken.

Anne blieb einen Moment stehen und sah den Feuerwehrleuten bei ihrer Arbeit zu, dann ging sie mit gesenktem Kopf den Trampelpfad dorthin zurück, wo die Täter über den Zaun gekrochen waren. Zwischen dem Betriebszaun und dem abgesteckten Weidedraht, hinter dem anscheinend bis vor kurzem noch Rinder geweidet hatten – die Kuhfladen sahen frisch aus – lag eine etwa fünf Meter schmale Schneise. In dem hüfthohen Unkraut war es schwierig, die Schuheindrücke wiederzufinden, doch sie rechnete fest damit, dass die Täter nicht über den Weidedraht gestiegen waren. Aber irgendwohin mussten sie abgehauen sein. Entweder zur Straße, die nach Bergsdorf führt, oder immer an der Rückseite der Grundstücke entlang.

Zweihundert Meter weiter blieb sie abrupt stehen. Brennnesseln versperrten ihr den Weg, aber ein schmaler Pfad war nieder getreten und genau am Rande dieser Brennnessel-Kolonie war jemand über einen Maulwurfshügel gestolpert. Das Sohlenprofil war gut zu erkennen: ein Gummistiefel.

28

Hagen Brandt öffnete die Augen und hoffte auf etwas Abwechselung, als er hörte, wie die Türklinke gedrückt wurde.

Gestern Nacht hatte Silke am Bett gesessen, seine Hand gehalten und immer wieder gefragt, was denn passiert sei. Aber noch immer konnte er sich nicht erinnern, so sehr er sich auch bemühte. Nur dieser unverständliche und, wie er meinte, sinnlose Traum war noch da.

Silke war irgendwann gegen Morgen nach Hause gefahren. Zum Wäschewechseln, wie sie sagte. Seitdem war er zwar immer wieder für eine gewisse Zeit eingeschlafen, doch mindestens ebenso lange hatte er wachgelegen und vor sich hin gebrütet.

Nun war es Doktor Löwen, der junge Arzt von C3, der hereinkam mit seiner Krankenakte. Mehrere Weiß- und Rosakittel in seinem Gefolge. Visite.

„Nun, Herr Brandt, da sind Sie ja wieder. Wie geht es Ihnen? Haben Sie Schmerzen?", fragte er und blickte freundlich erst ihn an, dann die Akte.

„Es hämmert." Hagen zeigte auf seine Wange. „Nicht schlimm", nuschelte er. Beim Sprechen zuckten kleine Blitze durch den Unterkiefer.

„Seien Sie schön vorsichtig. Morgen werden wir noch einmal röntgen und wenn der Haarriss am Kiefer verheilt ist, können wir Sie wenigstens von diesen Dingern befreien."

Der Arzt setzte sich auf den Bettrand und tastete mit beiden Händen seinen Unterkiefer ab. „Der Kopfverband muss allerdings bleiben und Sie sollten den Kopf sollten nicht bewegen. Wissen Sie denn inzwischen, wie das passiert ist?"

Hagen wollte reflexartig den Kopf schütteln, doch Dr. Löwen hielt ihn fest. „Nicht schütteln", sagte er. „Vorsichtig sprechen."

„Nein. Nichts", brachte Hagen mühsam hervor.

Der Arzt lachte laut. „Wissen Sie, Herr Brandt, wenn Ihnen das schon als Makler passiert, dann können Sie auch als Sonderermittler arbeiten. Das kann nicht schlimmer sein."

„Auch wahr", antwortete er und musste kurz die Augen schließen wegen der Blitze, die Dr. Löwen an seinem Unterkiefer verursachte.

„Aha", meinte der Doktor und ließ los. „Habe ich es mir doch gedacht: Das Röntgen, Schwester Katrin, verschieben wir um zwei Tage. Es ist zu früh."

Hagen wollte protestieren, hielt aber lieber die Klappe und war froh, dass der Arzt aufstand und sich verabschiedete. Wenig später war er eingeschlafen.

Als Hagen erwachte, saß erneut jemand auf seinem Bettrand. Nimmt das denn nie ein Ende?, fragte er sich und schlug die Augen auf.

„Guten Morgen", sagte Anne und lächelte. „Silke hat mir gesagt, dass du wieder unter uns weilst. Wie geht's dir?"

Nein, er wollte sich nicht unterhalten, sondern in Ruhe dösen. Die Visite hatte ihn offenbar mehr erschöpft, als er sich eingestehen wollte.

„Blitze", sagte er, ohne dies weiter zu erläutern.

„Silke meint, du hattest Alpträume."

„Durst", sagte er und zeigte zum Nachttisch.

Silke schob ihm das Trinkröhrchen in den Mundwinkel. Er brummte, als er genug hatte. Ein Weilchen saß sie nur da und hielt seine Hand. Er schloss die Augen und war wohl dann auch kurz eingenickt. Doch er spürte, als Anne seine Hand loslassen wollte, und hielt sie fest. Als er sie ansah, schienen ihre Augen irgendwie verschleiert.

„Nicht weinen", sagte er leise. „Bald wieder da."

Sie nickte. „Ja, natürlich bist du bald wieder da."

Und dann fiel ihm ein, was er ihr schon vor Tagen sagen wollte. „Feuer. Lautes Motorrad. Haus verkaufen. Faust."

„Du hast ein lautes Motorrad gehört? Wo?", fragte sie.

„Buberow. Kraatz. Häsen oder Osterne. Gransee, Schule." Er hob leicht die Schultern.

Anne schien nachzudenken. Dann hob sie den Kopf und nickte. „Ja, gut. Du bist hier mein letzter Horchposten."

Es sollte wohl ein Scherz sein. Aber die Gedankensprünge,

mit denen er früher immer seine Kollegen verblüfft hatte, funktionierten noch. „Horchposten. Ja", sagte er. „Kraatz."
Sie verstand und nickte. Dann begann sie, zu erzählen: „Letzte Nacht gab es wieder einen Brand, diesmal in Häsen. Aber niemand hat ein Motorrad oder Auto gehört. Es müssen mindestens zwei Täter sein. In Margaretenhof hatten wir Springerstiefel. In Häsen waren es Springerstiefel und Gummistiefel. Wenn sie diesmal ohne Fahrzeug waren, müssen sie irgendwo zwischen Gransee und Zehdenick wohnen. Das mit dem Horchposten ist vielleicht eine Möglichkeit."
Bei ihren letzten Worten hatte er wieder die Augen geschlossen und war eingeschlafen.

29

Es war fast Mittag, als Anne die Treppe zu ihrem Büro hoch stieg. Sie schloss gerade die Tür auf, da hörte sie lautes Lachen vom Flurende, wo sich Fernandos Büro befand. Sie schloss wieder ab und ging dem Lachen entgegen.
Fernando, Jonas und Revierpolizist Ringelmann saßen um den Schreibtisch herum und tranken Kaffee.
Bei Ringelmann blieben ihre Augen hängen. Auch so ein Traum von Mann. Groß, sehr groß für sie. Genau das richtige Alter. Schlank, blond und immer ein lustiges Blitzen in den Augen. Leider war er verheiratet und fiel damit für sie hinten runter. Sie riss sich los.
„Gut, dass ich euch zusammen antreffe", sagte sie und warf ihre Tasche auf den freien Stuhl. „Aber erst wecken. Kaffee."
„Also", begann sie, als sie vom Automaten zurückkam. „Erstens: Hagen ist wach. Es geht aufwärts mit ihm."
„Hey, das ist ja toll", rief Jonas. „Weiß er auch wieder, was passiert ist?"

„Nein, noch nicht. Der Arzt meint, das braucht seine Zeit. Immerhin hat sich Hagen an etwas anderes erinnert, nämlich an den Brand in Margaretenhof. Als ich in der Nacht zu Hause losfuhr, stand Hagen auf dem Hof und hat sich das Feuer von weitem angeschaut und – er hat ein Motorrad gehört."
„Unser Motorrad, das wir suchen?", fragte Fernando dazwischen.
Anne hob die Schultern. „Möglich wäre es", sagte sie dann. „Es kam anscheinend von Buberow und fuhr nach Kraatz."
Sie hielt inne und dachte an das merkwürdige Gespräch mit Hagen.
„Mehr hat er nicht gesagt?" Das war Jonas. „Sieht ihm gar nicht ähnlich."
„Doch."
Sie erzählte von Hagens Problemen mit dem Unterkiefer.
„Eins hat er noch gesagt. Horchposten."
„Horchposten?", fragte nun Ringelmann.
Fernando nickte nachdenklich. „Wir sollen Horchposten einsetzen bis zum nächsten Brand, um zu hören, wohin er fährt. Richtig, Anne?"
Sie nickte. „Die Idee hatte ich auch schon. Und Hagen glaubt anscheinend genau wie wir, dass der Brandstifter in der Nähe wohnt."
Keiner sagte etwas. Jeder schien nachzudenken, bis Fernando sagte: „Und was ist mit Häsen? Da hatten wir kein Motorrad, stattdessen Stiefelspuren. Vielleicht wohnen sie in Häsen."
„Genau – oder in einem der Nachbardörfer", antwortete Anne zögernd.
Ringelmann hatte sein Notizbuch aus der Tasche genommen und notierte sich etwas. Dann schaute er sie an. „Mit wie vielen Tätern rechnest du eigentlich? Was sagen die Spuren?"

„Wahrscheinlich zwei. In Häsen hatten wir Gummistiefel der Größe 44 und Springerstiefel, Größe 43. Margaretenhof die gleichen Springerstiefel."

„Hm, stimmt", sagte Jonas nachdenklich. „Und einer hat ein Motorrad. Jedenfalls war es nicht dieser Helmer aus Buberow. Den können wir ausschließen. Aber ich war heute früh nach der Obduktion bei der Zulassungsstelle und habe mir eine Liste der Motorradhalter aus Gransee und Zehdenick geben lassen. Es sind achtunddreißig."

Jonas reichte ihr die mehrseitige Liste. Anne überflog sie. Aber zu Marke oder Größe der Motorräder stand dort nichts. Nur die amtlichen Kennzeichen und die Halter mit Adresse.

„Gut, Jonas, schaut sie euch gemeinsam an und gleicht sie mit dem Vorstrafen-Register ab. Vielleicht kannst du", sie schaute Ringelmann an, „schon jemanden ausschließen oder als möglichen Täter benennen. Das mit dem Horchposten nehmen wir anschließend in Angriff. Einverstanden?"

Alle nickten. Sie stand auf und ging in ihr Büro. Als sie sich an den Schreibtisch setzte, merkte sie, wie ihr Magen knurrte, und schaute auf die Uhr. Schon wieder eins. Also zog sie ihre Jacke an und schaute kurz zum Fenster. Da es nicht regnete, ließ sie den Schirm in der Schrankecke stehen und machte sich auf den Weg.

Als sie vor die Tür trat, kam die Sonne heraus. Eine richtig schöne Herbstsonne, die nicht mehr so wärmte wie im Sommer, aber ihrer Seele trotzdem gut tun würde. Sie überlegte nicht lange, sondern marschierte die Oranienburger Straße entlang. Zumindest wochentags war der Döner-Imbiss eine gute Adresse, wenn man nicht dreißig Minuten aufs Essen warten wollte.

Erstaunlicherweise standen nicht nur zwei oder drei Kunden

vor ihr, sondern einige mehr und weitere aßen schon an den kleinen Stehtischen. Aus den Gesprächen entnahm sie, dass sie die Bürgerinitiative gegen das Asylbewerberheim vor sich hatte, das in Gransee entstehen sollte. Sie waren offenbar der Meinung, dass sie auch den größten Teil der Granseer Bürger vertraten. Angestachelt fühlten sie sich allerdings nicht durch die Granseer, sondern durch das Schweizer Referendum zur Begrenzung von Einwanderungen, wie das so schön hieß.

Anne schüttelte verärgert den Kopf, trat aus der Reihe, packte den einen Wortführer am Arm und drehte ihn zu sich herum.

„Das ist doch wohl ein Witz, was Sie hier veranstalten", rief sie aufgebracht. „Sie treffen sich beim Türken und diskutieren darüber, dass die Ausländer zu Hause bleiben sollen. Merken Sie es noch?"

Außerdem lag der Ausländeranteil in Oberhavel, so hatte sie gelesen, bei nur 0,9 Prozent. Da reichte es noch nicht einmal, das Komma um eine Stelle nach rechts zu verschieben, um dagegen demonstrieren zu müssen wie die Schweizer. Aber das sagte sie dann nicht mehr. Einen großen Teil der Schuld an dieser Meinungsmache gab sie auch den Medien. Würde man jede Prügelei zwischen Deutschen so aufbauschen, wie bei den Asylbewerbern, würde nichts anderes mehr gemeldet werden. Davon war sie überzeugt. Jetzt jedenfalls war sie zufrieden damit, dass die Leute an den Tischen baff vor Staunen waren, ihre Döner hinunterschlangen und sich verdrückten.

Als Anne an der Reihe war, hatte sie keinen Appetit mehr, obwohl der türkische Betreiber des Standes ihr belustigt zuzwinkerte. Sie ließ sich einen Döner einpacken und überlegte, wo sie ihn essen sollte.

Hat nicht kürzlich jemand der Stadt eine Bank gestiftet?, überlegte sie. Ach nein, das ist ja am Stechlinsee gewesen.

Schade. Gransee hätte auch ein paar gebrauchen können. Sie erinnerte sich an die Bänke auf dem Schinkelplatz, aber dort war es ihr zu laut und zu staubig. Also machte sie sich auf den Rückweg. An der Tankstelle kaufte sie noch eine Gransee-Zeitung und ging dann zu der Raucherinsel auf dem Hof des Polizeireviers. Hier gab es wenigstens noch eine Bank.
Während sie ihren kalt gewordenen Döner verzehrte, blätterte sie in der Zeitung. Die Rauchwolke über Häsen war auf der Titelseite abgebildet. Die Bildunterschrift beschränkte sich auf die offensichtlichen Fakten. Einen Artikel gab es nicht.
Anne dachte an Hagen Brandt, der immer einen guten Draht zur Lokalpresse gehabt hatte. Nun gab es niemanden mehr, der die Presse mit Informationen fütterte. Aber sie konnte sich nicht entscheiden, ob das nun gut oder schlecht war.
Oben auf dem Flur herrschte Ruhe. Alle waren ausgeflogen, wahrscheinlich auf Ermittlung. Also ging sie in ihr Büro und kümmerte sich um ihre sonstigen Akten, die merkwürdigerweise nie weniger wurden: Eine Schlägerei, zwei Fahrraddiebstähle, ein Einbruch in der Kindertagesstätte. Bei letzterem fragte sie sich, was es da zu holen gäbe außer Spielzeug und die Kaffeekasse mit 20 Euro.
Dann rief sie bei Lehrer Peters an. Nein, ihm sei niemand eingefallen. Einer vielleicht, aber das sei so lange her, dass er sich nicht mehr erinnern könne.
Als Anne von ihren Akten aufschaute, schrak sie heftig zusammen. Fernando stand vor ihrem Schreibtisch und griente.
„Wir sind wieder da, Chefin", sagte er und duckte sich, als sie die Hand hob, um ihn zu schlagen. Im Spaß natürlich.
„Mach das nicht noch einmal, mich so zu erschrecken." Sie lehnte sich zurück und merkte, wie sich ihr Herzschlag wieder verlangsamte. „Irgendwann kündige ich, wie Hagen damals.

So im Nachhinein wird wohl bei ihm auch so ein junger Schnösel schuld gewesen sein."

Fernando lachte.

„Wart ihr wenigstens erfolgreich?", fragte sie dann.

„Nein", sagte Fernando zerknirscht. „Fast die Hälfte der Fahrzeughalter haben wir zwar erwischt, aber keiner davon war der richtige."

Nun kamen auch Jonas und Ringelmann zur Tür herein. Sie setzten sich und jeder berichtete von den Leuten, die sie befragt hatten. Schließlich waren Motorradfahrer nicht einfach Menschen, die statt Auto lieber Motorrad fuhren. Man fühlte sich als eine Art Gemeinschaft, und zwar überall in Deutschland. Jedenfalls gab es viele Biker, die so fühlten, und dieses Zusammengehörigkeitsgefühl hing nicht vom Beruf, Stand oder Einkommen ab. Man kannte und grüßte sich. Aber letztlich war dabei herausgekommen, was Fernando bereits am Anfang zusammengefasst hatte. Nämlich nichts.

Anne räusperte sich.

„Also, Jungs, zufriedenstellend ist das nicht. Wir brauchen endlich Erfolge. Ich will nicht warten, bis es wieder brennt."

„Recht hast du", fiel ihr Fernando ins Wort. „Deshalb sollten wir die nächsten Nächte in unseren Autos verbringen."

„Richtig. Horchposten ist angesagt. Gibt es Freiwillige?", fragte Anne.

Fernando hob die Hand, dann Ringelmann.

„Gut, dann fahrt ihr beide jetzt nach Hause. Um 22 Uhr geht's los. Einer in Kraatz, einer am Timpenturm zwischen Häsen und Klein-Mutz. Und wir", sie schaute Jonas an, „wir ziehen noch einmal los zu den Bikern."

30

Hagen Brandt wälzte sich auf den Rücken und starrte an die Decke, wie er es seit drei Tagen fast ununterbrochen tat. Jedenfalls wenn er wach war.
Habe ich es also wieder bis ins Krankenhaus geschafft, räusperte sich sein Gehirn, als wäre es ein erstrebenswertes Ziel. Seltsamer Gedanke.
Beinahe hätte er laut aufgelacht, hielt sich jedoch zurück. Er wollte nicht riskieren, dass sein Unterkiefer erneut diese Blitze verursachte, die ihn in den letzten Tagen fast mehr um den Verstand gebracht hatten, als die hämmernden Kopfschmerzen. Immerhin konnte er sich jetzt ohne fremde Hilfe ernähren, wenn auch nur mit Grießbrei und Brühwürfeln. Und – seine Erinnerung war zurückgekehrt. Er wusste wieder, wie er hier hergekommen war. Was also sollte er noch hier?
Das Krankenhaus war erstrebenswert für Menschen ohne eigenen Antrieb und für solche, die ohne irgendwelche Apparaturen nicht überleben konnten. Innerlich verglich er das Krankenhausleben mit dem in einer Kaserne. Geregeltes Essen, vorgeschriebene Tätigkeiten und Untätigkeiten. Nichts war darauf ausgerichtet, dem Insassen ein angenehmes Leben zu ermöglichen. Das traf eher für das – allgemein gesagt – Aufsichtspersonal zu.
Ihm schien es, als wären sogar die Zimmerwände nur deshalb weiß gestrichen, um ihm das Denken zu erschweren und seinen Drang nach Bewegung einzudämmen. Hagen wälzte sich wieder auf die linke Seite und schaute zum Fenster.
Der Nachmittag draußen war grau. Es schien gerade wieder zu regnen. Hagen mochte Regen gern, wenn er drinnen im Trockenen saß.
Er hörte, wie die Tür geöffnet wurde. Dann Klappern.

Die diensthabende Schwester, nein, Krankenpflegerin. Weißer Kittel, rosa Kittel, blauer Kittel ... wie Dienstrangzeichen.
Sie kam heran in ausgewaschenem Blau, setzte sich auf den Bettrand, maß seinen Puls und kontrollierte den Tropf.
„Schwester?", fragte er, schaute sie an und nahm ihre Hand. Ganz jung war sie. Mit blonden Locken, dunkel geschminkt um die Augen und mit hochgezurrtem Busen. Nun zurrte sie fragend die Augenbrauen hoch.
„Würden Sie mir einen Gefallen tun und mein Bett dicht ans Fenster schieben? Bitte. Ich möchte den Himmel sehen."
Verwirrung pur auf ihrem Gesicht. Als hätte der Opa auf dem Sterbebett ihr einen unsittlichen Antrag gemacht. Aber nur für einen Augenblick. Dann schauten ihn die Augen der heiligen Maria an. Traurig.
„Das darf ich nicht, Herr Brandt", flüsterte sie. „Ich muss erst fragen."
„Aber ich würde Sie nicht verraten. Bestimmt nicht."
In ihre Augen trat ein Glitzern. Ohne von der Bettkante aufzustehen, löste sie die Bremsen und gab dem Bett einen leichten Schubs, während er den Ständer mit dem Tropf festhielt und mit sich zog.
„Danke", flüsterte er und fragte sich, ob man sie wegen ihres Motivationspotentials eingestellt hatte. Zum Erwecken der Lebensgeister sozusagen.
Ihre Wangen hatten einen Hauch von Rot bekommen. Sie legte einen Finger verschwörerisch auf ihre vollen Lippen und verließ das Zimmer.
Regen prasselte gegen die Scheibe. Hagen Brandt schloss die Augen und lauschte. Immer wenn der Regen ein wenig nachließ, hörte er den Wind in den kahlen Bäumen des Stadtparks. Kein Wetter für dahin jagende Motorräder.

„Anne, heute kannst du den Horchposten abblasen und in deinem Bett schlafen", sagte er leise und öffnete die Augen.

Am Fußende stand Anne und schaute ihn mit großen Augen an. Ein Rest Erstaunen lag darin, als sie sagte: „Kannst du durch Wände sehen – oder so etwas?"

Hagen Brandt schreckte auf. „Mein Gott, Anne, hast du mich erschreckt. Ich muss geträumt haben. War hier nicht eben eine ganz junge Krankenschwester?"

Anne lachte. „Warte, ich rufe den Arzt. Solche Träume sind bedenklich. Sehr bedenklich. Ich tippe auf Prostata."

„Na warte, bis ich erstmal wieder auf den Beinen bin. Ich bin doch noch keine siebzig." Seine Empörung war nicht wirklich glaubhaft, aber auch nicht ernst gemeint. Hagen lies die Hand sinken und schloss die Augen. Das Brummen im Kopf war wieder da.

„Dass du immer so übertreiben musst, Hagen Brandt. Nun siehst du, was du davon hast", kommentierte Anne leise seinen Abtritt. Und als er nicht reagierte, fragte sie: „Kopf oder Kinn? Soll ich den Arzt rufen?"

Er schüttelte vorsichtig den Kopf und tastete mit geschlossenen Augen nach ihrer Hand.

Diese Kurzschlüsse in seinem Hirn machten ihn noch wahnsinnig. Er versuchte, ruhig zu bleiben. Langsam durchatmen. Dann merkte er, wie Anne aufstand. Er hielt ihre Hand fester.

„Bitte bleib. Es geht gleich wieder", krächzte er. Dann sammelte sich Wasser in seinen Augen und er merkte, wie er Annes Hand umkrampfte.

Die Tür wurde leise geöffnet. Nach einem Weilchen spürte er das Pochen in seinem Arm. Es wurde stärker dort, wo die Kanüle steckte. Der Schmerz im Kopf lies langsam nach. Dann glaubte er das Knattern eines davonfahrenden Motorrads zu hören.

„Jugend", flüsterte er. „Ohne ... Arbeit ... Biker ..."

Die Farben verblassten. Die Lichter vor seinen Augen drehten sich langsamer. Dann erloschen sie ganz. Das kurze Quietschen von Motorradreifen. Das Krachen, das er erwartete, blieb aus.

Rauschen.

31

Ohne Gas wegzunehmen bog Helle in die Straße zu den Hellbergen ein. Als der Asphalt von Betonplatten abgelöst wurde, erhob er sich von der Sitzbank und spürte das Rütteln der Maschine, den Fahrtwind. Das Leben. Er fuhr Schleifen, wie er es bei den dicken Maschinen gesehen hatte. Reifen aufwärmen? Von wegen. Die wollten doch auch nur angeben und ihren Spaß haben. Um nichts anderes ging es hier.

Ein Kieslaster kam ihm entgegen. Helle machte Platz und gab dann gleich wieder Gas. Der Hügel mit den Windrädern und den versteckten Bunkern lag vor ihm.

Sollte er anhalten und Marke einen Besuch abstatten?

Helle fuhr langsamer. Der Bunker zur Rechten lag verwaist. Doch das konnte täuschen. Also hielt er an, bockte seine Schwalbe am Rand des Plattenweges auf und ging steifbeinig zur Tür.

Marke war wirklich nicht da. Die Kettensäge und einige andere Beutestücke, waren unter mehreren alten Decken vergraben. Diese Decken waren so dreckig und schimmelig, dass niemand Lust haben würde, sie anzufassen. Ein Versteck, das eigentlich keins war. Und trotzdem war es perfekt.

Helle bückte sich, um unter die Decke zu sehen. Plötzlich verdeckte jemand den Eingang.

„Sieh an: Der feine Herr will mich beklauen."

Helle fuhr herum. Vor ihm stand ein großer Schatten, der nur Marke sein konnte.

„Marke, ich ..."

Er bekam einen Stoß vor die Brust und fiel rücklings auf den Betonboden. Das Steißbein schmerzte.

Nein, er verstand Marke nicht. Einen Tag gehen wir zusammen klauen, den nächsten kann ich zufrieden sein, wenn er mich nicht verprügelt.

„Was willst du hier?", blaffte Marke. „Willst wohl mit deiner Schrottkarre bei mir angeben. Oder was?"

Marke blieb drohend über ihm stehen. „Oder haste die Bullen hergebracht? Hier hat der Mörder sein Versteck. Der war's!"

„Nein. Ich habe nichts gesagt, Marke. Du ... du bist doch mein Freund", stotterte Helle und hob schützend seinen Arm über den Kopf, als Marke noch einen Schritt näher kam.

„Ich bin dein Freund? Lachhaft." Marke lachte verächtlich auf. „Erst heißt es, ich bin ein Mörder und du willst nichts mehr mit mir zu tun haben. Und dann bin ich auf einmal wieder dein Freund? Du bist eine so lächerliche Figur ..."

Marke wandte sich ab und spuckte in den Staub. So blieb er noch einen Augenblick stehen, ging dann in die Ecke und reckte sich nach der Taschenlampe, die dort immer stand.

Nachdem er sie angeknipst hatte, schloss er das Tor.

„Meine Schwalbe steht noch an der Straße", sagte Helle und wollte aufstehen, um sie ins Versteck zu schieben.

„Halt die Klappe, Mann!", brüllte Marke und fuhr zu ihm herum. „Diesen Müll hier will sowieso niemand haben. Und wieso ich noch mit dir rede, weiß ich auch nicht."

Helle spürte, wie Markes Zorn in sich zusammenfiel.

Helle verhielt sich still. Er ahnte, dass Marke nicht annähernd

so wütend war, wie er tat. Marke saß da, ihm den Rücken zugewandt, und schien zu lauschen oder auf etwas zu warten.
Helle nahm all seinen Mut zusammen: „Marke?"
„Was?!"
„Ich verstehe nicht, warum wir immer diese Scheunen anzünden müssen. Wir ... wir zeigen den Bullen doch nur, dass wir es sind. Also ... ich meine ... immer die gleichen Täter. Die Bullen sind doch nicht blöde."
„Das weiß ich auch. Aber du hättest sehen sollen, wie sie alle gerannt sind. In Margaretenhof und dann drüben in Häsen."
Helle begann zu begreifen, was Marke meinte: „Du willst, dass sie dich schnappen. Stimmt's?"
„Nee, du Besserwisser, ich will, dass die reichen Arschlöcher vor mir zittern. Mein Leben ist doch sowieso im Arsch!"
Sie starrten vor sich auf den Boden und schwiegen. Plötzlich stand Marke auf und wühlte unter den Decken. Mit der Rührmaschine in der Hand kam er näher.
„Hier. Für dich", sagte Marke und warf sie ihm in die Arme.
„Was soll ich damit?", fragte Helle entgeistert.
„Du hattest doch Geburtstag. Dein Geschenk. Als künftiger Hausbauer brauchst du das. Zum Mörtel anrühren und so."
Helle starrte abwechselnd auf den Rührer und auf Marke.
„Marke? Woher weißt du ..." Helle verstummte. Er wusste nicht recht, was er sagen sollte. Es war Markes Art zu zeigen, dass sie Kumpels waren. Aber woher ...
„Ich wollte dich besuchen an deinem Geburtstag. Aber dann habe ich mich nicht getraut zu klopfen."
„Dann warst du das, den ich am Fenster gesehen habe?"
Marke nickte.
Ein paar Minuten lang blieb es still im Bunker. Dann drehte er sich zu Marke um. „Marke ... ich habe einen Plan."

Kapitel 2

32

Zwanzig nach elf zeigte ihr Handy. Anne schaltete es aus und ließ sich zurücksinken. Es war die fünfte Nacht, die sie nun, zumindest zur Hälfte, im Auto verbrachte. Und sie fühlte sich jetzt schon wie erschlagen. Dauernd fielen ihr die Augen zu, obwohl sie ihre Thermoskanne mit Kaffee beinahe ausgetrunken hatte. Im Radio lief *Wish You Were Here*, leider eine Seltenheit inzwischen, fand sie, streckte den Arm aus und drehte es lauter. Sie liebte diese Gitarre, Pink Floyd sowieso.
Leise summte sie die Melodie mit. Dabei fiel ihr wieder dieser Motorradfahrer ein, der heute auf ihr Klingeln hin geöffnet hatte. Lange wilde Mähne und glatt rasiertes Kinn. Dazu Lederklamotten, Motorradstiefel und ein schwarzes Netzhemd. Das Markanteste an seinem Aussehen war jedoch, dass er so unglaublich dürr war. Aber auch er hatte sie von oben bis unten angeschaut, dann die Tür weit geöffnet und gelispelt: „Komm herein, Schwester im Geiste".
Dabei hatte er sie angelächelt mit seinem schadhaften Gebiss voller fehlender Zähne.
Zuerst hatte sie ihre Lippen so fest zusammengepresst, um nicht laut loszulachen, dass Fernando einspringen musste. Aber dann war es doch aus ihr herausgeplatzt und er hatte es nicht übel genommen. Anne musste wieder grinsen bei dieser Erinnerung. Allerdings war seine Harley auch nicht das gesuchte Motorrad gewesen.
Sie nahm die Liste vom Beifahrersitz und schaltete die Innenraumbeleuchtung ein. Drei Namen waren noch immer offen. Den einen hatte sie mit einem Kreuz markiert, weil es ihn unter der Adresse in Osterne nicht gab. Bei der Suche des neuen

Wohnsitzes hatte auch das Einwohnermeldeamt nicht helfen können. Unbekannt verzogen lautete die dort registrierte Adresse von Mark Winter. Schade, überlegte Anne, Osterne hätte uns wirklich gut in den Kram gepasst.
Plötzlich musste sie die Augen schließen. Grelles Licht aus den Rückspiegeln blendete sie derart, dass es wehtat. Kurz darauf raste ein Auto mit aufgeblendeten Scheinwerfern an ihr vorbei, das aus Häsen oder Buberow gekommen war.
Wenn die Insassen jetzt schon so drauf sind, wie fahren die erst, wenn sie zugedröhnt von der Party kommen, fragte sie sich.
Sie griff zum Handy und beugte sich im Sitz nach vorn. Doch bevor sie wieder klar sehen konnte, bog das Auto schon auf die Straße nach Gransee ein.
Als plötzlich ihr Handy zu klingeln begann, hätte sie es beinahe fallen gelassen.
„Pagels."
Jemand erklärte ihr etwas von einem Brand in ... Sie schrak auf. „Was?", rief sie ins Handy. „Wer ist da?"
Jetzt war sie hellwach.
„Leitstelle Potsdam. Laut meiner Liste haben Sie heute Nacht Bereitschaft. Uns wurde ein Scheunenbrand in 16792 Zehdenick, Ortsteil Badingen, gemeldet. Die Feuerwehr ist auf dem Weg. Zwei Streifenwagen ebenfalls."
In diesem Moment hörte sie in der Ferne die Sirenen.
„Danke. Bin gleich da." Anne trennte die Verbindung und wählte neu. „Fernando, es geht los. Bleib an deinem Platz."
Wieder trennte sie und wählte noch einmal.
„Jörg? Der Brand in Badingen. Sowie du die Streifenwagen dort nicht mehr brauchst, sperrt bitte die Landesstraße zwischen Mühlhof und dem Abzweig nach Mildenberg. Sie sol-

len jedes Motorrad, jedes Moped oder Fahrrad stoppen."
Sie warf ihr Handy auf den Beifahrersitz. Nun musste sich zeigen, ob ihre Strategie etwas taugte. Kraatz und Bergsdorf hatten sie heute besetzt und hofften, das Motorrad, sollte es wirklich eins geben, lokalisieren zu können. Hinzu kamen die beiden Streifenwagen. Das war alles an Personal, das in dieser Nacht im Dienst war. Mehr ging nicht.
Sie schaltete das Autoradio aus und lauschte in die Nacht. Die Sirenen waren verstummt. Alles war ruhig. Die Kraatzer Dorfstraße vor ihr wurde von einer einzigen Laterne erleuchtet. Weiter hinten sah sie Licht in einem Bauernhaus. Im Rückspiegel war nichts zu erkennen, anders als bei ihrer ersten Schicht. Da waren laufend Anwohner am Auto vorbeigeschlendert, um sich zu vergewissern, wer dort in dem unbekannten Auto saß. Mehrmals musste sie aussteigen und ihren Dienstausweis zeigen. Doch heute war alles ruhig. Bis jetzt.
Sie griff zum Handy: 23.45 Uhr.
Nichts passierte. Zehn Minuten später begann sie zu zweifeln. Nein, es würde kein Motorrad kommen. Mist.
Ihr Handy klingelte. Fernando. Vorrücken auf Osterne? Ja, verdammt.
Sie ließ den Motor an und fuhr im Schritt in Richtung Ortsausgang nach Osterne. Beide Seitenscheiben hatte sie heruntergelassen.
Am Kraatzer Ortsausgang hielt sie wieder an. Die Straße vor ihr war dunkel. Noch immer kein Motorengeräusch. Sie fuhr nun im dritten Gang weiter. Bei den Viehställen vor Osterne war Licht und am Horizont hinter den Bäumen, dort, wo Badingen lag, schien die Sonne aufzugehen. Dort musste die brennende Scheune liegen.
Anne wartete noch einmal zehn Minuten, bis sie wieder den

Gang einlegte und den Hügel zum Entwässerungsgraben hinunterrollte. Kurz darauf hielt sie an der Kreuzung in Osterne.
„Verdammt!"
Wir haben es wieder vermasselt, ging es ihr durch den Kopf. Wahrscheinlich sind sie wieder zu Fuß unterwegs.
Sie rief Fernando an. Feierabend. Dann sprach sie noch kurz mit dem Revierleiter und bat ihn, die Streifenwagen in der Umgebung ausschwärmen zu lassen. Nein, sie hatten nichts bemerkt. Es war zum Verrücktwerden.

33

„So eine Scheiße", knurrte die Gestalt im dunkelgrünen Parker und blieb abrupt zwischen den Bäumen stehen. Der kleine Fahrradanhänger schlug ihm in die Kniekehle.
Es war zwar dunkel genug, auch wenn sich die Wolken verzogen hatten, trotzdem trat Marke hinter den nächsten Baum. Gerade noch rechtzeitig hatte er den Mann gesehen, der reglos in der Einfahrt zu den Rinderställen stand und in seine Richtung schaute. Wahrscheinlich beobachtete er das Feuer, das den Nachthimmel über Badingen erhellte, wie er selbst es gerade noch getan hatte. Doch diesmal war er zu unruhig gewesen, um länger zu bleiben.
„Mach dich vom Acker, Alter", flüsterte Marke. „Hast du nichts zu tun?" Er verharrte reglos.
Was hat der Alte denn hier zu suchen?, fragte er sich. Melkzeit und Fütterung waren längst vorbei. Nachtschichten gab es im Rinderstall längst nicht mehr, das wusste er genau.
Dem Blick des Alten folgend sah er nun ein Auto aus Richtung Kraatz kommen. Es fuhr langsam und hielt dann oben auf dem Hügel an. Der Motor wurde ausgeschaltet und die Scheinwerfer erloschen.

Glück gehabt. Das Auto hätte er nicht rechtzeitig bemerkt und wäre der Kripo wahrscheinlich direkt in die Arme gelaufen.
„Blöder Bulle", knurrte er. Mich zertrampeln – das hättest du gern. Gerade heute, wo das mein letzter Coup werden sollte.
So hatten er und Helle es jedenfalls abgemacht. Obwohl Helle sich strikt geweigert hatte mitzukommen, war er richtig froh gewesen über dessen Rückkehr. Ja, sie waren Freunde und Helle hatte schließlich auch begriffen, dass ihm die Leichen von Margaretenhof nicht egal waren, obwohl er sich vor Wochen auf dem Hügel über dem Feuer so stark gefühlt hatte.
Danach war ihm tagelang elend zumute gewesen. Marke dachte an die Albträume, die ihn bestimmt eine Woche lang geplagt hatten. Aber das musste Helle nun wirklich nicht wissen. Auch wenn sie Freunde waren.
Marke lehnte sich gegen den Baum.
Er musste endlich weiter. Aber so lange der Alte und dieses Auto dort standen und glotzten, war daran nicht zu denken. Mit dem Motorrad wäre er längst zu Hause gewesen. Zu blöd, dass ihm letzte Woche ein Reifen geplatzt war. Diese Reifen waren schweineteuer.
Hätten sie die Kassette aus Häsen schon aufbekommen, vielleicht wäre dann sein heutiger Beutezug unnötig gewesen. Aber Fakt war, um Helles genialen Plan verwirklichen zu können, brauchte er einen fahrbaren Untersatz.
Wenn der Plan gelänge – mit einem Schlag hätten sie so viel Geld, dass sein Traum Wirklichkeit werden könnte. Dann würde er nämlich seinen Rucksack packen und Tante Claudia in den Bergen besuchen. Sie freute sich bestimmt.
Marke schaute hinunter zu seinem Anhänger. Diesmal hatte er auch wieder nur Schrott gefunden. Vielleicht zwanzig Euro. Vielleicht. Er sollte mit Helle reden. Unbedingt. Vielleicht hat-

te sein Opa eine Flex, um diese elende Geldkassette aufzubekommen – oder wenigstens eine Bohrmaschine. Dann mussten sie nur warten, bis Opa für ein paar Stunden das Haus verließ. Denn oben im Bunker gab es keinen Strom. Das war das Problem.

Vorne auf der Straße wurde der Motor gestartet. Die Scheinwerfer gingen an. Ganz langsam rollte das Auto den Hügel hinunter und fuhr weiter nach Osterne. Aber der Alte stand noch immer wie angewurzelt in der Einfahrt.

„Mann, verpiss dich!", flüsterte er und stöhnte auf, als er sah, wie der sich gemütlich die nächste Zigarette anzündete.

34

Zehn Minuten später bog Anne Pagels auf den Sandweg zur Scheune ein. Sie war langsam gefahren. Nicht weil sie gehofft hatte, das Motorrad doch noch zu hören. Sie brauchte einfach Zeit. In ihr kochten Wut und Enttäuschung zu gleichen Teilen und so lange die anhielten, konnte sie nicht klar denken.

Neues Spiel – neues Glück? Nein, so einfach war das nicht. War es nie gewesen. Weder im Beruf, noch mit den Männern. Sie lachte kurz auf. Aber es klang überhaupt nicht belustigt.

Männer. Was für Männer? Es hatte doch nur Hagen für sie gegeben. Die anderen waren immer nur Lückenbüßer gewesen, die nie ihren Ansprüchen genügt hatten.

Nein, keiner konnte Hagen das Wasser reichen. Und er war immer in der Nähe geblieben – was offenbar letztlich den Ausschlag gegeben hatte. Und jetzt, verdammt? Ohne Hagen schaffte sie es ja nicht einmal, diese Brandstifter zu finden. Er war immer drei Spuren gleichzeitig gefolgt und hatte dabei auch noch nachgedacht. Sie dagegen konnte keiner einzigen Spur folgen, ohne sich zu verirren. Und das empfand sie einfach nur als deprimierend.

Sie lenkte den Wagen an den Wegrand, nahm den Gang raus und ließ die Seitenfenster hochfahren.

Warum war dieses Motorrad nicht gekommen? Ganz einfach: Weil die Täter wieder zu Fuß erschienen waren. Wie in Häsen. Und das bedeutete, dass ihre Schlüsse richtig waren.

Sie legte den Kopf nach hinten und schloss die Augen. Die Idee mit den Horchposten war richtig – aber sie durften sich nicht allein darauf verlassen.

Anne, du musst deinen Kopf benutzen, schalt sie sich selber. Denk nach! Denk ...

Sie schreckte auf, als jemand mit der Faust aufs Autodach schlug. Die Beifahrertür wurde aufgerissen. Jonas wuchtete seinen Kompaktkörper ins Auto.

„War wohl nichts?", fragte er und sah sie an. Die Flammen huschten über sein Gesicht und sie überlegte, ob ihres jetzt genauso gruselig aussah.

„Und? Wie weit bist du? Irgendwelche Spuren? Was sagen die Nachbarn?", brach es aus Anne heraus.

Sie spürte seinen Blick, doch er blieb still. Vielleicht wartete er, dass sie sich beruhigte. Sie wollte sich aber nicht beruhigen. Es war alles so frustrierend. „Was ist? Bekomme ich keine Antwort?", blaffte sie noch einmal los.

Da öffnete er die Autotür und stieg aus.

„Verdammt, verdammt!" Sie hämmerte bei jedem Wort mit beiden Händen auf das Lenkrad.

Verdammt, wie macht Hagen das, bei jeder Niederlage einfach wieder aufzustehen und von vorn anzufangen?

Und wie sollte das gehen? Sie sah ja selbst, dass das nächste Haus mehr als fünfhundert Meter entfernt stand. Und was tat sie? Sie blaffte ihre Mitarbeiter an, die sie eigentlich ausbilden und motivieren sollte.

„Anne, du bist ein tolles Vorbild", flüsterte sie und holte tief Luft. Nachdem sie den Motor ausgestellt und den Schlüssel abgezogen hatte, stieg sie aus und ging um das Auto herum zu Jonas, der an der Beifahrerseite lehnte. Da er sich nicht zu ihr umdrehte, legte sie ihm ihre Hand auf die Schulter.

„Ich bin heute etwas daneben", sagte sie. Eigentlich hatte sie sich entschuldigen wollen, aber das musste genügen.

„Hast du mit jemandem sprechen können? Wer hat denn den Brand gemeldet?" Sie bemühte sich, ihrer Stimme einen sachlichen Klang zu geben. Zumindest mit der Wahl der Worte schaffte sie es so leidlich.

„Innerhalb von zwei Minuten gingen zwei Anrufe bei der Feuerwehr ein." Jonas zeigte auf zwei Bauernhäuser. „Ihre Schlafzimmer gehen nach hinten raus. Als die Bewohner wach wurden, war es wohl schon ein ziemlich großes Feuer. Sonst konnte niemand etwas sagen."

Sie nickte. „Ich habe das schon vermutet."

„Spuren unmittelbarer an der Scheune, jedenfalls so dicht, wie ich heran konnte, gab es nicht. Aber ..." Er zeigte rechts an der Scheune vorbei. „Der Feldweg geht dort hinten weiter. Nur nasser Sand. Ich habe Eindrücke von Schuhen gesehen, die aussahen, wie die Springerstiefel in Häsen und Margaretenhof. Und dann noch die Spuren eines Anhängers."

Anne Kopf flog herum. „Echt?" Sie strahlte ihn an.

„Echt. Ich bin sicher, dass die Spuren zusammengehören", antwortete Jonas, als wäre es nichts, was irgendwie wichtig sein können.

Sie hätte jubeln können und warum auch nicht? Ihrer Eingebung folgend fasste sie Jonas rechts und links am Kopf, zog ihn herunter und drückte ihm einen dicken Schmatzer auf die

Stirn. „Prachtjunge!", rief sie.

Jonas stand da und starrte sie an.

„Nun sieh mich nicht so an, Jonas. Frauen in den Wechseljahren sind so. Glaub mir. Hat nichts mit dir zu tun. Das war absolut dienstlich."

Jonas lachte auf. Für einen Moment schien es ihr, als sei sein Gesicht puterrot angelaufen. Aber das konnte auch der Feuerschein gewesen sein.

„Okay. Soll ich dir die Spuren zeigen? Ich konnte sie nämlich noch nicht sichern."

„Gern. Aber wenn der Weg dort hinten weitergeht, sollten wir einen Fährtenhund anfordern. Vielleicht bringt der uns der Lösung ein Stück näher."

„Herbert war mit seiner Angela hier irgendwo." Er schaute sich um und zeigte in Richtung Feuer. „Dort ist er!"

Wenig später lief Jonas vorneweg. Anne, Herbert und Hündin *Angela vom Bundeskanzleramt* im Schlepptau.

Hinter der Scheune wand der Feldweg sich zu einer kleinen Anhöhe hinauf, wo eine Baumreihe den Anfang eines Feldes markierte. Auf halbem Weg dorthin blieb Jonas stehen, drehte sich zu ihnen um und zeigte auf den Weg neben sich.

„Aha, ist das die Spur?", fragte Herbert, genau wie Anne leicht keuchend.

„Ja, hier", sagte Jonas. „Aber vielleicht kannst du deine Angela ein paar Meter weiter oben ansetzen. Die Spuren hier muss ich noch ausgießen."

„In Ordnung." Herbert wandte sich an seine Angela. „Dann komm, meine Gute. Jetzt können wir wieder ein bisschen rennen. Und der Onkel hier kommt auch mit."

Anne blieb zurück. Mit dem Revierleiter verabredete sie telefonisch, dass die nicht mehr am Brandort benötigten Streifenwagen den Bereich zwischen Badingen, Osterne, Klein-Mutz und Kraatz abfuhren. Gesucht wurde ein Mann oder Junge mit einem Fahrradanhänger.

Als sie die Verbindung trennte, merkte sie plötzlich, dass es windiger geworden war. Anne schaute in den Himmel. Die Sterne waren verschwunden. Sie fluchte und beeilte sich, zu ihrem Auto zu kommen. Bevor es anfing zu regnen, wollte sie wenigstens die Schuh- und Reifenspuren sichern.

Zwanzig Minuten später, als sie die Gipsabdrücke in Tüten gepackt hatte und bei Taschenlampenlicht versuchte, eine Übersichtsskizze in ihr Notizbuch zu zeichnen, klatschten die ersten Tropfen aufs Papier. Und peitschte der Wind eimerweise Wasser in ihren Rücken.

Laut fluchend setzte sie sich ins Auto, wendete und fuhr zurück nach Osterne. Weit würde der Fährtenhund bei diesem Wetter nicht kommen.

Auf der Kreuzung in Osterne hielt sie an. Der Regen prasselte aufs Autodach. Die Sicht war gleich null. Sie ließ die Seitenscheiben herunter und versuchte, etwas zu erkennen. Links ging es nach Klein-Mutz, rechts nach Kraatz. Auf beiden Seiten nur nasse Dunkelheit. Irgendwo vor ihr brannte eine einsame Straßenlaterne. Dort ging es zu den Plattenbauten, die die NVA in den achtziger Jahren gebaut hatte. Dort wohnten viele Arbeitslose, wusste sie aus Erzählungen der Kollegen. Hinter den Plattenbauten begann das ehemalige Militärgelände, auf dem jetzt Kies abgebaut wurde und Windräder standen. Im vorigen Sommer war sie dort spazieren gegangen. Brachland, Birken, Holunderbüsche, aber auch die alten Bunkeranlagen – ein ideales Gelände für Hundebesitzer, Hasen und Rehe. Aber auch für Diebe? Verstecke gab es dort sicherlich genug.

Langsam fuhr sie geradeaus den Hügel hinauf, drehte eine Runde auf dem früheren Gutshof. Dann noch eine bei den Plattenbauten. Alles war ruhig.
Sie zog ihr Handy hervor und rief Jonas an.
„Wo seid ihr?", fragte sie, als er sich meldete.
„Wir wurden in den Kreis der Rindviecher aufgenommen. Als es anfing zu regnen, wollte Angela nicht weiter. Wir sitzen hier oben bei der Nachtschicht, die sie extra wegen der Brände eingerichtet haben. Herr Hüpfer sagt, er hätte eine ganze Weile in der Toreinfahrt gestanden, aber niemanden gesehen abgesehen von einem Auto, das zehn Minuten lang vor der Kurve auf dem Hügel stand. Er weiß nicht, worauf der mit dem Auto gewartet hat. Sei dann aber weitergefahren."
Anne lachte trocken auf. „Ja, sehr aufmerksam, der Herr. Das mit dem Auto war ich. Ich komme euch holen."

35

Als sie auf die Wanduhr im Büro schaute, war es zehn vor acht. Die Sonne war vor einer halben Stunde aufgegangen. Anne schaltete den Computer aus und streckte ihren Rücken. Bildanlagen, Tatort- und Ermittlungsprotokolle waren fertig und sie wollte jetzt nur noch ins Bett.
Aber da sie eigentlich um acht beim Kripo-Chef in Neuruppin zum Rapport erscheinen müsste, rief sie ihn lieber noch an. Sie griff zum Telefon. Von Meerbusch hob nach dem ersten Klingeln ab.
„Nun, Frau Pagels? Neuigkeiten?"
„Der gleiche Täter, diesmal zu Fuß mit einem Fahrradanhänger. Leider hat ihn der Fährtenhund nicht mehr erwischt. Der Regen kam dazwischen", antwortete sie und erwartete nun die konstruktive Kritik des Chefs. Doch die kam nicht. Stattdes-

sen sagte von Meerbusch: „In Häsen waren sie doch auch zu Fuß – oder? Dann können wir ja zumindest einschränken, wo sie wohnen. Lassen Sie sich etwas einfallen oder diskutieren Sie das mal mit Hagen Brandt. Sie wohnen doch zusammen, habe ich gehört."
„Hm", knurrte sie, um überhaupt etwas zu sagen.
Woher mochte er das nun wieder haben?
„Wenn die Unterlagen fertig sind, schicken Sie sie mir bitte per Mail und machen dann Feierabend. Bis morgen."
„Bis ..."
Von Meerbusch hatte aufgelegt. Verwirrt betrachtete sie den Hörer. Dann fiel ihr ein, dass vielleicht schon die ersten Teilnehmer der Besprechung vor ihm gesessen und zugehört hatten. Vielleicht deshalb hatte von Meerbusch sich heute in der Rolle des Sanftmütigen gefallen.

Anne schloss die Hintertür auf, ließ ihre Tasche zu Boden gleiten und öffnete auf dem Weg zur Toilette ihre Hose. Das war knapp. Warum musste sie auch noch beim Bäcker halten?
Plötzlich war ihr, als hätte sie ein Geräusch gehört.
Sie lauschte. Stille. Schnell zog sie die Hose hoch und öffnete die Badtür. Vor ihr stand Hagen Brandt.
„Mensch, Hagen, hast du mich erschreckt. Was machst du hier?", fragte sie und umarmte ihn vorsichtig.
„Ich warte auf die Frau mit den Brötchen." Witternd begann er zu schnüffeln. „Ah, dort her kommt der Wohlgeruch."
Hagen zeigte auf die Tasche und lächelte.
„Na, dann mach mal Kaffee. Und nach dem Frühstück muss ich ins Bett."
Während er den Kaffeeautomaten bediente und sie den Tisch deckte, beobachtete sie Hagen, wie er, offenbar mit steifem

Genick herumhantierte. Der Kopfverband ähnelte den Kopfbedeckungen, wie sie die Berber im Fernsehen immer trugen.
„Warum grinst du so?", fragte er wenig später und titschte sein Brötchen in den Kaffee.
„Ich am Frühstückstisch mit Opa Lawrence von Arabien, der seine Brötchen nicht mehr kauen kann", entgegnete sie und schlürfte ihren Kaffee. „Haben sie dich mit einem Tritt in die Wüste geschickt?"
Hagen lachte vorsichtig. „Ich hab's nicht mehr ausgehalten dort. Doktor Löwen hatte ein Einsehen. Heute Abend muss ich wieder hin. Und wo warst du die ganze Nacht?"
Als sie nicht antwortete, hakte er nach: „Brandbekämpfung?"
Sie nickte. „Sie sind uns wieder durch die Maschen geschlüpft. Badingen hat es diesmal erwischt."
Hagen legte sein Brötchen auf den Teller zurück, sah sie aufmerksam an und wartete, dass sie weitererzählte.
„Fernando und ich saßen auf Horchposten, als der Brand gemeldet wurde. Er in Klein-Mutz, ich in Kraatz. Was nicht kam, war das Motorrad. Beim Brand in Häsen sind sie zu zweit gewesen. Die gleichen Schuhspuren heute Nacht in Badingen, nur diesmal einer allein und mit Fahrradanhänger. Die Spuren führten über einen Feldweg in Richtung Osterne und Kraatz. Leider kam uns der Regen dazwischen. Der Hund hat bei den Rinderställen die Spur verloren. Aber der Brandstifter muss mir direkt entgegengekommen sein."
Hagen nickte vorsichtig, sagte aber nichts. Sie trank ihren Kaffee aus und stand auf.
„Ich muss jetzt ein paar Stunden schlafen. Mein Kopf ist ganz leer." Für einen Moment überlegte sie, ob sie vorher noch duschen sollte. Nein. Nachher.
„Ja, gute Nacht", sagte Hagen irgendwie zerstreut und zog

den Notizblock heran, der immer auf dem Fensterbrett am Küchentisch lag.

„Was glaubst du? Dass ich mal eben in meine Kugel schaue und sehe, wer dein Brandstifter ist?"
Hagen lag auf der Couch im Wohnzimmer, mit einem dicken Kissen unter dem Kopf. Die Augen hatte er geschlossen. Für Anne hörte es sich an, als hätte ein Toter aus der Gruft gesprochen. Einfach gefühllos, dieser Hagen Brandt.
„Er ist nicht *mein* Brandstifter", antwortete sie verärgert. Allerdings wusste sie, dass ihr Groll nur vom Schlafmangel herrührte und mit Hagen nichts zu tun hatte.
Um die Schärfe des Satzes ein wenig zu mildern, fügte sie hinzu: „Und so eine Kristallkugel, die nichts hergibt, habe ich selber. Ich hatte eher gehofft, dass du eine Idee hast, denn die mit dem Horchposten war gut. Leider hat sie nicht funktioniert. Bis jetzt jedenfalls."
Als Hagen Brandt nicht antwortete, stand sie auf und ging zum Fenster. Es regnete wieder.
„Woran lag das, Anne? Jedenfalls ist es keine Frage von Schuld", sagte Hagen hinter ihr.
„Woher soll ich das wissen? Es war der zweite Brand hintereinander ohne Fahrzeug. Davor gab es diese Mopedspuren, bei denen wir nicht sicher wissen, ob sie vom Täter stammen. Und vor Margaretenhof waren die Spuren so dürftig, dass wir von einem Moped nicht einmal etwas ahnten."
Wieder entstand eine Pause, in der sie nicht wusste, ob Hagen nachdachte oder ob er eingeschlafen war.
„Aber wenn doch ...", sagte Hagen in die Stille hinein. „Ich bin ziemlich sicher, dass das Moped dazugehört."
„Kann ja sein. Aber aus irgendeinem Grund fährt er nicht

mehr damit. Vielleicht ist ihm inzwischen das Wetter zu schlecht oder das Moped ist kaputt und das Geld für die Reparatur reicht noch nicht. Oder das Benzin ist alle ... Nein, das wohl nicht. Aber mal eine andere Frage: Wie war das denn nun mit dem Hausverkauf in Gransee, wo Silke und Carla dich gefunden haben. Erinnerst du dich nun?"
Hagen suchte sich eine bequemere Position und fuhr dann fort, ohne im Geringsten auf Annes Einwurf einzugehen: „Vielleicht ist sein Vater mit dem Motorrad zur Arbeit gefahren, vielleicht war es nur geborgt. Vielleicht ... Habt ihr eine Liste der ...?"
Plötzlich stand Silke in der Tür.
„Hagen, sag mal: Spinnst du? Im Krankenhaus haben sie gesagt, du bist einfach abgehauen. Kannst kaum den Kopf hoch halten und löst mit Anne Rätsel?"
Silke setzte sich zu Hagen in den Sessel, beugte sich hinüber und küsste ihn. „Geht's dir also besser."
„Hallo Schatz, ich habe es nicht mehr ausgehalten. Aber mach dir keine Sorgen. Ich wollte Anne gerade bitten, mich wieder hinzufahren."
Anne hatte gemerkt, dass Hagens Stimme immer schleppender geklungen hatte. Jetzt stieß sie sich vom Fensterbrett ab. Ein kurzer Blickkontakt mit Silke genügte. Vorsichtig zogen sie Hagen auf die Beine und brachten ihn zu Annes Auto.
„Ich muss sowieso ins Büro", erklärte Anne. „Muss schauen, was meine Jünger machen."
Dann schloss sie vorsichtig die Beifahrertür. Hagen war eingeschlafen, bevor sie Pieps sagen konnte. Sein Schnarchen verriet es.
Sie zwinkerte Silke zu und Silke zwinkerte zurück. Wenn es um Hagens Gesundheit ging, waren sie sich einig.

Und genau das war das Schlimme daran.

36

Es war nach acht, als Opa Willi sich auf den Weg zum Friedhof machte. So wie jeden Tag.
Helle wartete, bis Opa aus dem Sichtfeld verschwunden war und öffnete dann die Tür zum Stall. Schweine und Rinder hatten sie nicht mehr, nur ein paar Hühner waren noch übrig, für die extra ein Käfig abgeteilt worden war. Der Rest war jetzt ein Mittelding zwischen Werkstatt und Museum. Führungen gab es allerdings nie.
Eilig öffnete Helle die Stalltür und ließ Marke herein. Dessen Pfiff hatte er vorhin gehört, als er noch dabei war, die Küche auszufegen. Auch wie jeden Morgen nach dem Frühstück.
„Mensch, wird aber auch Zeit. Ich friere mir hier den Arsch ab, während du gemütlich in deiner Furzmulle liegst."
Helle antwortete nicht. Er vergewisserte sich nur, dass Marke wirklich die Geldkassette mitgebracht hatte, drehte sich um und öffnete den Schrank mit den Werkzeugen.
Dann schaltete er die kleine Lampe über der Werkbank an und griff zu der Schutzbrille, die an einem rostigen Nagel hing.
„Komm, stell sie hier her", sagte er und zeigte auf den Betonboden vor der Werkbank. Als Marke respektvoll wieder einen Schritt zurückgetreten war, stellte Helle einen Fuß auf die Kassette, schaltete die Maschine ein und machte sich ans Werk, die Kassette zu öffnen. Dabei schmunzelte er in sich hinein: Vor lärmenden Maschinen hatte Marke einen Heidenrespekt und ordnete sich sogar ihm unter, so lange er die Flex bediente.
Die ganze Aktion dauerte keine Minute. Der Deckel sprang

fast von selbst auf.
Als Helle die Maschine zurücklegte, sprang Marke hinzu und griff nach der Kassette.
„Vorsicht. Heiß!", rief Helle. Doch es war zu spät.
Marke hatte sie wieder fallen gelassen und steckte zwei Finger in den Mund. Dabei starrte er auf die Kassette, die aufgeklappt vor ihnen lag. Mehrere Hundert- und Fünfzig-Euro-Scheine lagen auf dem Boden, auch kleinere Scheine. Hartgeld kullerte in der Gegend herum.
Beide standen mit großen Augen da. Keiner sagte etwas.
Dann bückte Helle sich und begann, die Scheine zusammenzusammeln und zu zählen. Er stand auf und hielt sie Marke hin. „Hier. 1500 Euro. Damit kannst du dein Moped reparieren. Und hör endlich auf damit, Scheunen anzustecken."

37

Anne schreckte hoch und starrte verständnislos Fernando an, der plötzlich vor ihr stand.
„Hast du hier geschlafen?", fragte er und streckte ihr einen Kaffeebecher entgegen.
Sie winkte ab, holte sich ein Handtuch aus dem Schrank und ging duschen. Während das heiße Wasser über ihren Körper rann, fielen ihr nach und nach all die Dinge wieder ein, die sie heute erledigen mussten. Denn eins war ihr bei dem kurzen Gespräch mit Hagen klar geworden: Sie mussten aufhören nur herumzustochern, sondern gründlich jedem Hinweis nachgehen. Das war es, was Hagen gemeint hatte.
Diese Nacht allein im Büro war nicht umsonst gewesen. Auch wenn sie Hagen Brandt mit seinem Gesichtsgedächtnis und seiner Intuition nicht das Wasser reichen konnte, ihre Stärke lag im Spurenlesen. Und darauf wollte sie sich jetzt konzen-

trieren.

„Also, Jungs, heute packen wir es an."
Anne beugte sich eine halbe Stunde später über den Tisch und knallte ihre flache Hand auf die Tischplatte. Jonas und Fernando sahen sich an.
„Wir sind auf der richtigen Fährte gewesen mit unseren Horchposten, so viel steht fest. Das sagen die Akten eindeutig. Hier, schaut euch das an."
Sie ging hinüber zum Flipchart, klappte einige Blätter nach hinten, bis sie gefunden hatte, was sie suchte.
„Hier in der Tabelle habe ich zu unseren siebzehn Bränden und zu den Einbrüchen aus dem vorigen Jahr die jeweiligen Spuren notiert. Euch fällt sicherlich auf, dass sich die Spuren wiederholen. Hier, hier und hier." Sie zeigte auf bestimmte Tabellenzeilen. „An diesen Brandorten haben wir nur diese Gummistiefel gefunden. An diesen beiden zusammen mit einem Fahrradanhänger."
Sie orientierte sich kurz auf der Tabelle.
„Dann haben wir hier plötzlich Springerstiefel mit Fahrradanhänger und hier mit Motorrad und Fahrradanhänger. Hier in Häsen hatten wir die Springerstiefel zusammen mit Gummistiefeln und hier in Neuhof im vorigen Jahr ebenfalls. Und jetzt kommt der Clou ..."
Sie holte ihren Laptop vom Schreibtisch und stellte ihn vor den beiden ab. „Schaut euch das mal an."
Jonas zog sich den Laptop näher heran.
„Was ist das denn?" Er nahm seinen Kugelschreiber und tippte auf den Bildschirm. „Hier sind Springerstiefel durch Gummistiefel überdeckt. Und hier genau anders herum. Haben die miteinander getanzt – oder was?"

„Nein, Jonas, noch besser. Schau." Sie klickte das nächste Foto an. Die gleichen Spuren von etwas weiter weg fotografiert. „Hier stand der Fahrradanhänger. Siehst du es jetzt?"
„Ah, ich hab's." Nun tippte Fernando ganz aufgeregt auf den Bildschirm.
„Nur die Gummistiefel kommen an und ich glaube, das hier sind auch Gummistiefel, die weggehen. Der Kerl hat die Schuhe gewechselt. Wir haben also nur einen Täter – oder, Anne?"
„Jedenfalls wechselt er die Schuhe", antwortete sie. „Was wir mit Sicherheit wissen, ist, dass die Brände wirklich von den gleichen Tätern gelegt wurden. Was wissen wir noch mit Sicherheit?"
„Und da auch einige Einbruchsdiebstähle zu der Serie gehören", sagte Jonas nun nachdenklich, „und weil wir seit dem Brand in Margaretenhof wissen, dass auch dort handliche Maschinen entwendet wurden, wissen wir, dass es um Geldbeschaffung geht. Die Brände dienten nur der Beseitigung von Spuren."
„Das meine ich auch."
„Aber wie skrupellos muss man sein, um wegen einer Kettensäge und einem Rührer eine Scheune abzubrennen und zwei Menschen umzubringen?", fragte nun Fernando. „Das ist doch krank."
„Die beiden Schlafenden wird der Täter nicht bemerkt haben", entgegnete Jonas und schüttelte den Kopf. „Die Frage ist, ob es etwas geändert hätte, wenn doch."
„Und was machen wir jetzt?", fragte Fernando und sah wieder zum Flipchart.
Anne nahm sich einen roten Stift von der Ablage und unterstrich dick das Wort *Motorrad*.

„Wir arbeiten die Halter-Liste ab und wenn es auch die letzten drei Halter nicht sind, fangen wir eben noch einmal von vorne an. Das Motorrad hat seit mehreren Jahren den gleichen Halter. Wir müssen ihn finden. Jonas, du übernimmst die beiden, die wir noch nicht angetroffen hatten. Ich kümmere mich um den, dessen Adresse das Einwohnermeldeamt mit *Unbekannt* angibt. Irgendwie werde ich ihn schon finden. Ich gehe erstmal zum Vermieter. Fernando, du fährst nach Häsen. Von dort wissen wir noch nicht, was fehlt. Einverstanden?"
Beide nickten.
„Gut, dann treffen wir uns um elf hier zur Auswertung."

38

Kaum waren Fernando und Jonas verschwunden, griff sie zum Telefonbuch und suchte sich die Nummer der Stadtverwaltung Zehdenick heraus. Irgendwer würde ihr dort sicherlich sagen können, wer der Eigentümer der Plattenbauten in Osterne war. Sie wählte und ließ sich mit dem Liegenschaftsdienst verbinden.
Als sie die Verbindung trennte, hatte sie den Firmennamen NEWOPLA, was wahrscheinlich *Nett Wohnen in Platte* hieß, und die Telefonnummer des Hausmeisters. Sie schaute auf ihren Zettel und wählte neu. Nach dem achten Klingeln wurde abgenommen.
„Block", meldete sich eine Stimme, bei der sie nicht so recht entscheiden konnte, ob sie den Hausmeister am Apparat hatte oder dessen Frau.
„Herr Block? Sind Sie der Hausmeister?", fragte sie vorsichtshalber.
„Ja, watt jibt ditt denn?", kam die prompte Antwort im feinsten Berlin-Brandenburger Dialekt.

„Pagels, Kripo Gransee. Ich brauche von Ihnen einige Auskünfte. Wo kann ich Sie denn jetzt antreffen? Es wäre dringend, dauert auch nicht lange."

„Kripo? Hab ick watt ausgefressen?"

„Nein, nein. Ich muss nur kurz mit Ihnen sprechen. Ihre Zeit ist sicherlich auch kostbar und ich möchte Sie ungern ins Revier vorladen."

Das war ein Satz, den sie schon häufig in den Krimis im Fernsehen gehört hatte. Sie musste es einfach mal probieren.

„Also gut. Kommen Sie her", wechselte Block plötzlich ins Hochdeutsche. „Hellberger Straße 38. Ich trinke meinen Frühstückskaffee etwas langsamer. Aber spätestens um neun muss ich los."

Zehn Minuten später erreichte Anne Badingen und erkannte schon von weitem die Reste der Scheune. Es waren wirklich nur noch Reste. Ein paar Mauerstücke, nichts weiter.

Ja, wenn Fachwerk erst einmal brennt, brennt es eben.

An der Kita bog sie rechts ein. Kein einziges Auto begegnete ihr. Am Ortsausgang spielten zwei Jungen im Vorschulalter auf dem Fußballplatz mit einem Ball herum. Dann kamen auch schon wieder Felder. Rechts stand Raps in voller Blüte. Merkwürdig, war nicht November? Doch. Vielleicht war die Dürre im Sommer Schuld daran, dass der Raps jetzt blühte.

Abbremsen, Rechtskurve. Dann ging es einen kleinen Hügel hinauf bis Osterne. Siedlungshäuser, dann rechts der große Findling, den man zum Naturdenkmal erhoben hatte in der Hoffnung, ihn so vor Vandalen schützen zu können.

Vor dem ehemaligen Gutshof bog sie links ab und hatte kurz darauf die Plattenbauten vor sich, für die die Eigentümer in Berlin mit ungewöhnlich hohen Prämien warben. Vielleicht nicht die schlechteste Idee, dem Leerstand zu begegnen, wenn das hier auch der Arsch der Welt und man ohne Auto aufgeschmissen war.

Anne parkte gleich vorn am ersten Block und stieg aus. Sie musste nicht lange suchen. Ein Firmenschild des Eigentümers neben dem ersten Eingang wies darauf hin, dass hier der Hausmeister wohnte. Ein seltener Service. Sie klingelte und mit einem Summen sprang die Haustür auf.

In der Tür zur linken Parterrewohnung stand ein älterer Mann mit Schnauzbart. Arbeitsschuhe, Jeans und blauer Kittel mit Firmenlogo zeigten, dass sie hier richtig war.

„Herr Block?", fragte sie.

„Immer rinn. Hier iss jeheizt."

Sie gab ihm die Hand, nannte noch einmal ihren Namen. Er zog sie einfach in die Wohnung.

„Muss ja nicht jeder wissen, dass wir die Kripo im Haus haben", sagte er zur Erklärung. „Außerdem habe ich selten Damenbesuch und hier gibt es auch den Kaffee. Darf ich Ihnen einen anbieten?"

Ohne auf ihre Antwort zu warten, ging er voraus in die Küche. Sie ließ sich auf einen Holzstuhl komplimentieren und schaute sich um. Für einen Männerhaushalt sah es sauber aus. Nicht einmal dreckiges Frühstücksgeschirr stand herum.

Witwer, schätzte sie, und noch nicht lange.

Block holte einen Kaffeepott aus dem Küchenschrank und goss ihn gleich an der Kaffeemaschine voll.

„Milch? Zucker?", fragte er.

„Ja, gern." Sie ahnte, dass es ein schlimmer Sud sein würde, den er ihr vorsetzte. Und so war es auch. Selbst viel Milch half da nicht. Sie nahm einen vorsichtigen Schluck, während er ihr gegenüber Platz nahm.

„Das ist hier nicht gerade die Pfauen-Insel, stimmt's?", fragte er und zeigte zum Fenster. Sie nickte und schlürfte wieder an dem Gebräu.

„Sind Sie hier schon lange Hausmeister, Herr Block?", fragte sie.

„Ja, ziemlich lange. Ein paar Jahre", antwortete Block knapp.

Sie zückte ihren Notizblock. „Dann können Sie mir bestimmt helfen. Wir suchen einen Mieter. Und zwar Herrn Winter, Marc Winter. Der wohnt angeblich ..."

„Ach, ich weiß schon. Der aus der Nummer 8."

„Richtig."

„Tja, der ist bestimmt ... drei Jahre ist das sicherlich schon her, als er in den Knast gewandert ist."

Anne Pagels sah ihn aufmerksam an und wartete ab, was noch kommen würde.

„Bei irgendeinem Fußballspiel, ein Pokalspiel in Berlin, glaube ich, haben die Bullen ... Entschuldigung, die Polizisten ihn hopsgenommen. Und als die Mietzahlungen ausblieben, haben wir seine Wohnung aufgemacht, die Matratze und einen alten Fernseher in den Keller gestellt und den Rest weggeworfen."

„Hat er sich nicht mehr gemeldet?", fragte sie und malte kleine Gitter in ihren Block.

„Nein, nie wieder."

„Auf ihn ist noch ein Motorrad zugelassen. Wo ist denn das abgeblieben?"

„Ein Motorrad? Keine Ahnung. Echt nicht", antwortete Block. Zu hastig, für Annes Geschmack.

Sein Blick ging hoch zur Küchenuhr.

„Frau Pagels, es tut mir leid, aber ich muss jetzt wirklich los zum Rapport nach Berlin. Wenn Sie keine weiteren Fragen haben, zu Herrn Winter kann ich Ihnen jedenfalls nicht mehr

sagen. Er gehörte nicht gerade zu meinen Freunden."
Block erhob sich. Auch Anne Pagels stand auf und ließ sich zur Tür bringen. „Dann danke ich für den Kaffee", sagte sie und gab Block die Hand.
„Eine Frage hätte ich noch." Anne drehte sich an der Haustür noch einmal um. „Die Sachen von Herrn Winter sind hier unten im Keller? Ich muss sie mir in den nächsten Tagen mal ansehen."
Obwohl das auch wieder nur so ein dummer Gag aus dem Fernsehen war, wirkte er. Block zuckte zusammen. Und als sie zum Auto ging, bemerkte sie seinen Blick im Rücken.
Nachdenklich steckte sie den Schlüssel ins Zündschloss und schaute dabei zum Küchenfenster des Hausmeisters. Die Gardine bewegte sich und wurde ein kleines Stück zur Seite geschoben. Sie sah Blocks angewinkelten Arm, als würde er telefonieren. Doch als hätte er ihren Blick bemerkt, zog er die Gardine schnell wieder zu.
„Na, Genosse Hausmeister, schon beim Rapport?", fragte sich Anne leise. „Ein Meister-Spion bist du nicht gerade."
Sie startete den Motor, warf noch einen Blick auf die Garagen, die gegenüber der Giebelwand des Hauses eine neben der anderen standen, parkte rückwärts aus und fuhr langsam die Straße hinunter. Außer Sicht des Hauses bog sie links in den ehemaligen Gutshof ein, wendete und hielt. Sie schaute auf ihre Uhr und gab ihm drei Minuten. Wenn Block dann nicht kam, würde sie nachschauen.
Es vergingen nur zwei Minuten, dann fuhr ein leuchtend blauer Suzuki an ihr vorbei in Richtung Badingen.

39

Zurück im Büro setzte sich Anne an ihren PC. Schnell stellte sie fest, dass Jonas gestern die Vorstrafen aller Fahrzeughalter von der Liste abgefragt hatte. Die Ergebnisse waren heute Nacht eingegangen. Block hatte nicht gelogen – Marc Winter war vor drei Jahren zu einer Freiheitsstrafe verurteilt worden. Das Amtsgericht hatte die Bewährung aus einer früheren Verurteilung widerrufen und in der Justizvollzugsanstalt hatte er anschließend noch einen Nachschlag bekommen wegen Drogenhandels und schwerer Körperverletzung. Vor einem Jahr war er entlassen worden.

Sie startete das E-Mail-Programm und sandte eine Anfrage nach Berlin-Moabit mit der Bitte um Amtshilfe zum letzten bekannten Aufenthalt.

Jetzt konnte sie nur warten und hoffen, dass jemand mehr wusste, als in den Datenbanken stand. Sie trat ans Fenster. Novemberwetter. Wenn kein Nebel über dem Land liegt, regnet es. So wie jetzt. Sie hatte das Gefühl, als würde es heute gar nicht mehr hell werden. Davon jedenfalls wurde ihre Laune auch nicht besser und ihre Gedanken nicht klarer. Wechseljahre hin, Novemberstimmung her. Da halfen nur ...

Hinter ihr klappte die Tür und Fernando erklärte laut: „Schrott. Nur Schrott."

Sie zuckte zusammen, drehte sich aber nicht um, als sie fragte: „Was ist Schrott, Fernando?"

„In Häsen, in der abgebrannten Halle lagerte nur Schrott – und natürlich Autoreifen."

„Nur Autoreifen?", fragte sie und drehte sich um. „Oder auch Motorradreifen?"

„Also, das hat er nicht so definitiv gesagt. Wäre das wichtig gewesen?" Fernando zog die Stirn kraus.

„Möglich. Wenn das Motorrad zum Beispiel einen Platten hätte. Ruf am besten noch einmal an."

Fernando nickte und griff zum Hörer. Während er wählte, erzählte er weiter: „Jedenfalls war am Giebel der Halle noch das kleine Büro, das auch mit abgebrannt ist. Da stand die Kassette mit dem Wechselgeld im Schrank und ..."
Fernando hob die Hand. Er hatte jemanden am Apparat und stellte seine Frage.
„Also nicht? Keine Motorradreifen? Gut. Danke."
Er legte auf. „Nur Autoreifen", sagte er dann und sah sie an.
„Aber die Kassette ist weg. Mit 1500 Euro Wechselgeld."
„Hm", machte Anne. „Was macht ein Schrotthändler mit 1500 Euro Wechselgeld? Wenn es denn stimmt."
Fernando grinste. „Ja, das habe ich ihn auch gefragt." Er lachte auf. „Jedenfalls hat er mir eine Begründung gesagt, die man glauben kann – oder auch nicht. Vielleicht hat er untertrieben oder übertrieben, aber das wissen wir erst, wenn wir die Kassette gefunden haben. Oder das Geld oder die Täter."
„Und wie lautete seine Begründung? Wollte er nicht, dass eventuelle Einbrecher enttäuscht wieder abziehen?"
„Angeblich hat er die Kasse für den nächsten Tag aufgefüllt, weil er gleich am Morgen mehrere Kies-Transporte hatte und dann nicht in der Firma wäre, wenn die ersten Schrottkunden kämen. Wie gesagt: Kann man glauben oder nicht."
Draußen knallte eine Tür. Anne horchte auf.
„Bestimmt Jonas", erklärte Fernando. „Der wird wohl in den Regen gekommen sein."
Die Bürotür ging auf und Jonas trat ein. Die Sachen hingen ihm nur so am Leib.
„Hab ich es nicht gesagt?" Fernando schaute Jonas mitleidig an. „Warum wolltest du das Auto nicht?"
„Ja ja, du Besserwisser. Jedenfalls sind die anderen beiden Halter vom Tisch. Sie waren zu einer Wüsten-Rallye in Ma-

rokko und sind seit gestern wieder da. Und jetzt geh ich mich umziehen."

„Soll ich dich abrubbeln?", fragte Fernando.

Anne bemerkte Jonas' bösen Blick und richtete sich auf, als sei sie ebenfalls interessiert.

„Bleibt mir vom Leib, beide. Bin in zehn Minuten zurück."

Er zog die Tür hinter sich zu und Anne hörte ihn über den Flur poltern. Dann wurde es still.

In die Stille hinein klingelte das Telefon. Sie nahm den Hörer und meldete sich: „Pagels, Kripo Gransee."

„JVA Tegel, Krüger. Frau Pagels, ich habe Ihre Mail auf dem Tisch und dachte, ich kann mir die ganze Tipparbeit sparen, wenn ich gleich anrufe."

„Ja, das ist nett von Ihnen. Können Sie mir irgendetwas über den Aufenthaltsort von Marc Winter sagen? Wir haben hier seit Jahren eine Brandserie und Winter könnte dabei eine Rolle spielen."

Sie hörte, wie Krüger in den Hörer lachte. „Nein, sicherlich nicht, jedenfalls glaube ich das nicht."

„Warum nicht, Herr Krüger?"

„Nun, zufällig habe ich ihn selbst zum Tor gebracht, als er seine Strafe abgesessen hatte. Seine Zelle lag in meinem Verantwortungsbereich. Ich kannte ihn ganz gut. Zwei Gründe kann ich Ihnen nennen, warum er damit nichts zu tun hat."

„Und die wären?", fragte sie und lehnte sich zurück.

„Nun, zum einen hat er Angst vor Feuer. Das ist eine regelrechte Phobie. Man hat ihn als Kind aus einem Küchenbrand gerettet. Sein Gesicht ist ganz entstellt. Ich kann Ihnen gern ein aktuelles Foto schicken, wenn Sie mir nicht glauben."

„Aha", machte Anne. „Und der zweite Grund?"

„Sie meinen, abgesehen davon, dass er bis zum vorigen Jahr

hier gesessen und die JVA in dieser Zeit nicht verlassen hat?"
„Gibt es noch einen Grund?"
„Ja, er ist ausgewandert. Schon in der JVA hat er Spanisch gelernt. Und als wir uns am Tor verabschiedeten, hat er mir stolz sein Flugticket nach Mexiko gezeigt. Seine Schwester wohnt dort. Zu ihr wollte er."
„Na toll", sagte sie tonlos. „Aber eine Frage habe ich doch noch: Wissen Sie etwas über seine Freunde hier im Norden Brandenburgs? Hatte er welche?"
„Keine Ahnung. Darüber hat er nie gesprochen."
„Und sein Motorrad? Was wurde damit?"
„Er hatte ein Motorrad?", fragte Krüger zurück.
„Davon hat er also auch nicht gesprochen", stellte sie fest. „Schade. Dann vielen Dank, Herr Krüger, dass Sie mich gleich angerufen haben. Sollte Ihnen doch noch etwas einfallen, haben Sie ja meine Nummer." Sie legte auf. Fernando sah sie erwartungsvoll an. Sie zuckte mit den Schultern.
„Nichts. Der letzte Halter, der uns fehlte, ist nach Mexiko ausgewandert. Und niemand kann uns sagen, was mit seinem Motorrad passiert ist."
Jonas kam herein. Er hatte offenbar den Rest mitgehört und fragte: „Hast du schon in der JVA Tegel angerufen? Das hatte ich vergessen, dir zu sagen."
Sie nickte. „Daher weiß ich das mit Mexiko. Und der Hausmeister in Osterne konnte sich nur erinnern, dass er Winters Wohnung ausgeräumt hat, als der in den Knast ging. Aber der Hausmeister ist ein Schlitzohr. Ich bin sicher, dass er mir nicht alles gesagt hat. Wir sollten ihn im Auge behalten."
„Meinst du, Observieren würde etwas bringen?", fragte Fernando. „Dann melde ich mich freiwillig."
Anne Pagels schüttelte den Kopf. „Ich glaube nicht, dass uns

das weiterhilft. Aber für einen Durchsuchungsbeschluss reicht es noch viel weniger. Obwohl neben den Plattenbauten auch noch eine ganze Reihe Garagen steht. Da lässt sich viel verstecken."

„Ich würde es gerade deshalb gern versuchen. Vielleicht ist heute genau der richtige Tag dafür. Bei dem Regen geht nur raus, wer einen Grund hat. Da falle ich nicht so auf." Fernando schaute sie fragend an. Anne nickte.

„Jonas, kommst du mit? Du könntest das Hörrohr tragen, Marke Mopedfahrer", fragte Fernando im Aufstehen.

„Nee, fahr du man alleine. Ich muss erstmal meine Klamotten trocken kriegen. Ich komme dann nach."

„Vielleicht komme ich heute Abend auch noch vorbei. Ich rufe dich vorher an", sagte Anne und wandte sich wieder ihrem PC zu. „Erst muss ich die Ermittlungsprotokolle schreiben. Außerdem würden mich die Vorstrafen des Hausmeisters interessieren. Haut ihr man schon ab."

Während Fernando und Jonas leise quatschend das Büro verließen, legte sie nachdenklich die Finger auf die Tastatur.

Beim Stichwort Mopedfahrer war ihr ihre Begegnung in der Tankstelle wieder eingefallen. Auf einmal bedauerte sie es, ihn nicht angesprochen zu haben. Und gleich darauf ertappte sie sich dabei, dass sie ihn mit Hagen Brandt verglich.

Ja, so ähnlich hatte Hagen vor zwanzig Jahren auch auf sie gewirkt. Inzwischen waren sie natürlich älter geworden. Trotzdem konnte sie nicht von ihm lassen.

Ihr fiel ein, dass sie das Versetzungsgesuch noch immer nicht geschrieben hatte. Wütend auf sich selber schob sie die Tastatur von sich und stand auf.

Da ging sie lieber Männer gucken an der Tankstelle.

40

Was war heute nur mit ihr los? Anne konnte sich einfach nicht auf die Protokolle konzentrieren. Ihr Ausflug zur Tankstelle war natürlich ein Reinfall gewesen. Wie konnte sie auch glauben, diesen Motorradfahrer dort wiederzusehen? Als würde der extra zum Tanken von Berlin nach Gransee kommen, wo der Sprit mindestens zehn Cent teurer war. Sie verscheuchte den Gedanken und tippte weiter.

Das Vorstrafen-Register von Hausmeister Block war gekommen. Nachdenklich las sie es durch. Es waren fünf Seiten. Einbruchsdiebstahl vor allem, und das bandenmäßig. Ihr Gefühl hatte sie also nicht getrogen. Von Brandstiftungen war jedoch nicht die Rede.

Ihr Gefühl sagte nein. Bei Block waren sie falsch. Beweise hatte sie für ihre Vermutung nicht, aber einen Fakt: Block war zu alt. Alles, was sie über solche Täter wusste, sagte ihr, dass es sonst schon sehr viel früher zu solchen Bränden hätte kommen müssen.

Sie legte den Registerauszug auf den Stapel zum Abheften und nahm sich vor nachzuhaken, wie lange Block bereits in der Gegend wohnte. Wenn er wirklich schon ein paar Jahre dort Hausmeister war, konnte er nicht der Brandstifter sein. So viel war klar.

Sie griff zum Telefon und rief das Einwohnermeldeamt an.

„Dann wissen wir also auch das", sagte sie zu sich selbst, als sie auflegte, und seufzte.

Dann erledigte sie noch einige andere Arbeiten, die ständig liegen blieben, und blätterte zum Schluss die neueste Polizeizeitschrift durch. Dazu kam sie sonst nie. Und heute stufte sie dies auch nicht als dringend oder interessant ein, sondern als ein Zeichen, dass sie nicht weiterwusste.

Der Observation hatte sie nur deshalb zugestimmt, weil sie nichts außer Acht lassen wollte. Den Weg aus der Sackgasse hatten sie jedenfalls noch immer nicht gefunden, trotz Hagens sanftem Anschubsen.

Als ihr Blick wieder zum Fenster schweifte, war sie erstaunt, dass es draußen schon dunkel war. Die Uhr am Bildschirm zeigte kurz nach vier. Missmutig schloss sie alle Unterlagen weg und fuhr den Rechner herunter. Einen Augenblick überlegte sie noch, ob sie erst nach Hause fahren sollte, verwarf den Gedanken aber schnell wieder, weil sie fürchtete, dass die Depression von heute Mittag zurückkehrte. Aber vielleicht hatte der Döner-Imbiss noch offen.

In Osterne parkte Anne ihren VW Käfer zwischen zwei anderen Pkws ein. Bei der Dunkelheit würde er sicherlich nicht auffallen. In dem Plattenbau gegenüber, wo der Hausmeister wohnte, waren viele Fenster erleuchtet, doch draußen trieb sich offenbar niemand mehr herum und die Fenster der Hausmeister-Wohnung waren dunkel.

Sie stieg aus und hörte im gleichen Moment einen leisen Pfiff. Fernando stand mit dem Dienstwagen am Ende des Häuserblocks, genau gegenüber der Einfahrt zur Garagenzeile. Im Schein der Straßenlampe sah sie, wie er winkte, und schlenderte langsam auf ihn zu. Wenigstens hatte es für den Moment aufgehört zu regnen.

„Und, wie steht's?", fragte Anne, als sie Fernando erreichte.

„Der Hausmeister ist nicht zu Hause und an den Garagen ist nichts los. Wir können also spazieren gehen oder uns ins Auto setzen."

„Auto", antwortete sie und hob die Tüte vor Fernandos Nase, der auch sofort erschnupperte, was sie enthielt.

„Ah, lecker Döner."

Im Dienstwagen machten sie es sich so bequem, wie es eben ging, und breiteten die Alufolien auf ihren Knien aus.

„Ich liebe Knoblauchsoße", erklärte Fernando nach einigen Minuten. „Allerdings kannst du dich anschließend nirgends mehr hintrauen. Alle Mädchen müssen jetzt schmachten."

„Stimmt. Nur ich bleibe dir noch."

Anne hätte sich beinahe mit der klebrigen Hand vor den Mund geschlagen, als Fernando auflachte. Was war nur los mit ihr, dass sie nun sogar schon versuchte, einen zwanzig Jahre jüngeren Kollegen anzumachen?

Schnell biss sie in ihren Döner und schaute dabei krampfhaft durch die Windschutzscheibe nach vorn, wo außer der leeren dunklen Straße nun wirklich nichts zu sehen war.

Anne bemerkte Fernandos Blick. Er musterte sie ein ganzes Weilchen, ohne etwas zu sagen. Und Sie? Sie benahm sich wie eine Fünfzehnjährige beim ersten Rendezvous.

Langsam wandte sie ihm ihr Gesicht zu, sah seinen kritischen Blick. Und plötzlich lachten sie beide aus voller Kehle. Trotzdem spürte sie einen Rest von Unsicherheit in sich, als Fernando sie wieder anschaute.

„Was ist?", fragte er hintergründig lächelnd. „Bin dir wohl zu jung?"

„Und ich bin dir wohl zu alt, dass du über mich lachst", erwiderte sie. Doch ihre Antwort kam nicht spontan. Ihr leichtes Zögern hatte er bestimmt bemerkt. Peinlich. Und das dem wirklich so war, wusste sie, als er antwortete.

„Anne, du solltest mich nicht provozieren, sonst ..."

„Da kommt ein Auto", sagte sie schnell und zeigte nach vorn.

Beide rutschten auf ihren Sitzen nach unten und zogen die Köpfe ein. Es kamen sogar zwei Autos. Ein Transporter rollte langsam an ihnen vorbei. Vorsichtig parkte er rückwärts vor den Garagen ein, während der Pkw, der nachfolgte, in die nächstbeste Lücke einparkte.

„Das ist Block", flüsterte Anne, als sie sah, wer aus dem Auto stieg. „Und den Transporter kenne ich auch. Der hat in der Nacht, als es in Margaretenhof brannte, heftig den Betonpfeiler am Bahnhof tuschiert. Siehst du es? Die Delle?"

Fernando brummte Zustimmung.

Block ging um sein Auto herum, blieb kurz, ob Zufall oder nicht, vor Annes VW stehen und zündete sich eine Zigarette an. Dann ging er weiter auf den Transporter zu, wo sich nichts rührte. Der Fahrer hatte den Motor laufen lassen und schien auf Anweisungen von Block zu warten.

Kaum war Block an die Fahrerseite herangetreten, gab der Fahrer Gas und der Transporter schoss förmlich aus der Ausfahrt, an ihnen vorbei und weiter die Straße hinunter.

„Mist, er hat meinen Käfer erkannt. Komm", flüsterte Anne. Sie knüllte wütend die Alufolie zusammen und stieg aus, ohne sich um den Fleck Soße zu kümmern, der nun ihre Bluse verunzierte. „Guten Abend, Herr Block", rief sie.

Der Hausmeister blieb stehen. Während sie noch Fernandos Stimme im Auto hörte, der offenbar mit dem Revier telefonierte, ging sie langsam auf ihn zu.

„Ach, die Polizei. Sie wachen wohl, dass die Bürger friedlich schlafen können?"

„Ja, genau. Und eben aus diesem Grund wollte ich noch einmal mit Ihnen sprechen." Ihr schien es, als würde Block sie hinhalten wollen, wie sie ihn, jedenfalls bis Fernando fertig telefoniert hatte. Der stieg jetzt aus.

„Ach, Sie haben Verstärkung dabei. Nun gut, auf einen Kaffee mehr oder weniger kommt es nicht an. Ich hoffe, Sie mussten

nicht zu lange im kalten Auto sitzen."
Blocks Stimme triefte nur so vor Hohn. Und mit jedem Wort sagte er ihr: Ihr könnt mir sowieso nichts beweisen.
Nun, das würde sich herausstellen.
„Das ist mein Kollege Lucio. Ein großer Kaffeekenner. Ihre Einladung lehnt er sicherlich nicht ab", sagte sie leichthin. „Und ich auch nicht. Gehen wir?"
Sie ließ Block vorgehen. Fernando war flink an seiner Seite, als der auf den Hauseingang zueilte und aufschloss.
„Nun, dann kommen Sie doch herein", sagte Block und ging vor in die Küche. „Bitte setzen Sie sich. Ach, Sie wollen bestimmt Ihre Bluse reinigen." Block zeigte auf ihren Bauch.
Wortlos trat sie ans Waschbecken, wischte den dicken Klecks Soße ab und setzte sich dann an den Küchentisch, wo sie heute schon einmal gesessen hatte. Fernando war in der Küchentür stehen geblieben und sah sie fragend an. Als sie unmerklich nickte, ging er wortlos den Flur weiter.
„Mein Kollege muss sicher nur zur Toilette", sagte Anne erklärend. „Er hat eine schwache Blase, wissen Sie? Ich hoffe, Sie haben nichts dagegen."
„Natürlich nicht. Die Polizei ist mein Freund und da muss man doch helfen."
„Fein. Waren das ihre Freunde da draußen, die es plötzlich so eilig hatten?", fragte sie nun und wusste eigentlich, dass sie umsonst fragte.
„Aber nein. Ich kannte die Leute nicht. Sie hatten sich verfahren, haben nach dem Weg gefragt." Block drehte sich nicht einmal um, als er antwortete.
Auch gut. Block würde weiterhin den Ahnungslosen spielen, so lange sie ihm nichts nachweisen konnten. Als sie selbst heute Vormittag mit ihm gesprochen hatte, war da nur ein Ge-

fühl, ein fader Beigeschmack geblieben. Aber jetzt stank der Herr – auch wenn sie selbst die Knoblauchsoße gegessen und sich diese auf den Latz gekleckert hatte.

Die Kaffeemaschine blubberte und in Anne kochte es. Mühsam hielt sie ihre Wut in Zaum, als Block drei Tassen auf den Tisch stellte und sie dabei anlächelte.

„Ihr Kollege hat anscheinend eine große Blase", sagte er, noch immer lächelnd. Doch für einen Moment sah sie Unsicherheit in seinen Augen.

„Ja, er wird sich wohl verkühlt haben."

Am anderen Ende des Flurs polterte es laut und etwas scharrte über den Fußboden. Blocks Kopf ruckte hoch. Jetzt sah sie deutliche Panik. Als er aufsprang und zur Wohnungstür stürzte, rannte sie ihm hinterher und packte Block im Genick. Mit dem Kopf voran knallte er gegen die Tür, die mit lautem Knall wieder zufiel.

Fernando kam am Ende des Flurs aus einem Zimmer.

„Tut mir wirklich leid", erklärte er, „aber ich bin wohl über diesen Teppich hier gestolpert. Ich fürchte, da ist etwas kaputt gegangen. Wenn Sie mal schauen wollen?"

Fernando zeigte ins Zimmer. Sie schob Block vor sich her. Der schien irgendwie kleiner geworden zu sein und wehrte sich nicht gegen ihren Griff.

Die Tür führte ins Schlafzimmer, an dessen rechter Wand ein Schrank gestanden hatte und nun nach vorn gegen das Bett gekippt war. Auf dem Bett lag eine Geldkassette.

„Ist das Ihre Kassette, die ich hier so zufällig gefunden habe?", fragte Fernando.

Block starrte die Kassette an, als hätte er sie noch nie gesehen. Dann nickte er. „Natürlich ist das meine Kassette. Wessen sonst?"

Block versuchte jetzt, Annes Griff abzuschütteln.

„Was machen Sie hier überhaupt? Sie haben kein Recht, meine Wohnung zu durchsuchen ohne Durchsuchungsbeschluss. Raus jetzt aus meiner Wohnung! Raus!", schrie er.

„Nein", sagte nun Anne. „Sie werden uns begleiten müssen. Es gibt da ein paar Fragen zu klären, fürchte ich."

Als er erneut versuchte, sich aus ihrem Griff zu befreien, und dann gar nach ihr schlug, fing sie seinen Arm ab und drehte ihn auf den Rücken. Anne Pagels schob Block vor sich her, zurück in die Küche. Fernando folgte ihnen und schloss den Hausmeister kurzerhand mit Handschellen am Tischbein fest.

„So", sagte Fernando ruhig. „Und jetzt schön sitzenbleiben, Herr Block. Wir reden anschließend darüber, woher die Kassette stammt. Einverstanden?"

„Nein, ich bin nicht einverstanden. Ich will mit meinem Anwalt telefonieren. Das steht mir zu!"

„Sie können später im Revier telefonieren. Ich bin auch schon auf Ihren Rechtsanwalt gespannt. Vertritt er sie jedes Mal?", fragte Fernando und grinste.

Sofort zog Block den Kopf ein. Er hatte verstanden, dass es ihm an den Kragen gehen sollte.

„Die Kassette gehört also Ihnen?", fragte Anne nun.

„Ja, natürlich. Da sind die Ersatz-Wohnungsschlüssel drin", antwortete Block mit unsicherer Stimme.

Fernando schüttelte die Kassette. Nach Schlüsseln klang es nicht. „Dann können Sie sie ja mal kurz öffnen. Nur um uns zu überzeugen, dass Sie eine so ehrliche Haut sind, wie Sie behaupten."

Anne ließ Block nicht aus den Augen. Der zögerte lange. Sein Blick wanderte an der Decke entlang. Dann sagte er plötzlich: „Ich habe ihn verloren, gestern erst."

„Okay", sagte nun Fernando. „Da kann ich Ihnen helfen. Sie haben doch sicherlich eine Bohrmaschine im Keller. Wir machen sie auf."

Annes Handy klingelte.

„Jörg hier. Sie sind uns entwischt."

„Gut", sagte Anne laut genug ins Handy, dass Block es auch mitbekam. „Dann bringt sie in die Zellen nach Oranienburg. Wir kümmern uns später um sie und bringen Herrn Block jetzt ins Revier. Bis dann." Sie trennte die Verbindung, bevor Jörg widersprechen konnte. Aber er würde sich denken können, dass ihre Antwort für Block bestimmt war, nicht für ihn.

„Fernando, gib mal deinen Autoschlüssel. Ich habe etwas vergessen", bat Anne und ging vor die Tür. Im Auto zog sie ihr Handy aus der Tasche und wählte Jonas an.

„Sag mal, bist du noch im Büro? Sehr gut. Pass auf: Wir haben eine grüne Geldkassette gefunden. Schau doch mal nach, ob es die aus Häsen ist. Grüner Hammerschlag, etwa vierzig mal fünfzig Zentimeter. Ich warte."

Es dauerte fast zehn Minuten. Dann meldete sich Jonas.

„Entschuldige, dass es so lange gedauert hat. Also Häsen ist es nicht."

„Mist ..."

„Nun warte doch. Ich habe noch die Fahndungsdateien durchforstet. In den letzten Wochen gab es eine Einbruchsserie in Wandlitz. Da war eine solche Kassette dabei. Inhalt angeblich 7.000 Euro in Scheinen."

„Wunderbar", platzte sie heraus.

„Anne, was ist los mit dir? Stehst du so unter Druck? Lass mich doch mal ausreden. Also: Die Wandlitzer Kassette hat ein äußeres Erkennungsmal. Auf dem Deckel ist beim Griff ein eingestanztes *K II*. Und nun kannst du jubeln, wenn es die richtige ist."

„Danke, Jonas", sagte Anne und merkte, wie die Spannung langsam von ihr abfiel. „Ich schau mal, ob es die richtige ist und schreibe dir eine SMS. Dann kannst du Kontakt zu den Kollegen dort aufnehmen und die Akten anfordern."

Sie trennte die Verbindung, stieg aus und eilte in die Wohnung. In der Küche beugte sie sich über die Kassette. Dann zog sie ihr Handy heraus und tippte: *Akten besorgen!*

Block war still geworden. Ob er an zurückliegende Knastaufenthalte dachte? Wie es damals gewesen ist?

„Fernando, mach ihn los. Wir fahren ins Revier und unterhalten uns dort mit Herrn Block. Und morgen früh schauen wir uns hier gründlich um."

Fernando löste die Handschellen vom Tischbein und kettete sich selbst mit Block zusammen. Beide gingen nach draußen ins Treppenhaus, während Anne sich die Kassette unter den Arm klemmte, überall das Licht löschte und dann die Wohnung abschloss. Blocks Schlüsselbund war riesig. Es würde eine Zeit dauern, bis sie die Keller und Garagen des Hausmeisters durchsucht hatten. Morgen. Doch erst würde sie Staatsanwalt Freigang anrufen und Fernando konnte sich den Rest der Nacht mit Block unterhalten.

41

Auch André Markowski hatte die beiden Autos kommen sehen, und wie das eine gleich wieder abhaute.

Was machen die hier mitten in der Nacht?

Er tippte auf Hausmeister Block. Mit ihm hatte er schon öfter kleine Geschäfte gemacht und wusste, dass Block auch nicht nur auf legale Weise sein Geld verdiente.

Hatte Block sich etwa erwischen lassen? Das wäre schlecht.

Die Bullen würden hier alles durchwühlen und möglicherweise mehr finden, als sowohl Block als auch ihm selbst Recht wäre.

Aber du bist clever, Marke, dachte Marke. Cleverer als die Bullen allemal.

Sein eigenes Zeug würden sie hier nicht finden. Hauptsache Block hielt dicht und versuchte nicht, von sich selbst abzulenken, indem er mit dem Finger auf ihn zeigte.

Leise schlich Marke dicht am Haus entlang zu seinem Hauseingang, schloss auf und verschwand im Flur.

Wenig später stand er in seinem Zimmer hinter der nikotingelben Gardine und wartete. Gedankenverloren holte er Zigarettenpapier, Tabak und Filter hervor und ging ins Bad, dessen Fenster nach hinten auf den Hof zeigte. Natürlich hätte er die Zigarette selbst im Dunkeln rauchfertig machen können. Er hatte es lange genug geübt. Aber er wollte nicht, dass jemand das Feuerzeug aufblitzen sah, wenn er sie anzündete.

Eine halbe Minute später stand er wieder am Fenster, ohne Mutter oder dem Alten begegnet zu sein. Die saßen vor dem Fernseher und schauten sich das Leben der Anderen an. Das war interessanter als ihr eigenes.

Allerdings schien es bei Block länger zu dauern. Irgendwann hörte er entfernt etwas krachen.

Was machen die denn da?

Eine Frau kam vor die Tür, stieg in ein Auto, das er hier noch nie gesehen hatte, und telefonierte. Er verstand die Worte nicht, hörte aber, dass sie sprach. Die Autotür hatte sie nicht ganz geschlossen, die Innenraumbeleuchtung brannte.

Zehn Minuten lang passierte gar nichts. Dann klingelte ihr Handy. Sie hatte sich nach vorn gebeugt.

Recht hübsch, dachte er, aber zu alt. Auf jung gestylt.

Sie sprang aus dem Auto und rannte in den Nebeneingang. Wenig später wurde Block in Handschellen herausgeführt und ins Auto gesetzt.

Marke schaute ihnen nach. Dann ging er schlafen.

42

Helfried Lachmann lag auf dem Rücken und hatte die Hände hinter seinem Kopf verschränkt. Nebenan im Schlafzimmer schnarchte Opa. Er hörte es durch zwei Wände hindurch.

Am liebsten wäre Helle aufgestanden und hätte ihn geweckt, um ihm alles zu erzählen. Aber das ging natürlich nicht. Opa würde ihnen garantiert einen Strich durch die Rechnung machen und zur Polizei gehen. Zumindest für Marke, der sowieso der Meinung war, sein Leben sei verpfuscht, wäre es das Aus. Aber ehrlich, wenn er so weitermachte, schnappten sie ihn sowieso bald.

Marke spinnt doch, ging es ihm zum wiederholten Male durch den Kopf. Diesmal war er also in Badingen unterwegs gewesen. Wegen Schrott für zehn Euro hatte er die Scheune abgefackelt. Und das, obwohl sie in Häsen gute Beute gemacht hatten. Erstaunlich gute.

Marke muss endlich damit aufhören. Er bringt alle gegen sich auf und es kommt nichts dabei heraus. Häsen war schließlich eine große Ausnahme.

Helfried Lachmann drehte sich auf die Seite und tastete mit der Hand unter sein Kopfkissen. Der Schlüssel klimperte leise. Ein wertvoller Schlüssel. Irenes Hintertür. Damit konnte er sich in ihrem Haus umsehen, wenn sie zur Arbeit war, und niemand bemerkte ihn. Niemand wusste, dass er heute Nachmittag in ihrem Bett gelegen und ihren Duft eingeatmet hatte. Natürlich hätte sie das nie erlaubt, wäre sie zu Hause gewe-

sen. Aber bald würde sich das ändern. Schließlich war er jetzt achtzehn und wusste am besten, was er wollte.
Er schloss die Augen. Seine Hand fuhr ganz automatisch unter die Zudecke. Er dachte an seinen Plan und schlief ein.

43
Während Fernando Lucio den Hausmeister ins Vernehmungszimmer setzte und ihn dort bewachen ließ, ging Anne Pagels zu Jonas Lück, um zu hören, ob er weitere Neuigkeiten hatte. Als sie die Tür zu seinem Büro öffnete, schaute Jonas vom Computer hoch.
Sie ließ sich auf den Stuhl fallen und sah ihn fragend an.
„Herzlichen Glückwunsch zu deinem Fang soll ich dir ausrichten", erklärte Jonas und lächelte. „Die Eberswalder Kollegen waren alle noch im Dienst. Sie wollten gerade ausrücken zur Observation der Einfamilienhaus-Siedlung, wo sie die nächsten Einbrüche vermuteten."
Er schaute auf die Uhr. „In etwas mehr als einer Stunde werden zwei Kollegen hier sein. Sie übernehmen dann, falls der Hausmeister nicht unser Brandstifter ist. Jedenfalls wollen sie dabei sein."
Fernando kam herein und grinste. „Jetzt hat er geschnallt, dass er hier nicht so einfach wieder wegkommt."
„Gut, dann wird er sich noch etwas gedulden müssen, bis die Kollegen hier sind", sagte Anne kühl und erklärte Fernando, wie es nun weiterging. Dann ließ sie die beiden allein und ging in ihr Dienstzimmer, um den Staatsanwalt anzurufen.
„Freigang", meldete er sich. „Wie spät ist es in Gransee?"
„Keine Ahnung, Herr Staatsanwalt, aber wir brauchen dringend einen Durchsuchungsbeschluss."
„Mitten in der Nacht?", fauchte er, fragte aber gleich darauf

ruhiger: „Was haben Sie denn, Frau Pagels?"

„Im Zuge der Ermittlungen zu unserer Brandserie haben wir heute Abend den Hausmeister der Plattenbauten in Osterne observiert. Als er vorfuhr, kam er zusammen mit einem im Barnim zugelassenen Transporter, der uns leider entwischt ist. In der Wohnung des Hausmeisters haben wir eine Stahlkassette gefunden, die eindeutig zu einer Einbruchserie rund um Wandlitz gehört. Wir würden gern die Wohnung des Hausmeisters sowie die Kellerräume und Garagen der Hauseigentümer durchsuchen."

„Gut. Die Kassette kann eindeutig zugeordnet werden?", fragte Freigang.

„Ja. Sie hat eine eingestanzte Buchstabenfolge."

„Dann machen Sie sich an die Arbeit. Aber nur erst die Wohnung. Gefahr im Verzug. Für die Keller und Garagen brauche ich allerdings mehr Informationen und am liebsten wäre es mir, wenn die Eigentümer mitspielen würden."

Die Verbindung wurde getrennt und Anne lehnte sich in ihrem Sessel zurück um nachzudenken. Dann griff sie wieder zum Hörer und schickte einen Streifenwagen nach Osterne zum Sichern der Garagen. Stan, der Streifenpolizist, nahm den Auftrag entgegen. Anne wollte gerade auflegen.

„Anne", rief er schnell, „wenn du das nächste Mal einen Transporter verfolgen lässt, nimm lieber jemand anderen. Ich habe ihn erkannt – das war der vom Bahnhof und er ist mir schon zum zweiten Mal entwischt."

„Ja, ich habe ihn auch wiedererkannt. Da kann man nichts machen, Stan. In welche Richtung ist er denn abgehauen?"

„In Badingen kam er aus der Einfahrt von Osterne und wäre uns beinahe ins Auto gefahren. Er raste dann weiter in Richtung Gransee und ehe wir gewendet hatten … Jedenfalls ha-

ben wir ihn nicht wiedergefunden."
Anne bedankte sich und legte auf. Fernando sah sie erwartungsvoll an, als sie in das Dienstzimmer zurück kam.
„Fernando, komm. Wir nehmen uns jetzt Blocks Wohnung vor. Jonas, du schickst die Kollegen bitte hinterher, wenn sie hier eintreffen, oder ruf sie an. Ich muss noch schnell meine Bluse wechseln, dann kann es losgehen."
Kurz darauf eilte sie Fernando hinterher.

44

Es holperte heftig, als sie über die Bahnschienen fuhren.
Fernando brummte etwas. Anne gähnte und schaute auf die Uhr. Es würde eine lange Nacht werden. Aber das machte nichts, so lange sie überzeugt waren, dass sie sich nicht umsonst abmühten.
In der Senke vor Osterne trat Fernando hart auf die Bremse. Anne schreckte hoch. „Was ist?"
„Rehe. Beinahe hätte ich eins erwischt. Aber wir sind gleich da", sagte Fernando ruhig. „Tut mir leid, dass ich dich geweckt habe."
„Ich habe nicht geschlafen", entgegnete sie.
Fernando lachte auf. „Nein, nur geschnarcht."
An den Plattenbauten war alles still und dunkel. Nicht ein einziges Fenster war erleuchtet, nirgends sah sie das bläuliche Flimmern eines Fernsehers. Früher gab es ab Mitternacht im Fernsehen eine Sendepause, erinnerte sie sich. In der Nacht blieben nur Radio und Schallplatten, wenn man niemanden zum Kuscheln hatte.
Fernando parkte ein. Sie stiegen aus, Anne öffnete Haus- und Wohnungstür und schaltete das Flurlicht an. Dann streiften sie ihre Latex-Handschuhe über und begannen mit der Arbeit.

Sie nahm sich die Küche vor, Fernando das Bad. Aber sie ahnte, dass ihre Suche hier umsonst sein würde. Wenn Block der Brandstifter war, würden sie höchsten in den Kellern oder Garagen die Sachen finden, nach denen sie suchten.
Wer versteckt schon eine Kettensäge im Küchenschrank?
Sie öffnete den Schrank, der am Ende des Flurs stand, stutzte und trat dann einen Schritt zurück.
„Keine Kettensäge, aber immerhin ein Anflug von Diebesgut", rief sie durch die Wohnung. Dann ging sie zur Wohnungstür. „Ich hole meine Kamera. Wir sind doch nicht umsonst hier. Ich habe einen Schrank voller Elektronik."
Als Anne nach draußen trat, fegte ihr ein nasser Windstoß ins Gesicht. Sie zog die Jacke fest um ihren Körper und rannte hinüber zum Auto. Gerade öffnete sie die Kofferklappe, da hörte sie Autos den Hügel hochkommen. Anne richtete sich auf und hob die Hand, um ihre Augen vor dem grellen Scheinwerferlicht zu schützen. Ein dunkler Kombi. Autotüren wurden aufgerissen und wieder zugeknallt. Vor ihr standen zwei Männer, einer groß und athletisch, der andere kleiner, mit Bauch und älter als sie selbst.
„Anne Pagels? Sind wir hier richtig?", fragte der Große mit einer tiefen, melodischen Stimme, von der sie sofort Tagträume bekam, obwohl es schon tiefste Nacht war.
„Ja, bei mir bist du richtig!", sagte sie und wandte sich schnell wieder dem Kofferraum ihres eigenen Dienstwagens zu. Sie hoffte, dass er nicht bemerkte, wie hoffnungsfroh ihre Stimme geklungen hatte, und nahm die Kamera heraus. Dann gab sie beiden die Hand und rief: „Los, dort hinein. Bevor wir richtig nass sind."
Sie rannte vor. Im Hausflur blieb sie stehen und drehte sich zu den beiden um.

„Wir haben schon angefangen und ich bin sicher, dass ihr nicht umsonst hergekommen seid."
„Das hört sich gut an", antwortete der ältere Kollege und der große ergänzte: „Ich bin Markus Heldt und das ist Lorenz."
Sie gab Lorenz noch einmal die Hand. „Vorname oder Nachname?", fragte sie und ergriff dann auch schon die Pranke des anderen.
„Einfach nur Lorenz. Das reicht", erwiderte der Ältere und grinste pausbäckig. Sofort wandte sie ihre Aufmerksamkeit wieder dem Großen zu. Seine Augen waren grün und gutmütig. Doch im Hintergrund sah sie den Schalk lauern. Eine interessante Mischung, fand sie.
„Sagt mal, was wird das jetzt hier?" Lorenz ergriff ihrer beider Handgelenke und zerrte sie auseinander. „Wollten wir nicht arbeiten?"
Nein, Markus wollte nicht. Sie sah Verwirrung in seinen Augen und ihr selbst erging es auch nicht besser. Sie lächelten sich an und ließen los.
„Also", Markus fing sich zuerst, „wo geht's lang?"
Sie ging voraus und betete zu Cupido, dem Gott der Lust, dass ihre Knie beim Treppensteigen nicht zu sehr zitterten.
Fernando hatte sie wohl kommen gehört und öffnete ihnen die Wohnungstür. „Dann mal herein mit euch", sagte er, als wäre er der Hausherr und sie kämen zur Sommerparty. Doch bald schon wurde konzentriert gearbeitet.
Neben Küche, Flur, Bad und Schlafzimmer, die sie bereits kannten, gab es noch Wohn- und Esszimmer sowie ein Arbeitszimmer. Und alles stand so voll, dass Anne eher das Gefühl hatte, sich in Lagerräumen zu befinden und nicht in einer Wohnung.
Anne zeigte den beiden Kollegen zuerst den Flurschrank. Sie

zückten ihre Unterlagen und verglichen die Fundsachen mit den Listen der Sachen, die sie suchten. Bei dem Samsung-Laptop, der ganz oben lag, wurden sie praktisch sofort fündig.

„Hier habe ich ihn. Wandlitz, Basdorfer Straße", sagte Lorenz. „Gut, ich denke, den Inhalt dieses Schranks können wir komplett einpacken. Lasst uns im nächsten Zimmer weitermachen."

Die Home-Cinema-Anlage mit dem überdimensionierten Flachbild-Fernseher, der an der Wand hing, empfanden sie alle als Höhepunkt. Leider mussten sie spätestens hier einsehen, dass sie einen größeren Transporter brauchen würden, um die Sachen abtransportieren zu können. Die beiden Eberswalder Kollegen waren jedenfalls ganz aus dem Häuschen, während Anne immer stiller wurde.

„Was hast du?", fragte Markus Heldt, als sie sich zu einer kurzen Pause in die Küche setzten.

„Ich? Nichts", antwortete sie. „Ich freue mich über euren Erfolg, aber wir haben nichts von dem gefunden, was wir selber suchen." Und außerdem fährst du bald wieder ab, dachte sie, sagte es aber nicht.

„Nicht verzagen, Anne. Dir bleiben ja noch die Keller und Garagen. Was sucht ihr eigentlich im Einzelnen?"

Sie erzählte etwas von Werkzeugen und Schrott und meinte dann: „Ja, das ist nichts, was man in der Wohnung aufbewahrt. Du wirst schon recht haben."

Es wurde still zwischen ihnen, während Lorenz und Fernando noch immer lautstark die Fundstücke mit den Listen abglichen. Nach einem Weilchen bemerkte sie Markus' Blick und lächelte ihn an.

„Wie soll es denn weitergehen?", fragte Markus. „Bevor wir

Block vernehmen können, sollten wir erst noch ein paar Stunden schlafen. Meinst du nicht?"
Anne nickte.
„Gibt es hier irgendwo eine Pension? Auf mich wartet ja niemand. Ich könnte ..."
„In meiner Kommune ist zwar gerade ein Bett frei", sagte sie plötzlich munter, „aber ich weiß nicht, ob es meinen Mitbewohnern recht wäre. Außerdem hätten wir für Lorenz noch keinen Platz."
„Du wohnst in einer Kommune?", fragte er zurück, doch weiter kam er nicht.
„Macht euch um mich keine Sorgen", platzte Lorenz dazwischen. „Mir reicht eine Stunde im Bürosessel." Er hatte also doch zugehört.
„Ja, Bürosessel klingt gut", sagte nun Markus und Anne nickte. Beide sahen sich an. Sein Blick schien ihr nun noch interessierter auf ihrem Gesicht zu liegen als vorher schon. Schließlich hatten sie die wichtigsten Informationen ausgetauscht und jeder wusste, woran er im Falle des Falles mit dem anderen wäre.
„Dann schlage ich vor: Wir trinken unseren Kaffee aus und fahren ins Büro", schlug Anne vor und schaute auf ihre Uhr. Wenn sie nur nicht so müde wäre ... es war ja erst drei.

45

Anne schaute auf ihre Uhr – es war drei.
Schon wieder?
Sie sah, wie Lorenz und Fernando sich gegenseitig auf die Schulter klopften und hörte sie von einer Kneipe reden. Der große starke Markus kam aus dem anderen Zimmer. In der Leistengegend hatte er eine Narbe. Oder war es der Schatten

seines erigierten Gliedes?

Markus beugte sich zu ihr hinunter, nahm sie auf den Arm. Sie schaute an sich herab und wunderte sich, dass sie diesen merkwürdigen Pyjama mit rosaroten Teddybären trug. Merkwürdig deshalb, weil sie den vor Ewigkeiten weggeworfen hatte. War das hier ein Paralleluniversum? So eins wie das, in dem Gransee als Touristen-Hochburg bezeichnet wurde?

Nein! Sie kicherte. Welch merkwürdige Welt das war.

Markus trug sie zum Fenster, das sich wie von Geisterhand öffnete. Das tiefe Schwarz hinter dem Fenster zog sie magisch an und je näher sie ihm kamen, desto mehr Sterne konnte sie erkennen. Die Sterne strahlten komischerweise unter ihr – sie schaute genau hin. Es waren die Lichter einer Großstadt. Berlin vielleicht? Aber nein. Sie erkannte die Marienkirche mit den beiden ungleichen Glockentürmen und dort hinten den Pulverturm.

Plötzlich war sie selbst in diesem Turm und schlug hinter sich die Tür zu. Oben sah sie Licht und stieg ihm Stufe für Stufe entgegen. Als sie den halben Weg geschafft hatte, wurde es plötzlich dunkel. Markus' erigiertes Glied verdunkelte den Himmel und lächelte voller Kraft. Würde ihm jetzt jemand die Blutzufuhr abschnüren, musste es sie erschlagen.

Mit einem Schrei fuhr sie auf.

„Willst du auch einen Kaffee ans Bett?" Markus stand vor ihr. „Er ist so schwarz, dass der Löffel darin steht."

Anne rieb sich mit den Händen über das Gesicht und murmelte dabei: „Verflucht, noch ein Paralleluniversum. Oder Koks."

„Also, ja oder nein?", fragte Markus.

Dann hörte sie Fernando im Hintergrund lachen. Sie war dankbar für dieses Zeichen und nickte heftig. Ein jäher Schmerz im Genick ließ sie innehalten. Aber zumindest erkannte sie diesen Schmerz sofort wieder: Bürosessel-Schmerz.

Sie nahm die Tasse entgegen. Dann schnüffelte sie misstrauisch. Roch gar nicht wie dieser furchtbare Automatenkaffee, den sie sich sonst immer aus der Kiste auf dem Flur zog.

„Selbst gebrüht. Türkisch. Ich denke, der ist besser als das Zeug, was es dort draußen gibt. Oder?"

Jetzt schaute sie vorsichtig zu Markus auf. Sein Anzug saß tadellos und offenbar hatte er sogar einen Rasierapparat irgendwo aufgetrieben.

Markus schaute an sich herab und drehte sich blitzschnell um, während er etwas knurrte, das sich wie eine Entschuldigung anhörte. Hosenschlitz. Perfekt passend zum Paralleluniversum.

„Gerädert und geviertteilt?", fragte Fernando und ließ sich neben sie in den zweiten Sessel fallen. Anne nickte gequält, diesmal vorsichtiger. Dann schaute sie auf ihre Uhr. Die zeigte drei. Irgendwo musste sie endlich einen Uhrmacher auftreiben, der sich mit Uhren aus den Siebzigern auskannte, solche, die man noch aufziehen musste.

Ihre Tasse war leer. Markus kam von irgendwoher und nahm sie ihr ab.

Wach werden, Anne. Markus ist hier. Hübsch machen.

Sie stand auf, suchte sich ihr Handtuch aus dem Schrank, das sie schon vor einigen Tagen hatte mitnehmen wollen zum Waschen. Zahnbürste, Duschbad, T-Shirt, Slip, Socken …

„Hast du hier einen zweiten Hausstand?"

Markus. Sie antwortete nicht und ging zur Dusche. Es war ihr peinlich, so vor Markus. Jedenfalls schien er ja kein Morgenmuffel zu sein wie Hagen.

Das Wasser kribbelte angenehm auf ihrer Haut, das Duschbad

roch nach grünen Äpfeln. Schlecht. Davon bekam sie immer Hunger. Als sie auf den Flur trat, stand plötzlich Jonas vor ihr und schnupperte.

„Riechst lecker", sagte er. „Komm, Frühstück."

Noch so ein Mann? Was war heute los mit ihr? Notgeil? Offenbar schien sie heute jeden anzumachen, ohne dafür das geringste zu tun. Praktisch. Dann brauchte sie sich nur noch den richtigen aussuchen.

Jonas ließ die verdutzte Anne stehen und schwenkte einen Stoffbeutel, aus dem ihr der Duft von Bäckerbrötchen in die Nase stieg. Sie eilte ihm hinterher ins Büro. Die anderen saßen schon am Konferenztisch. Wortlos setzte sie sich und griff in den Beutel, den Jonas einfach auf den Tisch geknallt hatte. Anne schätzte, dass sie nun bloß noch etwa dreißig Minuten brauchen würde, bis sie wach war.

Doch bereits nach der Rekordzeit von nur zwanzig Minuten lächelte sie Markus an.

„Geht es jetzt wieder?", fragte der.

„Ja, du Held meiner Träume", platzte es aus ihr heraus. Dann schoss ihr die Frage durch den Kopf, ob man Held auch mit *dt* sprechen konnte. Markus Heldt.

Markus stutzte. „Was hast du denn geträumt?" In seinen Augen blitzte etwas, das sie nicht entziffern konnte.

Anne fühlte, wie sie rot wurde, und nahm schnell ihre Kaffeetasse an die Lippen in der Hoffnung, sich dahinter verstecken zu können.

„Ich habe auch von dir geträumt", sagte er dann. „Wir sind zusammen Riesenrad gefahren. Und was hast du geträumt?"

Sie verschluckte sich an ihrem Kaffee und musste husten. Allgemeines männliches Gelächter. Sie waren in der Überzahl und Anne musste mitspielen.

„Das sage ich dir nach unserer zweiten gemeinsamen Nacht", erwiderte sie leichthin. Verdammt. Sie wurde schon wieder rot. „Wenn es jemals dazu kommen sollte."
„Also, ihr Turteltäubchen", rettete Lorenz sie aus der Patsche. „Wie gehen wir vor, ohne dass wir uns gegenseitig auf die Füße treten und dass trotzdem etwas dabei herauskommt?"
Sie schaute Fernando an. Der wiederum sah zu Jonas.
Jonas zuckte mit den Schultern. „Ganz einfach: Ihr fangt mit der Vernehmung an. Bei der Vielzahl an Einbrüchen werdet ihr wohl den Vormittag brauchen. Inzwischen kümmern wir uns um den Eigentümer der Immobilie und um die Durchsuchung der Garagen und Keller, die nicht vermietet sind."
„Bei der Durchsuchung würde ich gern dabei sein", erwiderte Lorenz. „Die Vernehmung schafft Markus allein."
„Jonas", sagte sie und entschied: „Dann hängst du dich jetzt ans Telefon und sieh zu, dass du etwas erreichst. Fernando fährt mit mir nach Osterne. Wir klappern die Mieter ab."
„Mieter abklappern? Wozu?", fragte Lorenz.
„Erstens wüsste ich gern, wohin der Transporter aus dem Barnim verschwunden ist, und zweitens ..." Anne verstummte und winkte ab.
„Schon klar", meinte jetzt Fernando. „Gedankenblitz nennt Hagen Brandt das immer. Oder Intuition."
„Hagen Brandt?", fragte nun Markus zurück. „Lebt der noch? Bei ihm hatte ich vor Ewigkeiten Vernehmungstaktik. Damals hieß die Fachhochschule noch Polizeischule. Lieber Gott, der muss doch längst in Pension sein."
„Hagen ist unser Mentor ...", begann Fernando zu erklären. Doch als er sah, dass Anne schon an der Tür auf ihn wartete, sprang er schnell auf, griff nach Notizblock und Jacke und riss die Bürotür auf, um sie für Anne offenzuhalten.

Als sie auf den Flur trat und noch einmal zurückschaute, sah sie Markus mit offenem Mund dasitzen. Der verstand offenbar gar nichts.

„Anne?", riss Fernando sie aus ihren Gedanken, die sich keineswegs um ihre bevorstehenden Ermittlungen drehten. „Von diesem Markus habe ich schon gehört. Willst du wissen, was ich gehört habe?"

Er ließ den Motor an, setzte den Blinker und fuhr los. An der Kreuzung schielte sie zu ihm hinüber. Fernando war auf den Verkehr konzentriert.

„Sehe ich so aus, als ob es mich interessieren könnte?", fragte sie, während er beschleunigte.

„Ja. Definitiv." Fernando grinste sie an, sah dann aber schnell wieder nach vorn. „Allerdings will ich dir nicht die Laune verderben. Es geht mich ja auch nichts an."

Richtig, dachte sie, es geht dich nichts an. Doch ihre Neugier war größer. Sie hielt es nicht einmal bis zum Kreisverkehr aus. „Nun rede schon", sagte sie und bemühte sich, ihrer Stimme einen gnädigen Klang zu geben.

„Er ist in der Landeseinsatzeinheit ziemlich verschrien gewesen, jedenfalls bei den jungen Kolleginnen. Mit mir wollte er einmal wetten, dass er es schafft, in einer Nacht drei verschiedene Mädchen ins Bett zu kriegen."

Anne schwieg. Warum erzählte Fernando ihr das? Seine Blicke hatte sie bemerkt. Interesse. Obwohl er immer noch mit diesem Mädchen ging, der Tochter von Hagens Hausmeister. Oder war das vorbei?

Mutterkomplex? Nannte man das so, wenn junge Männer sich für ältere Frauen interessierten? Woher kam plötzlich diese Selbsterkenntnis? Egal. Es war die Wahrheit.

Erst als sie Badingen erreichten, sah sie zu Fernando hinüber

und fragte: „Und? Hat er gewonnen?"
„Ich habe nicht gewettet. Aber drei Wochen später war er aus Oranienburg verschwunden. Angeblich strafversetzt nach Eberswalde. Das ist zwei Jahre her."
Den Rest der Fahrt schwiegen sie. Schade, dachte Anne noch und seufzte. Ob sie Fernando nun glaubte oder nicht, jedenfalls trug die Geschichte viel Sprengstoff in sich. Und sie hatte einfach keine Lust dem ständigen Balzen anderer Frauen Paroli bieten zu müssen. Konkurrenz belebt ja angeblich, aber … verdammt noch mal … ich bin schließlich einzigartig und kein Groupie. Das kam höchstens in irgend so einem Paralleluniversum vor.
Das Prickeln jedenfalls, das ihr seit gestern Abend so zugesetzt hatte, war verschwunden.

46
Annes Handy zeigte zehn Uhr dreißig, die Armbanduhr drei. Wo blieb nur Jonas mit seinem Anruf?
Gerade hatte sie den letzten Eingang ihres Häuserblocks erledigt. Sie ließ sich stöhnend auf der Holzbank nieder, die gleich neben dem Hauseingang stand. Ihre Füße taten weh, ihr Hals war ganz trocken. Fusseln am Mund hatte sie auch, obwohl nur etwa jede zweite Wohnungstür auf ihr Klingeln geöffnet worden war. Fernando brauchte offenbar etwas länger. Noch war nichts von ihm zu sehen.
Anne zog ihren Notizblock hervor und klappte ihn auf. Da nicht an allen Wohnungstüren Namen gestanden hatten, und an den Klingelleisten schon gar nicht, hatte sie einfach die Hausnummer und die Wohnungsnummer notiert. Erbracht hatte die Fragerei jedenfalls nichts. Niemand hatte etwas Auffälliges gesehen oder ein lautes Motorrad gehört. Eine Ant-

wort war geradezu bezeichnend gewesen für alle Mieter. Auf die Frage, wann denn Herr Suhrkamp, der Nachbar, nach Hause käme, lautete diese: „Wer? Kenn ick nich."
Oder: „Was halten Sie vom Hausmeister?" Antwort: „Wer soll ditt sein?"
Es war zum Haare raufen. Nun fehlte nur noch, dass das mit dem Vermieter nicht klappte.
Als sie ihr Handy hervorzog, klingelte es. Jonas.
„Wie sieht's aus?", fragte sie. „Wo bleibt ihr?"
„Leider dauert es mit dem Durchsuchungsbeschluss noch etwas. Beim Gericht sind die Faxgeräte ausgestiegen. Lorenz ist hingefahren, um den Beschluss zu holen."
„Und die Vermieter?"
„Die müssten jeden Moment bei euch eintrudeln. Der Bereichsleiter wollte sich sofort auf den Weg machen."
„Danke." Anne beendete das Gespräch, als sie sah, dass Fernando um die Hausecke geschlendert kam.
Kaum dass er sie bemerkte, hob er auch schon die Schultern und zeigte ihr seine leeren Hände. Fernando war also nicht erfolgreicher gewesen als sie. Ein Mietshaus blieb übrig. Das, in dem auch der Hausmeister wohnte. Vier Hauseingänge mit je zehn Mietparteien.
„Und? Hast du etwas?", fragte er.
Sie schüttelte den Kopf, stand auf und zeigte zum Auto.
„Trinken. Wasser", murmelte sie.
Während sie hastig das kalte Mineralwasser die Kehle hinunterlaufen ließ, sah sie Fernando prüfend an. Er schaute fragend zurück.
Anne setzte die Flasche ab und reichte sie ihm. Dann fragte sie: „Wie sieht's aus? Kannst du noch?"
Er nickte mit der Flasche an den Lippen.

„Gut. Dann teilen wir uns den letzten Block. Die anderen werden bald da sein."

Wortlos reichte er ihr die leere Flasche zurück und marschierte auf den dritten Hauseingang zu. Sie hatte also eine Wohnung weniger abzuklappern. Dann los.

Mit dem ersten Aufgang war Anne schnell fertig. Nur zwei Mieter öffneten und kannten niemanden mit einem Motorrad.

Im zweiten Aufgang, Parterre rechts, öffnete ein alter Mann. Er mochte so um die siebzig sein.

„Anne Pagels, Kripo Gransee." Sie zückte ihren Dienstausweis. „Bitte entschuldigen Sie die Störung. Ich will Sie auch nicht lange aufhalten."

„Moment. Darf ich noch einmal den Ausweis sehen?"

Anne hielt ihm den Ausweis hin. Der Alte nahm ihn in die Hand, zog dann seine Lesebrille von der Stirn und musterte den Ausweis gründlich. Dann schaute er Anne an und gab ihn zurück.

„Danke. Was gibt es denn?"

„Wir suchen ein Moped. Kennen Sie hier im Haus jemanden, der eins fährt?"

„Ich fürchte, da muss ich Sie enttäuschen. Ich kenne hier noch niemanden außer meiner Nachbarin. Und die fährt garantiert nicht mehr Moped. Ich könnte ihr Sohn sein. Bin gerade erst vor ein paar Tagen eingezogen. Wissen Sie, die Wohnungen hier sind so günstig. Und als ich in der Berliner Presse die Anzeige las, bin ich sofort hergefahren."

„Ja, dann entschuldigen Sie bitte ..." Anne wollte sich verabschieden. Doch der Alte hielt sie fest.

„Moment. Als ich hier eingezogen bin, stand ein Moped vor der Haustür. Irgendwann, als ich mich gerade in der Wohnung aufhielt, fuhr es davon. Leider habe ich nicht gesehen, wer damit wegfuhr, aber das war das erste Mal, dass ich mich fragte, ob mein Umzug nicht übereilt war. Denn die Karre machte einen Höllenlärm. Aber letztlich bin ich froh, dass ich sie danach nicht mehr gehört habe."

Anne zückte ihre Visitenkarte und schaute auf das Namensschild an der Wohnungstür.

„Herr Fritz, dann danke ich Ihnen erst einmal. Sollten Sie das Moped noch einmal hören oder erfahren, wo der Fahrer wohnt, seien Sie so gut und rufen mich an."

Der Alte machte auf sie den Eindruck, als würde er das wirklich tun und notfalls auch den ganzen Tag Ausschau halten.

„Ja, das ist doch selbstverständlich, Frau Pagels. Darf ich fragen, warum Sie das Moped suchen?"

„Es geht um Einbruchsdiebstähle. Mehr darf ich Ihnen leider nicht sagen. Aber vielen Dank und einen schönen Tag."

Anne wartete nicht, bis der Alte die Tür geschlossen hatte, sondern klingelte gleich an der nächsten Wohnungstür.

„Meine Nachbarin ist vorhin weggegangen. Wahrscheinlich mit dem Bus zum Einkaufen", klärte Fritz sie sofort auf.

„Ja, Pech. Vielen Dank", antwortete sie und eilte die Treppe hinauf. Während sie wartete, ob jemand öffnete, ergänzte sie ihre Notizen. Doch die anderen Mieter waren alle ausgeflogen.

Vor dem Haus klappten Autotüren, als sie gerade die Hausmeisterwohnung abschloss. Sie riss die Haustür auf, die plötzlich ganz leicht war und ihr beinahe gegen die Stirn geflogen wäre. Ihr linker Fuß verhinderte schlimmeres.

Vor ihr standen zwei Meter Muskelmasse in elegantem Anzug und langem Stoffmantel.

„Oh, Verzeihung", kam es mit jugendlich heller Stimme von oben.

Sie legte den Kopf zurück und schaute in zwei belustigte blaue Augen, die von einer schicken Retro-Brille umrahmt und von einer blond gefärbten Bürste gekrönt wurden.
„Mein Gott ist der lang", entfuhr es ihr.
„Mein Gott ist die klein", kam seine prompte Antwort.
Da hörte sie Lorenz aus dem Hintergrund: „Darf ich vorstellen? Hauptkommissarin Anne Pagels und das sind der Buchhalter, Herr Emanuel Weißhaupt, und die Sachbearbeiterin Vermietung, Frau Sandra Frick."
„Und ich bin froh, dass mein Kopf noch heile ist", erwiderte sie, streckte die Hand aus und strahlte aufwärts.
So jung ist der gar nicht, überlegte sie, während ihre Hand in seiner Pranke verschwand. Vielleicht vierzig. Aber diese weißblonden Haare stehen ihm. Selbst die Nasenlöcher sehen gepflegt aus. Ein Buchhalter also.
„Emanuel, nun versperr hier nicht die Tür", sagte nun eine rauchige Stimme hinter ihm. Und als er zur Seite trat, erblickte Anne Emanuels ältere Schwester. Schlank, blond gefärbt, langer Lackmantel, hohe Stiefel und ein Meter neunzig.
„Herrje", sagte Anne, die sich mit ihren knapp ein Meter fünfundsechzig plötzlich so klein fühlte. „Dann willkommen in Liliputanien."
Ein rauchiges Haha bekam sie zur Antwort. „Das liegt nur daran, dass wir aus der großen Stadt kommen."
Sie gaben sich die Hand.
„Freut mich", sagte Anne nun, „dass Sie so schnell kommen konnten. Muss für die Mieter ja hier ein Schlaraffenland sein."
„Ja, das funktioniert schon. Mit dem Hausmeister vor Ort. Aber ansonsten wollten wir heute sowieso herfahren. Inventur. Unangekündigt." Weißhaupt grinste weise und Frick nick-

te dazu. „Das ist heute also ein Abwasch. Ich schlage vor, wir fangen gleich hier in den Kellern an und arbeiten uns dann zu den Garagen durch."

Anne nickte. Lorenz und Fernando ebenfalls. Und für Lorenz wurde es sozusagen ein Freudenfest.

Während sie Keller für Keller öffneten, ging Lorenz zwischendurch nach draußen, um zu telefonieren. Er orderte im Landeskriminalamt einen Lkw, um die Beweismittel vor Ort zu haben, wie er Fernando erklärte. Für die Vernehmungen würden sie Wochen brauchen und der Hausmeister würde die Zeit in Untersuchungshaft verbringen.

Für Anne und Fernando dagegen wurde immer klarer, dass sie leer ausgehen würden. Nicht ein einziges Stück wies auf die Brände hin oder ... besser gesagt ... auf die Diebstähle, die mit den Bränden vertuscht werden sollten. Vor allem auf das Moped hatten sie gehofft. Aber weit und breit keine Spur davon. Nicht einmal irgendwelche Ersatzteile dafür.

Während Lorenz mit Lucio und Weißhaupt die letzten beiden Garagen durchsuchte, listete die Frick die Sachen auf, wegen deren Inventur sie gekommen war.

Fröstelnd steckte Anne ihre Hände in die Hosentaschen und begann, vor der Reihe Garagen auf und ab zu laufen.

Die Sonne stand dicht über den Äckern und würde bald untergehen. Aber wenigstens hatte es nicht geregnet.

Am Ende der Garagen machte sie kehrt und schlenderte auf den Haufen Sperrmüll zu. Ganz unten schauten einige Autoreifen hervor. Darüber kamen Zementsäcke, ein Kinderwagen, ein alter Kühlschrank. Je näher sie kam, desto aufgeregter wurde sie. Ohne dass sie es erklären konnte.

Und tatsächlich. Hinter dem Kühlschrank lugte ein schwarzes Motorradprofil hervor. Anne achtete weder auf ihre Schuhe

noch auf sonst was. Sie kletterte auf die Zementsäcke und angelte nach dem Motorradreifen. Mit einem Ruck und einem Freudenschrei riss sie ihn vom Haufen herunter und zeigte ihn strahlend Fernando, der um die Ecke gerannt kam.
„Ja!", schrie sie. „Ein kaputter Motorradreifen!"

47

Vor dem Buchladen gegenüber dem Marktplatz hielt Helle an, schob seine Schwalbe auf den Bürgersteig und bockte sie auf. Den Sturzhelm hängte er einfach an den Lenker und schaute hinüber zur Bürgerbank. Dabei ließ er sich halb auf der Sitzbank nieder, ein Fuß auf dem Gehweg. Das sah ziemlich cool aus, fand er.

Eigentlich müsste Irene gleich Feierabend haben. Er hatte sich vorgenommen, sie zu überraschen. Er wollte sie abholen von der Arbeit und mit ihr ein Eis essen gehen. Das Wetter war dafür gerade noch akzeptabel, aber ihm letztlich egal.

Gerade verließ eine ältere Frau die Bank und begrüßte den Mann, der auf sie wartete, mit einem Küsschen. Helles Ohren wurden ganz heiß bei dem Gedanken, auch so begrüßt zu werden. Er stieg vom Moped und schlenderte langsam über den Platz.

Die Frau hatte ihre altmodische Handtasche auf die Bank unter dem alten Baum gestellt, kramte darin herum und diskutierte dabei mit ihrem Mann.

Helle blieb ein paar Meter von ihnen entfernt stehen. Da ging die Tür zur Bank wieder auf. Irene!

Er machte ein paar Schritte auf sie zu, während sie die Tür abschloss. Am Fuß der Treppe blieb er stehen. Sie schien ihn auch dann nicht wahrzunehmen, als die Schlüssel in der Handtasche verstaute. Sie wandte sich von ihm ab und ging in

Richtung Rathaus davon.

„Irene!", rief er und lief ihr nach.

Sie drehte sich zu ihm um. „Was willst du denn hier, Helle?", fragte sie. Auf ihren Lippen lag nicht dieses fröhliche Lächeln, das er so liebte. Ihre Augen schauten überrascht und sogar böse, schien es ihm.

„Irene", hörte er plötzlich noch jemanden rufen. Die ältere Frau hatte ihren Mann bei der Bank stehen gelassen und kam eilig heran.

„Marianne, ich dachte, du bist schon weg.", antwortete seine Irene und lächelte. Etwas gequält, wie es Helle schien.

„Sag mal, kannst du mir bis morgen 50 Euro leihen? Ich wollte noch Rouladen kaufen, habe aber mein Portemonnaie in meinem Fach liegen gelassen."

Irene war anscheinend tief betrübt. „Tut mir leid. Ich habe gerade noch einen Zehner für Milch und Brot."

„Ja, das hat mein Erwin auch gesagt. Pech. Dann muss das bis morgen warten."

Die Frau drehte sich zu ihrem Mann um und hob die Schultern. Dann zogen sie ab.

Helle sah wieder Irene an. „Ich wollte dich zu einem Eis einladen. Hast du Lust?", fragte er. Am liebsten hätte er sie bei der Hand genommen und mit sich gezogen.

Da schüttelte sie schon mit dem Kopf.

„Keine Zeit heute. Hab noch was vor", antwortete sie und wandte sich auch schon ab.

Sie ließ ihn einfach mitten auf dem Platz stehen, als wäre er irgend so ein dummer Junge. Oder ein Bettler, ein Ausländer oder ein Wahlkämpfer. Seine Füße waren wie angewachsen. Traurig stand er da und sah sie um die Rathausecke verschwinden.

„Irene", rief er, aber so leise, dass sie ihn nun wirklich nicht hatte hören können. Ich liebe dich doch. Diesen Satz produzierte aber nur noch sein Gehirn, ohne bis zu den Stimmbändern vorzudringen.

Wo wollte sie denn noch hin, dass sie ihn hier einfach stehen ließ. Er hatte doch extra seine Sparbüchse geplündert. Ob er sie noch einmal fragte?

Langsam setzten sich seine Füße in Bewegung, dann immer schneller.

Als er am Rathaus vorbei war, sah er, wie sie auf dem Gehweg schnell ausschritt, als wollte sie ihn nur schnell hinter sich lassen. Hundert Meter weiter blieb sie plötzlich stehen und schaute in ein Schaufenster. Kurz darauf verschwand sie durch die Ladentür.

Langsam näherte er sich dem Laden. Ein Schuhladen. Was wollte sie denn dort?

Helle ging näher an die Scheibe heran und beschattete mit den Händen die Augen. Er sah Irene vor einem Regal mit Taschen stehen, eine ziemlich große Umhängetasche in der Hand.

Dann trat der Verkäufer hinzu.

Helle machte sich davon. Er war enttäuscht. Seine Irene hatte nicht nur ihre Kollegin belogen. Er fühlte sich genauso.

48

„Zwei Nächte warst du jetzt nicht zu Hause – oder drei? Kannst du nicht wenigstens mal anrufen?", rief Hagen Brandt, als Anne zur Tür hereinkam.

Sie sieht ziemlich müde und abgekämpft aus, dachte er, als er sie genauer betrachtete.

„Nein, konnte ich nicht. Du sagst mir ja auch nicht, was nun mit dir passiert ist. Außerdem, woher sollte ich wissen, dass

du wieder ausgebüchst bist? Doktor Löwen wird dir den Hintern versohlen. Jedenfalls hoffe ich das."
„Nichts da. Diesmal wurde ich offiziell entlassen."
„Dann ist es ja gut."
Silke kam mit einer großen eisernen Pfanne aus der Küche.
„Nun ist es aber gut, ihr beiden Streithähne, sonst schlag ich um mich", fuhr sie dazwischen. „Klingt ja, als hättet ihr damals doch heimlich geheiratet. Ist ja furchtbar. Los, gebt eure Teller her."
Hagen bekam zuerst, während Anne noch schnell in der Küche ihre Hände wusch.
„Stopp, nicht so viel. Gib lieber Anne mehr. Schau sie dir doch an."
„Hagen, was soll das? Wenn du unbedingt streiten musst, geh in den Hühnerstall", erwiderte Silke.
Anne setzte sich kichernd und ließ sich auftun.
Beim Essen herrschte Ruhe. Hagen Brandt hielt es kaum aus. Er wollte endlich wissen, was inzwischen passiert war und brabbelte etwas in seine Bratkartoffeln. Anne seufzte mehrmals. Silke saß zwischen den beiden und tat so, als wenn nichts wäre.
Er war als erster fertig, nahm sich eine *Köstliche von Charneux* vom Obstteller, schälte sie und schnitt sie in mundgerechte Happen. Silke und Anne wählten sich je einen *Kaiser Wilhelm* aus. Noch immer herrschte Ruhe.
„Hey, nun kommt schon", sagte Hagen zwischen zwei Bissen. „Diese Grabesstille hatte ich im Krankenhaus schon genug."
Er erhielt keine Antwort.
Silke räumte ab und stellte alles in den Geschirrspüler. Anne kochte Kaffee. Hagen machte es sich im Wohnzimmer bequem und wartete.

„Pascha, rücke mal", sagte Anne, als sie mit dem Kaffee kam. Sie schob Hagens Beine zur Seite und setzte sich. Silke nahm den Sessel an Hagens Kopfende in Beschlag.
„Bitte, liebe Anne, erzähl. Was ist inzwischen passiert?", fragte Hagen und setzte sich auf.
„Seit der Scheune in Badingen zum Glück kein neuer Brand. Aber leider noch immer kein Erfolg in Sicht", sagte Anne und trank einen Schluck.
„Gar nichts? Aber du warst doch ständig unterwegs."
„Ja, wir glaubten, dass wir den Brandstifter hätten. Den Hausmeister der Plattenbauten in Osterne. Aber er war es nicht."
Anne erzählte kurz, was sie gefunden hatten.
„Aber, nach dem was ich mitbekommen habe, muss das Moped doch dort irgendwo sein – oder nicht?", fragte nun Silke.
Anne sah sie erstaunt an, er selbst nicht minder. Silke hatte sich an solchen Gesprächen noch nie beteiligt.
„Was ist? Habe ich etwas Falsches gesagt?"
„Nein, nein." Anne schüttelte den Kopf. „Im Gegenteil. Das ist vollkommen richtig. Deshalb ist es ja so frustrierend, dass wir trotzdem nichts Verwertbares gefunden haben."
„In den Kellern und Garagen der Mieter wart ihr also nicht", sagte er nun nachdenklich. „Klar. Dafür würdet ihr auch nie eine Genehmigung bekommen."
Anne nickte und Hagen sprach weiter. „Dann werdet ihr wohl die nächsten Tage Klinken putzen. Richtig?"
Innerlich schlug er sich mit der Hand auf den Mund.
Ich sollte jetzt still sein, dachte er, und mich nicht wieder einmischen. Es ist Annes Fall – und soll es auch bleiben.
„Richtig. Etwas anderes bleibt uns nicht übrig", sagte Anne und zupfte dabei an ihrem Kringel-Pyjama.
Sie schwiegen. Silke saß auf der Vorderkante des Sessels und

trank Kaffee.

Hagen hatte sich zurückgelehnt und die Augen geschlossen. Sein Kopf ruhte auf der Rücklehne. So konnte seine Nackenmuskulatur ein wenig entspannen und er besser nachdenken.

Was wird passieren, wenn die Brandstifter genug haben von ihrem Tun?, fragte er sich. Nachdem, was er gehört hatte, war die Ausbeute ja kaum als zufriedenstellend zu bezeichnen.

Er hörte, wie Anne aufstand.

„Tut mir leid, aber ich muss ins Bett", sagte sie. „Mir fallen die Augen zu. Gute Nacht dann zusammen."

Er hörte Silkes „Gute Nacht" und gab ein Brummen von sich. Dann schlug er die Augen auf. „Anne?"

Sie drehte sich zu ihm um.

„Ich fürchte, ihr müsst euch beeilen", sagte er. Da war so ein Gedanke gekommen, den er noch nicht richtig begründen konnte.

„Ja, das ist mir klar. Sonst brennt es wieder", erwiderte sie resigniert.

„Nein, das meine ich nicht." Er schüttelte nachdenklich den Kopf. „Ich fürchte, da kommt demnächst etwas Schlimmeres. Mehr Risiko für mehr Gewinn. Du hast gesagt, bei den letzten Bränden sei die Beute sehr gering gewesen. Kann sein, dass sie bald etwas anderes unternehmen."

49

Anne Pagels knallte den Hörer wütend aufs Telefon.

Von Meerbusch ist ja so ein Arsch. Von wegen *unfähig*. Von wegen *vom Fall abziehen*. Was denkt der sich eigentlich?

Mit einem Satz sprang sie auf. Der Bürostuhl knallte gegen die Schranktür. Fernando hob erschrocken den Kopf.

„Anne, was ist?"

„Ich muss raus hier!", fauchte sie, griff nach ihrer Jacke und knallte die Bürotür hinter sich zu. Als sie schon auf der Treppe war, hörte sie Fernando von oben rufen: „Warte, Anne, ich komme mit!"
Sie rannte etwas langsamer zum Auto, stieg ein, wartete, bis auch Fernando saß, und fuhr los.
„Osterne?", fragte er, als sie den Kreisverkehr erreichten. Sie nickte nur.
„Ich habe hier noch ein Foto von einem Moped, das so aussehen könnte, wie das, was wir suchen. Vielleicht hilft es ja", fuhr er fort, schwieg dann aber, als er keine Antwort bekam.
Kurz vor Osterne begann es zu regnen.
Anne nahm den gleichen Parkplatz wie beim ersten Mal, als sie allein den Hausmeister aufgesucht hatte. Sie schaltete den Motor aus und ließ die Hände auf ihre Oberschenkel fallen. Ihr Kopf sank zurück gegen die Kopfstütze.
„Wenn ich nur wüsste, wen wir konkret suchen", sagte sie leise. „Hagen meint: einen jungen Arbeitslosen. Aber davon gibt es hier jede Menge. Und die halten alle zusammen. Hier im zweiten Hauseingang hatte ich letztens einen Opa, der meinte, vor seinem Küchenfenster habe bei seinem Einzug ein lautes Moped geparkt."
„Und genau diesen einen suchen wir jetzt. Lass uns dort beginnen, Anne. Wir werden ihn schon erwischen."
Nachdenklich nickte sie und zog dann ihren Notizblock hervor. „Parterre rechts wohnt der Opa. Die anderen waren alle nicht zu Hause."
Sie schob den Block zurück in die Jackentasche und stieg aus.
„Diesmal bleiben wir zusammen", erklärte sie noch, als Fernando die Haustür öffnete. Er nickte und sprintete die Treppe hoch. Parterre links klingelte er.

Als er ein zweites Mal den Klingelknopf drücken wollte, wurde geöffnet. In der Tür stand eine kleine drahtige Frau mit grauer Kurzhaarfrisur und Rollkragenpullover. Sie blickte freundlich zu ihm hoch. Und Anne bemerkte, dass die Augen der Frau milchig weiß schimmerten.
Ob sie blind ist?, überlegte sie.
„Kripo Gransee", sagte Fernando und stellte sie beide vor.
„Frau Haase, bitte entschuldigen Sie die Störung. Ich hoffe, Sie können uns helfen."
„Ja, junger Mann, dann versuchen Sie es doch einfach mal."
„Gerne. Wir sind auf der Suche nach einem ziemlich lauten Moped. Ihr Nachbar sagte, es gäbe hier so etwas. Können Sie mir sagen, wem es gehört?"
„Sie meinen doch nicht dieses röhrende Ding, mit dem der junge Markowski immer herumfährt. Der wohnt über mir. Allerdings habe ich es jetzt schon ein paar Wochen nicht mehr gehört."
„Verzeihung", unterbrach Anne, „wissen Sie, wo er das Motorrad immer unterstellt?"
Die Dame schüttelte den Kopf.
„In einer der Garagen? Ich weiß es wirklich nicht. Meine Augen sind nicht mehr so gut. Aber fragen Sie ihn doch. Er müsste zu Hause sein." Sie tippte an ihr Ohr, als wollte sie sagen: Dem entgeht nichts so leicht. Dann lächelte sie.
„Ja, das werden wir", übernahm Fernando wieder. „Dann vielen Dank und entschuldigen Sie die Störung."
Er rannte schon die Treppe hoch, ehe die Dame die Tür geschlossen hatte. Anne beeilte sich hinterherzukommen.
Endlich. War das der Durchbruch?
Sie würden es gleich wissen.
Fernando wartete auf sie und drückte erst den Klingelknopf,

als sie durchgeatmet und genickt hatte.

Schlagermusik, ziemlich laut, drang durch die Tür. Das klang jedenfalls nicht nach einem jungem Mann.

Die Frau, die dann öffnete, war zwar noch keine fünfzig, aber auch nicht mehr jung. In einem anderen Jahrhundert hätte sie wahrscheinlich einen zerlumpten Bademantel getragen, jetzt war der Jogginganzug die Kleidung der Leute, die ihre Zeit in der Wohnung verbrachten und nicht so auf ihr Äußeres achteten. Für Frauen natürlich in rosa mit aufgedruckter 98.

Anne überlegte, ob es nicht einen Whisky gab, der so ähnlich hieß. Aber wahrscheinlich trank diese Frau eher Sangria, süß und prickelnd.

„Guten Tag, Frau Markowski, ist vielleicht ihr Sohn zu Hause? Ich würde ihn gern sprechen", sagte Fernando, schob schnell einen Fuß in die Tür und hielt ihr seinen Ausweis unter die Nase. So dicht, dass sie garantiert nichts darauf lesen konnte. Aber sie zeigte auch keinerlei Interesse an dem Ausweis, sondern griff die Türklinke gleich neben ihr.

„André, die Kripo für dich." Dann drehte sie sich um und torkelte davon.

In dem Zimmer quietschte etwas, als würde jemand aus dem Bett springen. Gleich darauf wurde die Tür ganz aufgerissen und ein junger Mann von vielleicht 25 Jahren stand so schnell in der Tür, dass Fernando keine Chance bekam, einen Blick ins Zimmer zu werfen. André Markowski hatte Übergröße, sowohl in der Höhe wie in der Breite. Anne musste aber eingestehen, dass es Muskeln waren, die die Breite ausmachten, nicht nur Fett.

„Ja? Was gibt's denn?", fragte Markowski und schaute erst zu Fernando, dann zu ihr.

„Lucio, Kripo Gransee. Ich würde mir gern mal Ihr Moped

anschauen. Steht es in der Garage?"
Anne grinste innerlich über Fernandos Überrumpelungstaktik. Aber wenn sie funktionierte – warum nicht.
„Was für ein Moped? Ich habe keins. Wer hat mich denn da angeschissen?"
Pech gehabt, ging es Anne durch den Kopf. Sie schob sich nach vorn. „Herr Markowski, Sie sind gesehen worden mit einem Moped mit Anhänger. Also, wo ist es?"
„Ach das. Das war ja schon voriges Jahr und es war geborgt. Ich habe einem Bekannten beim Umzug geholfen."
Der bullige Mann hatte den Türrahmen seines Zimmers verlassen und zwang Fernando Schritt für Schritt zurückzutreten. Erst 25 Jahre? Dafür machte er das schon recht clever, ging es Anne durch den Kopf. Wahrscheinlich hatte er gute Lehrer, von frühester Kindheit an.
Auch Fernando wusste, dass sie ohne Durchsuchungsbeschluss kein Recht hatten, die Wohnung zu betreten.
„Wissen Sie, Herr Markowski", erwiderte Anne, „das nehme ich Ihnen nicht so ab. Und wenn Sie ein reines Gewissen haben, können Sie uns ja einfach Ihre Garage zeigen."
Aber mit ihrer Überredungskunst war es heute nicht weit her.
„Kann mich nicht erinnern, dass wir eine Garage haben. Und wenn, dann habe ich garantiert den Schlüssel verbummelt." Markowski lachte. „Haben Sie überhaupt einen Durchsuchungsbeschluss?"
Jetzt griff Fernando wieder ein.
„Nein, noch nicht. Aber Ihnen dürfte klar sein, dass das nur eine Formalie ist und wir in einer Stunde wieder da sein werden. Das ist nicht viel Zeit, wenn man Diebesgut und Moped wegschaffen muss."
„Es reicht jetzt." Markowski klang wirklich verärgert. Er war

kein so schlechter Schauspieler, wenn sie Recht hatten.

„Nehmen Sie bitte den Fuß aus der Tür."

Fernando blieb nichts anderes übrig, als auch das restliche Stück fremden Boden aufzugeben. Er öffnete den Mund für eine Drohung oder sonst was, als die Tür auch schon zuklappte. Sie tippte ihm auf die Schulter.

„Komm. Leere Drohungen wirken bei dem nicht. Wir reden unten in Ruhe."

„Aber wir waren richtig bei André Markowski. Garantiert!", ereiferte sich Fernando, als sie vor die Tür traten.

„Komm, zum Auto", sagte sie nur und zog ihn mit sich.

„Und was machen wir nun?", fragte Fernando, als sie im Auto saßen.

„Das ist die Frage. Er hat sich clever aus der Affäre gezogen, das muss ich zugeben. Wir haben praktisch nichts in der Hand, abgesehen von der Aussage einer fast Hundertjährigen, die schlecht sieht. Da spielt kein Staatsanwalt mit."

„Dann müssen wir ihn eben observieren."

„Ja. Das und noch mehr. Jonas muss die Datenbanken malträtieren und wir werden weitere Nachbarn befragen. Außerdem sitzt der ehemalige Hausmeister in Untersuchungshaft und ist vielleicht gesprächiger. Jetzt wo wir wissen, wonach wir fragen müssen. Also, lass mich mal telefonieren. Du kannst inzwischen die anderen Wohnungen abklappern."

„Okay. Klingt vernünftig." Fernando sprang aus dem Auto, während Anne zum Handy griff und Jonas mit Aufgaben eindeckte. Dann atmete sie einmal tief durch und wählte die Eberswalder Nummer.

„Heldt. Wer stört?"

„Ja, stören wollte ich nicht", sagte Anne gewollt schüchtern.

„Anne? Anne Pagels? Die Frau, wegen der ich nicht mehr

schlafen kann?", kam die aufgeweckte Antwort, gefolgt von einem ansteckenden Lachen.

„Seid ihr immer noch bei den Vernehmungen?", fragte sie.

„Ein echt harter Brocken. Aber wir sind auf dem besten Weg."

Sie plauderten noch ein paar Minuten. Dann erklärte Anne ihm, was sie von Hausmeister Block wollte und Markus Heldt versprach, sich darum zu kümmern.

„Und wann kommst du mal nach Eberswalde?", fragte Heldt, als das Gespräch wieder in privatere Bahnen abdriftete.

„Was soll ich da? Arbeit gibt es hier auch. Und wie ich aus Oranienburg gehört habe, gibt es bei dir auch genug Frauen."

Sie hörte, wie Markus Heldt hart schluckte. Das hatte gesessen. Sie hörte ihn seufzen. Dann erwiderte er laut:

„Dem Lucio zieh ich die Ohren lang, wenn ich ihn treffe. Dabei wollte ich dich nur ganz unschuldig zum Abendessen einladen."

„Kann man das in Eberswalde? ... Wann?", fragte sie lachend zurück. „Mit Essen kriegst du mich immer."

„Freitag, 20 Uhr?"

Anne stimmte zu und ließ sich noch beschreiben, wie sie zum Restaurant käme. Dann verabschiedeten sie sich. Gerade hatte sie die Verbindung getrennt und einmal tief geseufzt, als Fernando schon zurückkehrte.

„Fehlanzeige. Die restlichen Wohnungen stehen leer, hat Oma im Parterre gesagt. Und jetzt? Observieren?"

Anne nickte nachdenklich.

„Ja, obwohl das jetzt keine Observation mehr ist, sondern eher eine Belagerung. Er steht garantiert oben am Fenster und wartet ab, was wir machen. Er wird einen Teufel tun, uns zum Moped oder zur Beute zu führen."

„Da stimme ich dir zu. Und was machen wir nun?"
„Wir werden uns ablösen. Den Hauseingang dürfen wir auf keinen Fall aus den Augen lassen. Gibt es Hinterausgänge?"
Fernando schüttelte den Kopf.
„Nein, das nicht. Aber erinnerst du dich an die Keller? Man kann von einem Aufgang zum nächsten gehen. Wir müssen also alle Eingänge im Auge behalten. Das wird schwierig in der Nacht."
„Dann nachts zu zweit, bis wir etwas Greifbares haben. Aber vielleicht reicht es ja, wenn wir nur zwischen Mitternacht und sechs doppeln. Dann, wenn die Laternen ausgeschaltet sind."
„Ja. Das müsste reichen.", antwortete Fernando.
„Also, Fernando, stellst du dich erstmal irgendwo unter? Ich komme mit Jonas und einem zweiten Auto wieder. Übernimmst du dann die erste Schicht?"
Fernando nickte. „Ja, abgemacht. Bringt mir bitte Kaffee und Kekse mit, dass ich das hier überlebe."
Als Fernando ausgestiegen war, griff Anne noch einmal zum Handy und wählte die Nummer der Vermieter-Firma. Als sie sich vorstellte, wurde sie freundlich begrüßt:
„Ach, die Liliputanerin. Guten Tag, Frau Pagels. Weißhaupt hier. Wie kann ich diesmal helfen."
„Ach, der Riese. Hallo. Ich hätte heute nur eine winzige Bitte: Können Sie mir heraussuchen, welcher Keller und welche Garage von der Familie Markowski angemietet wurden? Wir müssen noch einmal durchsuchen."
„Oh, das tut mir leid. Heute wird das nichts mehr. Meine Kollegin hat frei und ich komme an die Unterlagen nicht heran. Hätte es denn so lange Zeit? Sonst müsste ich sie anrufen und aus dem Urlaub holen. Morgen ist sie wieder da."
„Morgen muss reichen. Kann sie mich dann auf dem Handy

anrufen? Wir werden morgen viel unterwegs sein."
„Ganz wie bei *Wünsch dir was*. Geht klar."

50

Marke schreckte auf, als jemand – wahrscheinlich der Alte – nebenan das Klosettbecken explodieren ließ. Schnell sprang er aus dem Bett und schaute auf seine Armbanduhr. Es war vier und wenigstens dieses eine Mal hatte die Sauferei des Alten auch etwas Gutes gehabt. Denn gegen Mitternacht war er plötzlich so müde geworden, dass er die Augen nicht mehr offen halten konnte. Nur ein paar Minuten hatte er sich hinlegen wollen. Es waren Stunden daraus geworden.
Echt Glück gehabt. Eine halbe Stunde später und sein Leben wäre wieder verpfuscht worden, wo es doch heute erst richtig beginnen sollte. Aber diesmal wäre es seine eigene Schuld gewesen. Zwar hatte er schon fertig angezogen geschlafen, aber um halb fünf wäre es vorbei gewesen mit seiner Flucht.
Vorsichtig schob Marke die Gardine ein kleines Stück zur Seite und schaute hinunter.
Ja, das Auto steht noch da, erkannte er sofort. Doppeltes Glück für ihn.
Er setzte sich auf den Bettrand und zog seine Springerstiefel an. Suchte noch seine Zigaretten auf dem Schreibtisch, an dem er wahrscheinlich in der 4. Klasse zum letzten Mal gesessen hatte. Dann öffnete er leise die Zimmertür.
Das Gekotze im Bad klang wirklich übel. Aber so würde ihn der Alte garantiert nicht hören. Schnell nahm er seinen Wohnungsschlüssel vom Haken und huschte hinaus ins Treppenhaus. Beinahe lautlos eilte er hinunter in den Keller.
Mutter hatte früher immer geschimpft über die großen Waschküchenfenster, weil jeder dort einsteigen und alles Mögliche

mitgehen lassen konnte. Jetzt war er froh darüber.
Das Fenster klemmte etwas und machte so viel Lärm, als er es mit Gewalt aufriss, dass er schon befürchtete, er würde sämtliche Hausbewohner und die Bullen vor dem Haus wecken.
Schnell sprang er hoch, stützte sich auf dem Fenstersims ab und kletterte hinaus.

51

Halb fünf Uhr in der Früh. Jonas seufzte und draußen gingen die Laternen an. Auch Anne seufzte.
So schwer war es ihr lange nicht gefallen, die ganze Nacht wach zu bleiben. Ohne Licht und ohne jede Ablenkung, von den Gesprächen mit Jonas einmal abgesehen, der um Mitternacht Fernando abgelöst hatte. Und abgesehen von ihren Gedanken, die sich um alles Mögliche gedreht hatten, aber immer wieder zu Markus Heldt zurückgekehrt waren.
Jedenfalls hatte sie sich entschlossen, wirklich nach Eberswalde zu fahren. Was auch immer dabei herauskommen und was auch immer sie sonst noch über ihn hören mochte.
Plötzlich wurde eine Haustür geöffnet. Jonas und Anne erstarrten. Seit 22 Uhr hatte niemand mehr das Haus verlassen oder betreten. Bis jetzt. Nun kam aus dem Haus Nummer 40 ein Rentner mit seinem Hund. Als hätte er hinter der Tür gelauert, dass endlich die Lampen angingen.
„Ich brauche Bewegung", sagte Anne und öffnete die Autotür. Jonas nickte. Im Licht der Innenraumbeleuchtung wirkte sein Gesicht fahl.
„Jonas?"
Er brummte müde.
„So wie du aussiehst, solltest du jetzt ein bräunendes Make-up auflegen. Man erschrickt sich ja."

Jonas drehte ihr sein Gesicht zu und sah sie an.
„Seh ich dann aus wie du? Dann wäre es umsonst."
Er grinste. Sie grinste zurück und warf die Tür zu.
Während sie sich ordentlich streckte, schaute sie noch einmal nach dem Mann mit Hund. Dann rannte sie einmal ums Auto und zog anschließend ihre Jacke zu. Aus dem Kofferraum holte sie sich noch die große Taschenlampe und stapfte dann los in Richtung Hausende. Sie wollte sich die Rückseite des Hauses anschauen.
Zwischen den Häuserblocks und auf dem Hinterhof war es stockdunkel. Hier hätte sie ohne Lampe niemanden sehen können. Sie hielt den Lichtstrahl vor ihre Füße. Bei jedem Schritt über die Wiese platschte es verdächtig.
Scheiße, ich hätte die Gummistiefel anziehen sollen, dachte sie, blieb aber erst stehen, als sie die Hausrückseite erreicht hatte. Der Reihe nach leuchtete sie die Kellerfenster ab. Dabei fiel ihr sofort auf, dass es in regelmäßigen Abständen ein größeres Fenster gab.
Waschküche? Was sonst?
Höchstens noch Entlüftung der Gasheizung. Oder Fluchtweg.
Anne ging schneller. Sie ahnte, dass Markowski sie gelinkt hatte. Und richtig. Vor dem zweiten größeren Kellerfenster blieb sie stehen. Es stand groß offen. Einen Handeindruck und mehrere Schuheindrücke erkannte sie. Und das Profil zeigte die bekannten und so oft verfluchten Sohlen von Springerstiefeln.
Die Schuhspuren führten hinüber zu den Garagen, hinter denen sie die Hellberge erahnen konnte.

Kapitel 3

52

Auf seiner Zwei-Euro-Armbanduhr war es genau elf, als Helle seine Schwalbe auf dem Gehweg vor der Bürgerbank aufbockte. Mit diesem Schmuckstück von Moped musste er doch einfach pünktlich sein. Besonders heute.
Er stutzte.
Scheiße, Mann, zwei Minuten zu früh. Er blieb abwartend auf dem Moped sitzen. Dieses Mistding von Uhr ging immer vor. Leider vergaß er das, wenn er aufgeregt war. Dabei hatten sie am Morgen alles genau besprochen. Sie waren richtig aufgekratzt gewesen. Erst recht, als Marke von diesen dämlichen Bullen erzählt hatte. Aber zum Glück war er ihnen entwischt.
Helle hatte zu Hause eine frische Unterhose und neue Socken angezogen. Das T-Shirt von gestern und vorgestern ging noch. Dann hatte er sich seinen Ein-Strich-kein-Strich-Tarnanzug übergezogen, der aus NVA-Beständen stammte und den er letztes Jahr auf dem Pferdemarkt in Gutengermendorf billig geschossen hatte. Über dem Tarnanzug trug er noch die alte speckige Schlossermontur. Das hatte ihm Marke geraten, weil man die, wie er meinte, anschließend einfach wegwerfen konnte.
Gern hätte er seine neuen Schnürschuhe angezogen. Sie sahen fast aus wie Markes Springerstiefel. Aber sie waren ihm definitiv zu schade gewesen zum Wegwerfen. Also hatte er wieder die alten Gummistiefel aus dem Stall geholt. Warm hielten die zwar nicht, aber es war ja nicht weit über die Feldwege bis Zehdenick und später wieder zurück. Genau fünfundzwanzig Minuten jeweils. Das konnte er aushalten.
Als er fertig angezogen war, hatten sie nur noch darauf ge-

wartet, dass Opa zum Friedhof ging. Marke im Stall und er selbst in seinem Zimmer.

Und nachdem er Marke zum Bunker gebracht hatte, wo seine Cross-Maschine stand, hatte er sich entschlossen, noch schnell seinen Pullover überzuziehen, der auch noch von der NVA stammte. Fünf Grad sind auf dieser Maschine eben nicht fünf Grad, sondern fast minus fünf. Obwohl es erst Anfang November war. Und zuletzt hatte er so gebummelt, dass er sich beeilen musste, um nicht zu spät zu kommen.

Helle sah sich unauffällig um. Mit dem an einer Stelle schon geplatzten uralten Motorradhelm auf dem Kopf und der passenden Brille vor den Augen war das nicht ganz einfach. Das Plaste der Brille war schon ziemlich zerkratzt und hätte heute die Sonne geschienen, wäre es bis hierher ein einziger Blindflug geworden. Drohnenmäßig und ungesteuert im letzten Stück sozusagen, überlegte er und lachte in sich hinein.

Der Zehdenicker Marktplatz jedenfalls war bei diesem Mistwetter fast menschenleer. Nur hinten in der Seitenstraße zur Kirche rannte jemand auf dem Gehweg entlang und stolperte. Irgendwas flog durch die Luft und blieb liegen. Die Gestalt, von der Helle nicht hätte sagen können, ob Männlein oder Weiblein, verschwand im Schuhladen. Helle kicherte immer noch, als sie längst den Laden betreten hatte.

Abrupt brach sein Kichern ab. Was belustige ich mich hier eigentlich? Gleich soll es losgehen.

Er sollte lieber beobachten, ob von irgendwoher Gefahr drohte. Hatte er denn gar keinen Schiss, dass etwas schiefgehen könnte? Doch. So viel, dass er am liebsten seine Maschine anwerfen und davonfahren würde. Dann doch lieber ablenken und in sich hineinkichern.

Nebenan beim Fleischer war niemand. Helle drehte den Kopf

zur anderen Seite. Drüben in der Apotheke waren Schatten hinter der Scheibe zu erkennen.

Er wischte das Wasser von der Brille und schaute wieder auf seine Uhr. Fünf nach. Scheiße. Voll Gülle! Und es hatte doch unbedingt dieser Donnerstag sein müssen, und zwar Punkt elf. Plötzlich hörte er das, worauf er gewartet hatte. Marke war im Anflug. Endlich. Wozu sprach man sich ab, wenn hinterher doch jeder machte, was er wollte?

Als Marke ihm von hinten auf den Helm klopfte, stieg er ab und drehte sich zu ihm um. Ohne die Geländekarre, die vorgestern noch kaputt im Bunker gestanden hatte und auch sonst kein wirkliches Schmuckstück war, hätte er ihn gar nicht erkannt, zumal Nase, Mund und Kinn mit einem Schal verdeckt waren. Daran hatte er selbst nicht gedacht, aber man würde ihn schon nicht erkennen.

„Dann los, Alter, oder hast du Schiss?", fragte Marke und schlug ihm noch einmal auf den Helm.

Ja. Hatte er. Obwohl es sein Plan war. Er schüttelte den Kopf.

„Waffe dabei?", war Markes nächste leise Frage.

Klar hatte er sein Messer mit und nickte. Dabei zog er es ein Stück aus der Hosentasche. Markes Blick war geringschätzig. Er öffnete den Reißverschluss seiner echten Bundeswehr-Tarnjacke ein wenig, griff hinein und hielt die Hand so, dass nur Helle sehen konnte, was in Markes Innentasche steckte.

Etwas Mattschwarzes. Helle erkannte es wieder. Sie hatten es in der Kassette gefunden, zusammen mit ein paar Hundertern, von denen Marke sich einen neuen Reifen gekauft hatte.

„Marke, bist du verrückt? Du willst doch nicht damit herumballern? Das war so nicht abgemacht."

„Dann hast du also doch Schiss, Schleimi." Marke trat dicht an ihn heran. „Aber glaub nicht, dass du jetzt noch einen

Rückzieher machen kannst, du Waschlappen. Los jetzt. Du gehst vor mir her. Sonst bist du der Erste, der heute eine Kugel verpasst bekommt. Hast du mich verstanden?"

Am liebsten hätte er Marke eins in die Fresse gehauen. Er war wütend, aber die Angst überwog.

Hätte er die Knarre bloß weggeworfen. Was, wenn Marke ernst machte? Helle traute ihm alles zu, auch dass Marke ihn einfach niederschoss, wenn ihm nicht in den Kram passte, wie die Sache lief. Er hätte sich nie darauf einlassen sollen, das mit Marke zusammen durchzuziehen. Andererseits: Allein wäre er spätestens jetzt umgedreht.

„Los jetzt! Du gehst vor! Los!", zischte Marke und gab ihm einen Schubs. Er stolperte rückwärts und hätte sich beinahe auf den Hintern gesetzt. Dann fing er sich und rückte seine Umhängetasche zurecht, wie auch Marke sich eine umgehängt hatte.

Helle schaute hoch zum Eingang der Bürgerbank. Ein Opa kam heraus, mit Oma im Schlepptau. Er kannte die beiden aus Klein-Mutz und hätte beinahe gegrüßt. Aber er biss sich auf die Lippen und hoffte, dass Oma und Opa nach links zum Fleischer gingen. Aber sie kamen ihm entgegen.

„Na, Jungs, ihr seht ja aus, als würdet ihr die Bank ausrauben wollen." Opa lachte. „Aber seit der Finanzkrise ist da nichts mehr zu holen. Haut bloß ab."

Der Opa hob den Stock, als wollte er damit seinen Worten Nachdruck verleihen und ihn schlagen. Vorsichtshalber wich Helle einen Schritt zurück und spürte sofort Markes Pistole in seinem Rücken. Oma und Opa benutzten den Handlauf an der Hausseite und stiegen langsam herunter.

Der Pistolenlauf in Helles Rücken schmerzte mehr und mehr. Aber er setzte den Fuß erst auf die unterste Stufe, als die beiden an ihnen vorbeigegangen waren.

Marke blieb immer dicht hinter ihm, als er mit zittrigen Knien Stufe für Stufe nahm. Sein kurzes Zögern an der Eingangstür wurde erneut mit einem Stoß in den Rücken bestraft. Dann waren sie drin und nun gab es wirklich kein Zurück mehr.

Waren es zwei Stunden oder nur zehn Minuten später, als Helle auf seiner Schwalbe durch Seitenstraßen in Richtung Klein-Mutz raste? Er hätte es nicht sagen können. Er wusste nur eins: Marke würde nicht zum Versteck kommen. Nie, nie wieder!

Beinahe wäre er an der Stelle vorbeigefahren, wo er auf den Feldweg abbiegen musste. Verzweifelt wischte er sich die Tränen unter der Motorradbrille ab. Dann gab er wieder Vollgas. Aus der Ferne hörte er Polizeisirenen und die eines Krankenwagens. Aber bis Klein-Mutz hatte ihn niemand angehalten und jetzt war es zu spät. Nun würden sie ihn nicht mehr erwischen.

„Maaarke! Scheiße, Scheiße!", schrie er laut, schlug auf den Lenker und wäre beinahe kopfüber in einem Schlagloch gelandet, von denen es nach Osterne viele gab.

In seinem Kopf ging alles durcheinander. Er wusste nicht, ob er wütend oder erleichtert sein sollte. Oder traurig. Der Schweiß von der Aufregung lief ihm auch jetzt noch unter dem Helm hervor. Der poröse Gummi, der die Brille früher abgedichtet hatte, hielt ihn nicht mehr auf. Die Augen brannten und trotzdem lauschte er immer wieder auf Markes Cross-Maschine. Aber da waren nur Sirenen.

Den Motor von Markes Geländekarre würde er nie wieder zu hören bekommen.

53

Hagen Brandt stand mitten auf seinem Hof und lauschte. Sirenen drüben auf der Landstraße nach Zehdenick. Was das wohl wieder zu bedeuten hatte? Jedenfalls kein Brand. Nicht über Mittag.

In Mühlhof aber war es still geworden, seit die Kiesgrube geschlossen hatte. Nicht einmal ein Hund bellte und Autoverkehr gab es hier sowieso nicht.

Es musste elf Uhr durch sein. Da war man entweder in die Stadt arbeiten gefahren oder bereitete das Mittagessen vor. Vielleicht abgesehen vom letzten Haupterwerbsbauern des Dorfes, der bestimmt mit seinen Tieren oder dem Reparieren der Maschinen zu tun hatte. Auch bei dem Bio-Hof unten an der Ecke herrschte Ruhe. Die Schafe waren auf der Weide, die Kinder in der Schule oder in der Kita. Die Schlachtzeit kam erst im Winter. Soweit war es noch nicht.

Dann erinnerte er sich an dieses Pärchen. Noch keine acht Wochen war das her, aber warm wie im Sommer. Er hatte es sich auf der Obstbaumwiese gemütlich gemacht, da hatte er sie gesehen. Beide aus Mühlhof und beide verheiratet, nur nicht miteinander. Sie hatte ihn in die Büsche gezogen, die hinter dem Zaun standen. Und er lag kaum fünf Meter entfernt. Zehn Minuten später hatte er einen heftigen Hustenanfall bekommen und sie waren erschreckt auseinandergestoben. So ging das in Mühlhof zu. Schön eigentlich. Die Kraatzer müssten neidisch sein.

Grinsend wendete er die Grillwürste. Es war eine Schnapsidee der Frauen gewesen, heute grillen zu wollen, und er musste das nun ausbaden. Typisch. Aber wenigstens hatten sie ihn mit Genehmigung des Chefarztes nach Hause entlassen. Hagen hasste Krankenhäuser. Zu viele Wochen und Monate seines Lebens hatte er bereits dort verbracht.

Der hohe Besuch – Amtsdirektor und Bürgermeister – war gerade wieder gegangen. Zum Essen hatten sie nicht bleiben wollen, obwohl der Bürgermeister sehnsüchtig zum Grill geschielt hatte.

Hagen nahm einen weiteren Zug von seiner Zigarette, trank einen Schluck Bier gleich aus der Flasche und betrachtete schmunzelnd die neue, verglaste Stalltür. Links neben der Tür hing seit dem Sommer ein neues Schild: *Community-Stall.* Carla hatte es kreiert. Und über der Tür war heute ein neues dazugekommen, auch von Carla: *Hagen hat Geburtstag.*

Die anderen Dreiviertel ihrer WG *Hagens Kommune*, wie Silke sie am Tage ihrer Heimkehr betitelt hatte, waren lautstark mit dem Tischdecken beschäftigt.

„Carla, lässt du mir einen Schluck übrig?", rief Silke drinnen und erhielt ein Lachen zur Antwort. Die erste Flasche Weißwein war längst alle und die zweite in Arbeit.

Wie soll das heute nur enden, fragte er sich zum wiederholten Mal. Bloß nicht so, wie es damals im Mai angefangen hat: mit einer sogenannten Verschwesterungsfeier.

Silke kam vor die Tür und trat lächelnd an ihn heran. „Bist du sicher, dass du das heute Abend aushältst?" Sie gab ihm einen langen Kuss, der nach Wein schmeckte.

Seit er wieder zu Hause war, wuselte sie ständig um ihn herum. Irgendwas schien bei ihr Klick gemacht zu haben. So nach dem Motto *Wir sind die nächste Generation, die in den Traueranzeigen zu lesen ist.*

Was ja auch irgendwie stimmte. Wenn man über fünfzig ist, kommen die Einschläge langsam näher.

„Hagen? Was ist?"

Er schüttelte den Kopf und lachte. „Nichts. Ich fürchte, dass ihr nicht lange durchhaltet, wenn das so weitergeht."

Sanft strich er über ihr Gesicht, auf dem sich die Fältchen um Augen und Mund inzwischen etwas schärfer abzeichneten, was nicht am Alter lag. Silke hatte abgenommen, denn sie joggte wieder oder fuhr extensiv Fahrrad. Er wusste nur nicht, ob aus Kummer oder Lebenslust. Die Haare hatte sie sich auch abgeschnitten und sah nun wieder aus wie eine abtrainierende Leistungssportlerin aus DDR-Zeiten, deren Name ihm nicht mehr einfiel. Aber egal. Jedenfalls gefiel sie ihm, wie sie war und zwischen ihnen lief es seit ihrer Rückkehr so gut wie nie zuvor.

„Hey, wehe euch, wenn ihr die Würste anbrennen lasst, ihr Turteltäubchen", rief Carla von drinnen.

Hagen riss sich von Silke los und kümmerte sich um den Grill. Das war gerade noch gut gegangen. Die Würste waren kräftig braun.

Von der Hofeinfahrt her schreckte ihn ein krächzendes Hupen auf. Knut kam mit seinem Hühnerschreck. Im Anhänger rumpelten Apfelstiegen.

„Ich muss doch schauen, ob alles seine Ordnung hat", rief Knut lachend. „Bin hier immerhin der ehrenamtliche Hausmeister."

Er hatte wohl Hagens Grinsen bemerkt. Aber nicht nur Hagen wusste, dass Knuts Interesse nicht so sehr der Ordnung galt, sondern eher auf Carla zielte. Carla hatte in dem halben Jahr, das sie hier wohnte, dank Hagens fleißigem Werben sogar ein paar Bilder verkauft, so dass das Arbeitsamt nun weitere Zahlungen verweigerte. Zwischen Carla und Hagen war eine wirkliche Freundschaft entstanden.

Schwierig wie immer war es allerdings mit Anne. Er spürte, wie sie sich nach und nach von ihm zurückzog. Es wunderte ihn nicht. Hatte er sie doch fallen gelassen wie eine heiße Kartoffel, als Silke zurückgekehrt war.

Natürlich hatten sie sich wie erwachsene Menschen benommen und sich ausgesprochen. Sie hatten sich versichert, Freunde bleiben zu wollen. Das war aber nicht so einfach, wenn Anne ihn liebte und nicht von ihm lassen konnte.

Hagen sah Anne im Hintergrund des Partyraums stehen. Sie sah müde aus. Natürlich. Schließlich hatte sie nur drei Stunden geschlafen. Trotzdem bemühte sie sich, es nicht zu zeigen. Jetzt klingelte gerade ihr Handy. Er sah, dass ihre strahlende Laune, aufgesetzt oder nicht, sofort wie weggeblasen war. Das Gesicht verfinsterte sich, noch bevor sie wusste, wer da störte. Doch auch Hagen ahnte, dass es Arbeit für sie gab. Die Sirenen vorhin, erinnerte er sich.

Als sie ihr Handy wieder einsteckte, sah sie ihn traurig an.

„Tut mir leid, Hagen, aber ich muss los. Großeinsatz. Bankraub bei der Bürgerbank in Zehdenick. Da kann ich nicht tun, als ob es mich nichts anginge."

„Ein Bankraub in Zehdenick? Die gehen doch dort sowieso immer in die Hose. Dass sich da noch einer traut? Erstaunlich. Hat nicht eine Oma mit ihrer Handtasche die letzten Räuber in die Flucht geschlagen? Ach ja, und dann war da noch der, der anschließend mit dem Geld bei der gleichen Bank seinen Kredit begleichen wollte. Schon krass."

„Jedenfalls muss ich hin. So oder so."

Hagen verstand das. Sie hatte ihm vorhin kurz berichtet, was sie erreicht hatten und wie dieser Markowski ihnen entwischt war. Das war einfach Pech. Aber jetzt lief ja die Fahndung und der junge Mann würde nicht weit kommen. Egal ob mit oder ohne Motorrad.

„Willst du mitkommen?", fragte sie plötzlich.

Es klang in seinen Ohren, als hätte sie ihn gefragt, ob er sein Geburtstagsgeschenk nicht auspacken wolle. Trotzdem schüttelte er den Kopf.

„Bin in Rente", antwortete er und wendete die Würste.

„Aber ich habe Wein getrunken."

Und ich Bier, sagte seine innere Stimme. Doch Annes Augen bettelten müde.

„Ja, genau. Wie kommst du denn sonst nach Zehdenick bei dem vielen Wein, den du getrunken hast?", fragte er und war schon unterwegs zur Haustür, um den Autoschlüssel zu holen.

„Ich bringe Anne nur hin", rief er den anderen zu.

„Aber wehe, du kommst nicht wieder", rief Silke ihnen hinterher, als sie schon auf dem Weg zum Auto waren.

„Dann feiern wir eben morgen!", rief er zurück und stieg ein.

54

Hagen fuhr von der Marktstraße her auf den Marktplatz. Sein alter Astra schlitterte etwas, als er auf das Kopfsteinpflaster einbog, obwohl er es tatsächlich geschafft hatte, für den TÜV die längst fälligen neuen Reifen zu besorgen.

Auf dem Marktplatz war die Hölle los. Bei den vielen Schaulustigen hätte sich sogar eine Würstchenbude rentiert.

Anne sprang hinaus, er folgte ihr dicht auf dem Fuße. Sie drängelten sich durch die Menschentraube, die von drei im Halbkreis aufgestellten Streifenwagen zurückgehalten wurde. In der Mitte lag ein Motorrad auf dem Pflaster, davor ein mit einem Tuch abgedeckter toter Mensch und davor stand ein Trabant, wie er ihn selbst einmal gefahren hatte.

Der Polizist, der die Schaulustigen immer wieder zurücktrieb, war Olli, den er bereits von früheren Einsätzen her kannte und der ihm jetzt mit grimmigem Gesicht entgegensah.

„Hagen, was willst du hier?", schnauzte Olli ihn an. So kannte Hagen ihn gar nicht.

„Hallo, Olli. Entspann dich, ich bin nur als Chauffeur hier. Ist Stan ...?" Er unterbrach sich, als Olli ihn wild anschaute.

„Ist Stan etwas passiert?", fragte er leise.

Olli schlug die Augen nieder. Dann schaute er ihn wieder an.

„Er wollte nur schnell Geld holen ... Geh rein, Hagen, und finde den zweiten Gangster. Du kannst doch so was."

Als er näher an Olli herantrat, sah er, dass es feucht auf Ollis Wangen glitzerte. Hagen legte ihm die Hand auf die Schulter, als Olli sich von ihm abwandte.

„Ist Stan ...?"

Ollis Kopfschütteln sagte das Wichtigste.

„Als die SMH losfuhr, lebte er noch. Wahrscheinlich Lungenschuss", sagte er tonlos und drehte sich zu ihm um. Dabei musste er wohl bemerkt haben, dass die Gaffer wieder einen Schritt näher gekommen waren. Plötzlich zog er seine Dienstpistole, hielt sie in Kopfhöhe und ging auf die Zuschauer los. Dabei brüllte er: „Ich habe gesagt, ihr sollt verschwinden? Haut ab hier. Verschwindet!"

Hagen war augenblicklich an seiner Seite und nahm Olli die Pistole ab. Dann drängte er ihn langsam zurück.

Von der Seite her kam Herbert, der Hunde- und Streifenführer, angerannt.

„Komm, Olli, das bringt es nicht. Setz dich hier hin und beruhige dich." Zusammen mit Herbert setzte er Olli auf die Treppe, die zur Bank hoch führte.

„Kommt noch Verstärkung?", fragte Hagen nun.

Herbert nickte. „Müssen gleich da sein, auch ein zweiter Krankenwagen."

„Gut, bleib bei Olli." Er reichte Herbert Ollis Dienstwaffe

und richtete sich auf. Die Gaffer blieben jetzt auf Abstand. Ein junger Polizist machte sich daran, mit Flatterband den Tatort abzusperren. Das wurde aber auch Zeit.

Hagen musterte die Schaulustigen. Er schaute in jedes einzelne Gesicht und würde keines davon in nächster Zeit wieder vergessen. Es konnte wichtig sein, wenn sie Zeugen suchten. Olli hatte auch etwas von einem zweiten Täter gesagt. Vielleicht stand der in der Menge und verriet sich. Es wäre nicht der erste Täter, der, in der Menge verborgen, den Fortgang der Ermittlungen miterleben wollte. Und er wäre auch nicht der erste, den man dabei erwischte.

Langsam schritt er die Absperrung ab. Es waren viele ältere Leute dabei, die vielleicht nichts Besseres zu tun hatten. Auch einige aus dem Rathaus, die er vom Sehen kannte. Junge Leute waren nicht dabei. Hagen fand das merkwürdig. Entweder wollten sie ihre Neugier nicht so deutlich zeigen oder sie waren heutzutage nicht mehr neugierig. Vielleicht saßen sie aber einfach in der Schule oder gingen einer Arbeit nach. Schade. Gerade auf die Jungen hatte er es abgesehen.

Ganz vorn stand ein mittelgroßer, ziemlich dicker Mann um die Fünfundfünfzig mit lichten grauen Haaren, der ihm zulächelte. In jeder Hand trug er eine Flasche Cola. Hagen kam er bekannt vor und nickte zurück. Der große schlanke Mitvierziger neben ihm schien sich für nichts anderes zu interessieren als für sein Smartphone. Über die Schulter gehängt trug er ein Instrument, anscheinend eine Gitarre. Unter der Pudelmütze lugten kurze blonde Haare hervor. Hagen blieb vor den beiden stehen und zückte seinen Notizblock.

„Haben Sie Fotos gemacht von dem Überfall?" Hagen schaute die Pudelmütze an.

„Nein, ich war zu spät dran. Aber der dort unterm Tuch, der

kam mir vorhin bekannt vor."

Hagen ließ sich die Personalien geben. Inzwischen hatte der mit den Cola-Flaschen angefangen zu reden:

Ja, er habe so was schon einmal erlebt. Damals in den Achtzigern. Da hatte ...

Hagen hörte nicht mehr zu und ging weiter.

Eine etwas rundliche Frau mit langen dunklen Haaren und karierter Jacke hob die Hand. „Hier, ich", rief sie. „Ich war gerade im Rathaus, als es passierte, und stand dort oben am Flurfenster. Da kamen die beiden herausgerannt und sprangen auf ihre Mopeds."

Vor dem Bauch trug sie eine Kiste mit kleinen Kräutertöpfen, die bedrohlich schaukelten. Doch die Frau ließ sich nicht beirren und gestikulierte weiter.

Er ließ sich ebenfalls die Personalien geben und sah dann zu dem Mann mit der Pudelmütze.

Sie bemerkte wohl seinen Blick. „Ja, das ist mein Mann. Aber wissen Sie, wenn sich die Lehrer mehr kümmern würden ..."

Er bedankte sich und steckte seinen Block weg, als er sah, dass Anne die Treppe von der Bürgerbank herunterkam.

„Hagen", rief sie und winkte. „Komm, wir sehen uns den Toten an. Es pressiert mal wieder. Niemand anderes ist verfügbar", sprudelte es aus Anne heraus, die sich darüber zu freuen schien.

„Bitte, Hagen", sagte sie, als er ihr nicht folgte und auch nicht glücklich aussah. Gerade war ihm seine Geburtstagsparty eingefallen.

„Ich soll dich vom Kripo-Chef grüßen, der gerade auf Knien vor dir herumrutscht. Seine Worte."

„Verstärkung? Das übliche Team?", fragte er zurück, ohne erst lange zu überlegen.

„Ja, Jonas und Fernando sind schon auf dem Weg. Sie sind noch nicht soweit, das allein bewältigen zu können, sagt von Meerbusch, und mit Bernd Schimmel will er sich nicht belasten und dich nicht belästigen."

„Nett von ihm." Hagen erinnerte sich noch gut an den Vernehmer Schimmel, der ihn selbst eingebuchtet hatte, weil ihm kein anderer als Mörder eingefallen war.

„Gut, dann machen wir uns mal an die Arbeit. Hat sich der Arzt den Toten schon angeschaut?"

„Nein, er hat nur kurz untersucht, ob er auch wirklich tot ist, und sich dann lieber um Stan gekümmert. Stan hat gute Chancen. Die Wache hat gerade angerufen und das gesagt."

Hagen machte auf der Stelle kehrt und lief zu Olli, der immer noch auf der Treppe saß und anscheinend unter Schock stand. Er setzte sich neben ihn.

„Stan wird wieder", sagte er leise. „Das Krankenhaus hat angerufen."

Olli schaute auf. „Wirklich?"

Hagen nickte und klopfte Olli auf die Schulter.

„Sie operieren gerade."

Letzteres war zwar gelogen, aber besser das, als einen weinenden Kollegen, der glaubt, seinen besten Freund verloren zu haben.

„Wenn die Verstärkung da ist, kannst du zum Krankenhaus fahren." Er klopfte noch einmal Ollis Schulter und stand auf. Anne beugte sich gerade über den Toten und zog das Tuch weg. Man konnte auf den ersten Blick erkennen, dass der Kopf Matsch war.

„Scheiße!" Anne fuhr sichtlich vor dem Leichnam zurück. Hagen schob den Kopf vor und schaute sich den Toten genauer an. Ein junger Mann, ziemlich groß und sehr muskulös.

Der Tarnanzug gab ihm ein militärisches Aussehen. Es war einer der Typen, die man gern als Türsteher in Bars anstellte. An seiner Seite hing eine Umhängetasche, aus der Geldscheine quollen. Türsteher und Kassierer, ging es ihm durch den Kopf, er konnte aber nicht lachen darüber.
Hagen wandte sich wieder Anne zu. Ihr Gesicht war bleich, wirklich bleich.
„Was ist, Anne? Kennst du ihn?", raunte er ihr ins Ohr.
Sie nickte langsam und sagte dann tonlos: „Markowski."

55

„Scheiße", sagte Hagen Brandt und in seinem Kopf begannen sich Bilder zu bewegen. Es war, als fixiere er einen Pflasterstein direkte neben dem toten Jungen und der Junge beginne sich zu bewegen. Siehst du nun, sagte der Junge, dass mein Leben von Anfang an verpfuscht war? Hast du mir kein besseres gegönnt? Hagen schüttelte den Kopf und riss sich los.
Aber hatte er selbst nicht vor zwei Tagen behauptet, dass sie sich bald besseren Erwerbsquellen zuwenden würden?
Ja. Das hatte er. Und trotzdem durfte niemand Anne irgendwelche Vorwürfe machen von wegen: Hättest du ihn nicht entkommen lassen … „Anne?", sprach er sie an, um sich selbst und sie aus ihrer Starre zu lösen.
Langsam wandte sie den Blick von der Leiche ab und sah ihn an. In ihrem Blick waren Trauer und völliges Unverständnis. Schock!
„Anne, du kümmerst dich jetzt bitte um die Leiche, das Moped und das Auto, bis die Verstärkung da ist. Ich übernehme drinnen. Wo ist eigentlich der Trabbi-Fahrer?", fragte er.
Er hatte keine Wahl: Er durfte keine Schwäche zeigen. Wenn sie jetzt zusammenklappte, gab es keine Alternativen.

„Anne?", fragte er noch einmal, als sie nicht gleich reagierte.
Sie wies mit dem Kopf zum Eingang der Bankfiliale.
„Jörg passt auf, dass die Zeugen nicht wegrennen. Sind alle drinnen. Und keine Sorge: Ich schaffe das."
Doch ihre Körpersprache sagte ihm etwas anderes.
Er blieb hinter ihr stehen, um sich zu vergewissern, dass sie es aus eigener Kraft schaffte, ihre Zweifel beiseitezuschieben. Anne war in die Hocke gegangen und untersuchte die Taschen des Toten. Jetzt war sie wieder Profi und er konnte sich seiner selbstgestellten Aufgabe widmen.
Eben wollte er sich abwenden, als sie eine Pistole aus einer Jackentasche zog. Sie hielt sie kurz hoch, um sie ihm zu zeigen, und roch dann daran.
„Ist benutzt worden. Vor kurzem erst", erklärte sie und verpackte die Pistole in einer Plastiktüte.
Und wieder bewegte der Junge sich. Er hob die Pistole und zielte auf ihn, wobei er das falsche Auge schloss. *Peng*, sagte er und erstarrte wieder.
Anne drehte den Toten auf die Seite und zog die Umhängetasche unter dem Körper hervor. Einige Geldbündel fielen heraus, die noch mit Banderolen zusammengehalten wurden. Als sie anfing zu fotografieren, wandte er sich endgültig ab und ging auf den Eingang der Bank zu.
Noch einmal glaubte er hinter sich das *Peng* zu hören.
Drinnen sah es ein wenig so aus, als sei eine Geiselnahme in vollem Gang: Sechs oder sieben Frauen saßen an den Wänden auf dem Fußboden. Sie unterhielten sich leise.
Gerade als er den nächsten Schritt in den Bankraum hinein machen wollte, tauchte Jörg Butterbrod, der Wachenleiter, neben ihm auf und hielt ihn am Ärmel fest. Er wies auf den Boden. Direkt vor Hagen befand sich eine kleine Blutlache.

Hat es hier Stan erwischt?, ging es ihm durch den Kopf. Mit einem großen Schritt trat er darüber hinweg und schüttelte neue Bilder ab.

„Warum sitzen sie dort an der Wand, Jörg?", fragte er leise.

„Sie wollten das so, um keine Spuren zu vernichten. Die Chefin sitzt auch da."

Jörg zeigte auf eine Frau um die Vierzig, die in ihrem grauschwarzen Kostüm aussah, wie das Musterbeispiel einer Bankerin. Und hübsch war sie außerdem, trotz ihres starren, verschlossenen Gesichts.

„Das ist Irene Meister. Ich habe schon kurz mit ihr gesprochen."

„Gut. Danke, Jörg. Hast du die Namen und Adressen der Mitarbeiterinnen?"

Jörg nickte.

„Dann schicken wir sie jetzt am besten nach Hause."

Hagen wandte sich an die Frauen am Boden: „Bitte, meine Damen, sie können sich erheben. Ich habe nur eine einzige Frage: Hat jemand von Ihnen einen der Täter erkannt?"

Er schaute von einer zur anderen. Alle schüttelten den Kopf. Nur die Filialleiterin sah weiter geradeaus.

„Dann können Sie jetzt nach Hause gehen. Bitte seien Sie morgen um acht wieder hier. Wahrscheinlich können Sie dann wieder öffnen. Auf jeden Fall wird jemand kommen und Ihre Aussagen protokollieren. Entweder heute Nachmittag bei Ihnen zu Hause oder eben morgen Vormittag. Frau Meister, Sie bleiben bitte."

Es entstand ein kurzes Chaos, bis jede ihre persönlichen Sachen hatte. Dann trat Ruhe ein.

„Frau Meister, können wir …?"

„Herr Brandt", unterbrach sie ihn und gab ihm die Hand,

„können wir vor die Tür gehen? Ich muss jetzt rauchen."
„Sicher. Am besten hinten raus." Er ließ sie vorgehen.
Dann standen sie nebeneinander draußen auf dem kleinen Hof, lehnten gegen die Hauswand und rauchten.
„Vielleicht die beiden wichtigsten Sachen zuerst", sagte sie nach einer kurzen Pause. „Der Eine, nicht derjenige der draußen liegt, wollte nicht mitmachen. Man hat es deutlich gesehen und Sie werden sicher der gleichen Meinung sein, wenn Sie die Aufzeichnungen der Überwachungskamera gesehen haben. Er wurde hereingeschubst und stand dann zitternd an der Seite, bis ihn der Andere aufgefordert hat, das Geld in die Taschen zu packen."
„Gut, und das Zweite?"
„Wir hatten 180.000 Euro im Safe, mehr als dreimal so viel wie sonst. Vielleicht Zufall, vielleicht auch nicht."
Sie nahm zwei hastige Züge.
„Ein Herr wollte sich seine Ersparnisse auszahlen lassen. Das Geld sollte heute Nachmittag bereitliegen."
Hagen nickte langsam. Das waren wirklich wichtige Informationen, die ihm vielleicht helfen konnten, den anderen Täter zu finden.
„Warum wurde kein Alarm ausgelöst und was war mit dem Polizisten?" Er wusste, dass man nicht zwei Fragen auf einmal stellen sollte, aber immer wenn er sich die Szene vorzustellen versuchte, sah er als Erstes Stan zu Boden sinken. Getroffen von einer Pistolenkugel.
„Die haben uns, das muss ich zugeben, auf dem falschen Fuß erwischt. Weil nichts los war, hatten wir nur einen Schalter besetzt. Bis auf Frau Kunzmann, die am Schalter stand, saßen alle im Aufenthaltsraum. Wir wollten die Urlaubsplanung für das nächste Jahr besprechen und zum Schluss fehlte nur noch

Frau Kunzmann. Ich ging nach vorn und fragte von der Tür nach ihrer Planung. Sie kam mir mit einem Zettel auf halbem Weg entgegen. Niemand von uns war in der Nähe eines Alarmknopfes, als die beiden hereinkamen."

Sie hielt inne. Hagen sah, wie ihre Finger zitterten, als sie an der Zigarette zog und sie dann fallen ließ. Und er sah ihren Blick, mit dem sie ihn immer wieder streifte.

Ängstlich? Nervös auf jeden Fall. Versicherte sie sich, dass er ihr glaubte?

„Ganz in Ruhe, Frau Meister, ich glaube Ihnen. Möchten Sie noch eine Zigarette?"

Sie schüttelte den Kopf und steckte ihre Hände unter die Achseln, als würde sie frieren.

„Der Eine blieb neben dem Eingang stehen", erklärte sie dann, als hätte es keine Unterbrechung gegeben. „Der Andere hielt mir seine Pistole an den Kopf. Frau Kunzmann musste den Safe öffnen, der in meinem Büro steht. Den Aufenthaltsraum, wo kein Alarmknopf ist, hat er einfach abgeschlossen. Der Schlüssel hatte gesteckt.

Als wir das ganze Geld in die Taschen gepackt hatten, zwang uns der mit der Pistole wieder mitzukommen in den Schalterraum. Und als wir nach vorne kamen, stand dort dieser Polizist in der Tür. Der griff nach seiner Pistole, aber der Räuber schoss sofort."

Peng, sagte der Junge. Hagen sah wieder in der Pistolenmündung.

„Der Polizist fiel nach hinten und blieb liegen. Die beiden sind einfach an ihm vorbeigerannt nach draußen. Ich bin schnell zum Schalter und habe den Alarmknopf gedrückt. Dann hörte ich, wie Motorräder gestartet wurden und dann das Quietschen von Autoreifen und, ja, Lärm wie bei einem

Zusammenstoß."

Er nickte verstehend und war froh, dass ihm sein Gehirn nicht auch noch den Unfall zeigte.

„Frau Meister", sagte er dann ruhig. „Sie sind eine mutige Frau und Sie haben alles richtig gemacht. Machen Sie sich bitte keine Vorwürfe. Wir werden auch den anderen Räuber finden."

Sie hatte den Kopf gesenkt und starrte vor sich hin. Er sah, dass sie weinte und noch mehr zitterte. Von der Straße her hörte er wieder Sirenen.

„Kommen Sie, bitte." Er legte ihr den Arm um die Schulter. „Der Arzt ist da. Und dann rufen Sie Ihre Zentrale an, dass jemand kommt und nachher hier absperrt, wenn wir fertig sind. Kann Ihr Mann Sie abholen?"

Sie nickte, schüttelte kurz darauf den Kopf und presste ihr Taschentuch auf die Augen.

56

Der Kassenraum lag verwaist vor ihnen, als sie zur Hintertür hereinkamen. An der Vordertür stand noch Jörg, einer Statue gleich, Mobiliar, und gleich daneben saß ein älteres Pärchen wie verloren auf der Holzbank. Beide sahen blass aus. Opa drückte Omas Hand und sprach beruhigend auf sie ein.

Waren die vorhin auch schon da?, fragte er sich. Hatte er schon wieder diese Bildstörungen? Nein, solche Fragen hatte er sich früher nicht stellen müssen.

„Ich kümmere mich gleich um Sie. Nur einen Moment noch", sagte Hagen im Vorbeigehen und führte Irene Meister um die Blutlache herum.

Die Menschenmenge war nicht kleiner geworden, eher im Gegenteil. Hinter den Gaffern stand ein Krankenwagen und etwas abseits waren zwei Mannschaftswagen der Oranienburger Einsatzhundertschaft geparkt. Die jungen Polizisten hatten den Sperrkreis vergrößert.

Anne kniete immer noch neben der Leiche des Jungen und schien jetzt mit einem jungen Arzt zu diskutieren. Als der Arzt aufstand, erkannte ihn Hagen.

„Doktor Löwen", rief er und hob die Hand. Der Arzt kam ihm entgegen. Sie gaben sich die Hand.

„Ich habe hier eine Zeugin, die Ihre Hilfe braucht. Würden Sie sich bitte um sie kümmern?"

Der Doktor nickte.

Jemand rief aus der Menge: „Irene!"

„Ihr Mann?", fragte er die Filialleiterin.

Sie schüttelte den Kopf. „Ein Nachbar."

Hagen winkte, dass sie den Mann zu ihr durch ließen. Dann machte er kehrt und ging zurück in den Kassenraum. Das ältere Pärchen sah ihm erwartungsvoll entgegen.

„Mein Name ist ...", begann er und streckte der Frau die Hand entgegen.

„Wir kennen Sie doch, Herr Brandt", unterbrach ihn die Frau mit der zerknautschten Dauerwelle. Sie stand umständlich auf und zog auch ihren Mann hoch. Dann gab sie ihm die Hand.

„Wissen Sie, mein Mann und ich sind sozusagen Fans von Ihnen. Mein Mann hat jeden Zeitungsartikel ausgeschnitten seit dem vorletzten Sommer."

Nun gab er auch dem Mann die Hand. „Helbelt Müllel", nuschelte der und hielt sich dabei die Hand vor den Mund.

Aha, die Dritten sind kaputt, ging es Hagen durch den Kopf. Ein schlechtes Omen, wenn die Zeugen nicht reden können.

„Bitte, behalten Sie doch Platz", sagte Hagen und zog seinen Notizblock hervor. Als beide wieder saßen, hockte er sich vor sie auf den Boden und schaute sie prüfend an.

„Sind Sie beide heil geblieben? Es muss ja für Sie ein ziemlicher Schock gewesen sein."

„Aber ja", antwortete Frau Müller. „Uns ist nichts passiert. Wir waren schließlich angeschnallt. Ja, unser Trabant 1.6 ist zwar schon zehn Jahre alt, aber technisch auf dem neuesten Stand. Es ist eine Weiterentwicklung, wissen Sie? Ging nie in Serie. Nun, falls Sie das glauben: Schuld sind wir nicht. Nicht wahr, Herbert?"

Herbert schüttelte den Kopf.

„Nein, das glaube ich Ihnen gern. Aber darüber werden Sie später noch mit einem Kollegen reden müssen. Was mich jetzt interessiert: Haben Sie auch den anderen gesehen, der noch dabei gewesen sein soll?"

„Ja, den habe ich ganz genau gesehen. Sah aus, wie mein Herbert früher, als er noch jeden Tag zum Stall gefahren ist mit seiner Schwalbe."

„Chalbe, blau", nuschelte Herbert bekräftigend hinter seiner Hand. „Stulsshelm, glau. Motolladblille. Blaumann."

„Sie meinen so einen einteiligen Schlosseranzug?", hakte Hagen nach.

Herbert nickte. „Chlosselanzug, blau und dleckig."

Hagen schaute zur Seite, um den alten Mann nicht ansehen zu müssen. Dabei bemerkte er, dass etwas neben ihm glitzerte.

„Moment", sagte er, stand auf und ging zu Jörg an die Tür.

„Holst du mir bitte von Anne zwei Spurenkarten? Ich wäre beinahe hineingetreten."

Jörg verschwand und war gleich darauf zurück. Hagen legte ein Kärtchen neben die Blutlache und ging dann zurück zu dem Pärchen. Dort suchte er die Stelle, die geglitzert hatte, und markierte sie ebenfalls.

„Was ist das?", fragte Frau Müller und beugte sich neugierig nach vorn.

Hagen hob die Schultern. „Wenn niemand mit Blumenwasser geplempert hat, wird es wohl Urin sein."

Frau Müller zuckte zurück. „Mein Gott, und was machen Sie damit?"

„Das wird im Labor untersucht. Vielleicht hilft es, den Täter zu finden. Aber jetzt will ich Sie nicht weiter aufhalten. Ihre Anschrift habe ich ja. Jemand wird sich morgen bei Ihnen melden."

„Und mein Tlabbi?", fragte Herr Müller.

„Tut mir leid, aber es wird noch etwas dauern, bis Sie ihn mitnehmen können. Soll ich Ihnen ein Taxi rufen?"

„Nein, nein. Dann rufe ich lieber unseren Sohn an." Frau Müller stand auf und gab ihm die Hand. „Jedenfalls habe ich mich sehr gefreut, Sie persönlich kennengelernt zu haben."

Sie verabschiedeten sich und Hagen brachte sie hinaus. Dann trat er an das Geländer heran. Von hier oben hatte man einen guten Überblick. Er schaute in die Runde.

Noch immer das gleiche Bild: Zu seinen Füßen eine Menschenmenge wie beim Rockkonzert und mittendrin Anne im weißen Overall, inzwischen gut ausgeleuchtet von drei großen Scheinwerfern.

Es wurde Zeit, dass Anne Verstärkung erhielt – und er auch.

Sein Blick glitt die Häuserzeilen entlang. Im Erdgeschoss waren meist Geschäfte untergebracht, darüber Mietwohnungen. Dort könnten noch Zeugen zu finden sein. Obwohl er nicht recht daran glaubte, dass sich bei dem regnerischen Wetter jemand damit die Zeit vertrieb, aus dem Fenster zu schauen. Trotzdem winkte er den Einsatzleiter der Landeseinsatzeinheit heran und gab seine Anweisungen.

Dann drehte er der Menschenmenge den Rücken zu, steckte die Hände in die Jackentaschen und sperrte alles aus, was ihn ablenken konnte. Es war Zeit.

Gleich am Eingang des Kassenraumes blieb er vor der Blutlache stehen. Er dachte an Stan, mit dem zusammen er im letzten Jahr so viel erlebt hatte, dass für ihn der Eindruck entstanden war, es gäbe im Revier Gransee gar keine anderen Polizisten als ihn und seinen Kumpel Olli. Ein lustiger Vogel ist Stan gewesen und wird er hoffentlich auch wieder werden.

Mit Mühe verscheuchte er die Standbilder, die bei ihrem Auftauchen jedes Mal von einem Pistolenschuss begleitet wurden. Er wollte den ganzen Film.

Langsam ließ er die Szene vor seinem inneren Auge ablaufen, wie sie Irene Meister erzählt hatte: Die beiden Frauen auf halbem Weg zwischen Schalter und Hintertür. Zwei junge Männer stürzen herein, der vordere wird geschubst und bleibt links neben der Eingangstür stehen. Hat er sich vor Angst in die Hosen gemacht? Sie würden es bald wissen.

Der andere zieht seine Pistole und zwingt die Frauen, den Safe zu öffnen und ihnen das Geld herauszugeben, während er die anderen Mitarbeiterinnen kurzerhand einschließt. Als sie wieder in den Schalterraum kommen, steht ein Polizist in der Tür und greift zur Waffe. Der Räuber schießt, die Pistole faucht – Stan wird getroffen und bleibt verletzt liegen.

Noch einmal von vorn. Hagen ging in die Mitte des Schalterraums, dann nach hinten zum Büro. Wo war der Junge geblieben, als das Geld eingepackt wurde? Der nässende Junge passte irgendwie nicht zu dem gewaltbereiten Räuber. Wie sind sie zusammengekommen? Sie hatten offenbar Abstimmungsprobleme. Nein, keine Profis. Eher Amateure, die nach Versuch und Irrtum handeln. Aber das machte es nur noch schlimmer.

In welcher Stückelung war das Geld und waren zumindest einige Scheine registriert? Die genaue Beschreibung des flüchtigen Jungen brauchte er noch. Doch zuerst der Tote, überlegte Hagen. Er war die naheliegendste Spur zum Komplizen. Langsam ging er zurück in den Schalterraum. In der Eingangstür standen zwei dunkle Gestalten und schienen auf ihn zu warten. Im Gegenlicht des Eingang erkannte er sie nicht gleich. Noch ein Raubüberfall?

Sie machten im Gleichschritt einen Schritt nach vorn und blieben stehen. Zwei junge Männer in dunklen Anzügen mit dunklen Sonnenbrillen. Er blieb abrupt stehen und schaute demonstrativ zur Decke.

„Hagen, was suchst du?", fragte der große Schlanke. „Erkennst du uns nicht?"

„Doch, doch. Ich suche die Raumschiffe oder seid ihr nicht die *Man in black*?"

„Mist. Jonas, wir sind aufgeflogen. Hol dein Blitz-Dingsbums heraus."

Lachend begrüßten sie sich.

„Hey, Fernando, du bist aber groß geworden. Darf ich mal deine Sonnenbrille aufprobieren?", fragte Hagen lachend und umarmte Fernando Lucio, den Mann für den Außendienst. Dann schob er ihn weg und betrachtete Jonas Lück. Groß und etwas behäbig hatte er immer gewirkt und er war immer der ruhigere von beiden gewesen. Der Auswerter und Planer, der sich so in die Arbeit verbeißen konnte, dass er auf Fremde schon vertrottelt wirkt.

„Jonas. Siehst echt gut aus. Hast etwas zugelegt." Hagen blinzelte ihm zu.

„Stimmt, mir fehlt dein Harem", kam die prompte Antwort

und auch er blinzelte.

„Aha, da hat jemand geplaudert."

„Ja, Anne erzählt manchmal, was bei euch abgeht. Übrigens, herzlichen Glückwunsch."

Jonas zog eine einzelne rote Rose hinter seinem Rücken hervor, strahlte und spitzte die Lippen zu einem Küsschen.

Hagen trat übertrieben erschrocken zurück. Dann wurde er Ernst: „Schön, dass ihr da seid. Ich habe Arbeit für euch."

Schnell schaute er sich um und legte die Rose dann auf die Holzbank, auf der vor kurzem noch das alte Pärchen gesessen hatte. Dann erklärte er den beiden, was geschehen war, und machte mit ihnen einen Rundgang zu den einzelnen Schauplätzen.

Als sie wieder hinaustraten vor die Tür, schien es Hagen, als hätte die Welt sich verändert. Die Sonne war durch eine Wolkenlücke hervorgekommen und brach sich in den feuchten Steinen des Kopfsteinpflasters.

„Wir suchen also den zweiten Bankräuber mit der Hälfte des Diebesgutes. Fernando, du übernimmst die Gaffer und wenn du da nicht fündig wirst, geh ins Rathaus und klapper die Büros nach Zeugen ab. Die Einsatzeinheit habe ich in die Häuser rundum geschickt."

„Okay, Chef, bin schon weg", sagte Fernando, zückte sein Notizbüchlein und ging davon.

„Jonas, du kommst mit mir. Wir kümmern uns um den Toten."

Auf der Treppe kamen ihm zwei Gestalten in weißen Overalls entgegen, die er aus gemeinsamen Zeiten bei der Kripo kannte. Sie begrüßten sich, dann verschwanden die beiden in der Bank. Anne stand noch bei dem Trabant, schloss aber gerade ihren Spurenkoffer.

„Wir fahren jetzt zu Markowskis Eltern. Kannst du mir noch

sagen, er wohnt?", fragte er sie.

„Jonas weiß, wo. Ich muss rein."

„Warte mal." Hagen hielt sie am Arm fest. „Links neben dem Eingang hat sich vielleicht der zweite Täter in die Hosen gemacht. Ich habe ein Kärtchen hingelegt. Und wir fahren jetzt nach ...?"

„Osterne", antworte Jonas. Anne nickte.

57

Schwer atmend schob Helle sein Moped durch das hochgewachsene, inzwischen abgestorbene Unkraut. Das Ende des Plattenweges lag erst zehn Meter hinter ihm. Aber das Stück bis zum Bunker würde er auch noch schaffen.

Voller Wut schob er das Moped und wuchtete es zwischen hochgewachsenem Beifuß und nur unwesentlich kleineren Brennnesseln hindurch. Durch die Plastegläser seiner Motorradbrille sah er nur noch Schemen. Hastig riss er die Brille von den Augen und wollte sie wegwerfen. Doch das Gummiband war hinten am Helm befestigt und die Motorradbrille baumelte nun auf seinem Rücken.

Mit dem Ärmel des Overalls fuhr er über seine Augen, die von den Tränen brannten.

Die Betonplatte vor dem Bunker war schmierig nass. Er blieb kurz stehen und schaute nach oben in den Regen. Auf dem Erdbunker wuchs das gleiche Gestrüpp, wie ringsum. Brachland, um das sich seit 25 Jahren niemand mehr kümmerte. Zwischen Gras und Unkraut waren inzwischen Büsche und niedrige Birken gewachsen. Von dem militärischen Gerät, das früher in diesen Bunkern gestanden hatten, war nichts zurückgeblieben. Es gab nur noch eben diese Bunker, ein eingeschossiges Wachgebäude und die lückenhafte Betonmauer, die das Areal früher vor Eindringlingen und neugierigen Blicken geschützt hatte.

Er bockte das Moped auf und warf sich gegen das Schiebetor. Es ging so schwer, dass er es beinahe nicht geschafft hätte. Alle Kraft war aus ihm heraus geronnen.

Marke!, schrie es in ihm auf. Und wieder schossen ihm die Tränen in die Augen. Doch er wischte sie weg und schob sein Moped in den Bunker. Dort bockte er es wieder auf und brauchte dann noch einmal alle Kraft, um das Tor zu schließen. Es krachte überlaut und hallend, als der Torflügel anschlug.

Wie im Gefängnis, ging es ihm durch den Kopf. So krachen im Knast immer die Gefängnistüren – jedenfalls im Fernsehen. Ob Opa kommen und ihn frei kaufen würde? Seine Gedanken stockten. Nein. Opas Geld hatte er selbst ja jetzt. Jedenfalls etwa die Hälfte.

Seine Hand zitterte, als er über die Umhängetasche strich. Plötzlich packte ihn die Wut.

„Verdammte Scheiße. Marke, wieso musstest du auf diese Scheiß Idee mit der Pistole kommen! Warum?!"

Ohne die Pistole wäre alles anders verlaufen, da war er sicher. Nämlich so, wie er es Marke erklärt hatte. Wie es abgesprochen war.

Er zerrte an dem Tragriemen der Tasche. Wollte ihn sich über den Kopf ziehen. Doch der Riemen hing irgendwo fest.

Helle zerrte noch einmal wütend an der Tasche. Schrie auf dabei. Knallte mit dem Rücken gegen eine der Betonwände und rutschte langsam daran hinunter. Dann heulte er hemmungslos und es dauerte lange, bis er sich wieder beruhigt hatte.

Irgendwann irritierte ihn dieser merkwürdige Geruch.

Hatte Marke hier in die Ecke gepinkelt?

Dann erst spürte er die Feuchtigkeit seiner Hose und ekelte sich vor sich selber. Eingepisst wie ein Säugling! Vor Angst? Jedenfalls konnte er sich nicht erinnern, wann das passiert war. An den Überfall, an alles, was in der Bank passiert war, hatte er sowieso nur noch schemenhafte Erinnerungen.

Nur als Marke mit dem Kopf voran gegen das Auto krachte, an diese Szene erinnerte er sich genau und würde es sein Leben lang nicht vergessen.

Nein, ich will das nicht schon wieder sehen, dachte er und stand auf. Er musste sich ablenken.

Ob Marke hier noch eine Ersatzhose zu liegen hatte?

Er schaute sich im Bunker um, schlug die dreckigen Decken hoch. Aber er wusste eigentlich vorher, dass es hier keine gab. Er würde also noch ein Weilchen mit der nassen, stinkenden Hose herumlaufen müssen. Und wenn schon. Sie würde trocknen.

Viel wichtiger war, darüber nachzudenken, was er jetzt tun sollte. Sie hatten mehr Aufmerksamkeit erregt, als gedacht. Und sein Moped würde man wiedererkennen, wo er auch auftauchte. Doch das war ihnen schon vorher klar gewesen. Deshalb hatten sie gestern Vormittag grüne Farbe gekauft, mit der sie die Schwalbe umspritzen wollten. Mit dem kleinen Kompressor aus Opas Stall würde das gehen. Sie wollten die Schwalbe heute Abend hinbringen und Opa erzählen, er sei damit umgefallen.

Aber jetzt? Nach diesem Debakel? Hatte das alles eigentlich einen Sinn?

Helle schaute auf seine Uhr. Es waren noch einige Stunden, bis es dunkel wurde. Vorher konnte er sich im Dorf nicht blicken lassen.

Er hörte, wie es draußen regnete. Stärker sogar als vorhin. Bei dem Wetter würde er nachher garantiert keinem Spaziergänger oder Jogger begegnen. Also würde er zunächst bei dem alten Plan bleiben und dann einfach weitersehen.

58
Jonas fuhr langsam und sicher die Landstraße entlang.
Das Rasen hat er nicht erfunden, ging es Hagen Brandt durch den Kopf. Und das war bei diesem Regen auch gut so.
„Was muss ich denn über diesen Markowski wissen, Jonas?"
„Ohne Schulabschluss. Erntehelfer bei der Agrar GmbH. Vater und Mutter arbeitslos, beide starke Alkoholiker.
Der Junge war für drei Monate im Jugendarrest, weil er einen Kumpanen verdroschen hat. Mehr geht aus den Unterlagen leider nicht hervor. Ich habe ihn auch nicht lebend gesehen. Nur Anne und Fernando haben mit ihm gesprochen.
Schon Scheiße, dass der uns in der Nacht entwischt ist. Sonst wäre er wohl noch am Leben."
Jonas bremste, als sie in Badingen einfuhren. Zwei Minuten später sahen sie die Plattenbauten im düsteren Grau des Novembertages. Und der Tag würde nun auch nicht mehr besser werden. Todesnachrichten überbringen war immer eine Nervenprobe. Auch bei zwei Alkoholikern. Sie hätten einen Arzt mitnehmen sollen.
Und das an seinem Geburtstag. Prost.
Hagen schaute hoch zu den Fenstern im ersten Stock. Nummer 39, linke Wohnung, hatte Jonas gesagt. Ja, dort musste es sein. Jedenfalls wurden sie nicht an den Fenstern erwartet. Sie stiegen aus und gingen zur Haustür, die einen Spalt offen stand.
Gut. So mussten sie nirgends klingeln.
Erster Stock, die linke Wohnung. *Markowski* stand auf einem

Pappkärtchen. Hagen klingelte und trat einen Schritt von der Tür zurück. Nichts passierte. Gar nichts.

Jonas schob sich an ihm vorbei und legte sein Ohr an die Tür. Nach einem Weilchen schüttelte er den Kopf und klingelte noch einmal.

Dann polterte es drinnen, als sei jemand vom Stuhl gefallen oder aus dem Bett. Jonas ließ nicht mehr locker und behielt den Finger auf der Klingel.

„Ja, verdammt", lallte eine Männerstimme hinter der Tür. „Ich komme ja. Kann man nicht mal in Ruhe seinen Mittagsschlaf halten? Verdammter Bengel, warum nimmst du nicht deinen Schlüssel ..."

Die Tür wurde aufgerissen und ein großer dürrer Mann mit grauem Haarkranz und ebenso grauem Drei-Tage-Bart fiel ihnen entgegen. Jonas fing ihn auf.

„Herr Markowski? Sind Sie Markowski?", fragte Jonas.

Doch der gab nur ein Brummeln von sich und klappte zusammen. Die Anstrengung der fünf Meter Flur war offenbar zu viel gewesen.

Hoffentlich hat die Frau nicht so viel abbekommen, dachte Hagen. Jonas warf sich den Schnarchenden auf die Schulter und trat ein. Hagen folgte ihm. Er schloss die Tür hinter sich und öffnete die erste Tür links – ein Jugendzimmer. Er ließ sie offen und ging zur nächsten. Bad.

„Stopp, Jonas. Hier rein."

Sie legten Markowski mit vereinten Kräften über den Badewannenrand. Aus der Brause – Hagen vergewisserte sich – kam es schön kalt. Trotzdem dauerte es und dauerte, bis sich in dem halb bewusstlosen Mann Leben zeigte. Irgendwann regte sich sogar Widerstand.

Prustend und schimpfend begann der alte Markowski um sich

zu schlagen. Doch Hagen hielt ihn im Genick fest. Markowski hatte keine Chance. Das schien er mit der Zeit auch einzusehen. Denn er hörte auf, sich zu wehren und schrie:
„Was wollt ihr? Das Geld? Morgen. Morgen bringe ich es bestimmt. Ich schwöre es."
Jonas, der die Brause hielt, ließ sich nicht beirren und hielt weiter drauf.
„Mein Gott", brüllte Markowski, „wollt ihr mich ersäufen? Wegen der hundert Euro?"
Hagen sah Jonas an und nickte. Der stellte die Brause aus und trat zurück zur Badtür, wo er sich gegen einen Angriff wappnete, der womöglich kommen würde.
„Herr Markowski, hören Sie mir zu", sagte jetzt Hagen. „Wir sind von der Polizei und wollen nur mit Ihnen und Ihrer Frau reden. Verstehen Sie mich? Reden - nichts weiter."
Er machte eine Pause, in der das Gesagte bei Markowski vielleicht bis ins Gehirn durchdringen würde. Vielleicht.
„Herr Markowski, haben Sie das verstanden?"
„Ja, verdammter Bulle!"
„Also nein. Schade. Jonas, Wasser an."
„Was?", fragte jetzt Markowski. „Lasst den Scheiß. Ja, ich habe verstanden."
„Gut", sagte Hagen und war mit einem Satz an der Tür.
Doch Markowski hob nur sichernd den Kopf. Dann griff er nach hinten zum Handtuch und trocknete sich ab. Erst danach kam er auf die Füße, setzte sich aber gleich wieder auf den Wannenrand.
„Herr Markowski", begann Hagen, „ich hoffe, dass Sie wieder klar im Kopf sind. Es ist wichtig ... Ihrem Sohn ist etwas zugestoßen."
Markowski hob den Kopf.

„André, der ist mein Stiefsohn. Was ist ihm denn zugestoßen, diesem Trottel?"

Wie der Herre, so's Gescherre, ging es Hagen durch den Kopf, sagte es aber nicht.

„Ihr Stiefsohn hatte einen Unfall mit dem Moped. Er ist tot."

Markowski schaute zweifelnd. Er schien sich zu fragen, ob er verarscht wurde. Aber Hagen konnte es in seinen Augen sehen, wie seine Worte mit der Zeit den Alkohol niederrangen und langsam das Verstehen kam.

„Ist das wahr?", fragte Markowski. Dann warf er sich blitzschnell herum und kotzte in die Wanne. Bis zum Klo hätte er es niemals geschafft.

Während Markowski nach Luft rang, hörte Hagen ein Geräusch aus einem der hinteren Zimmer. Der Alte auf dem Wannenrand musste es auch gehört haben. Er hob den Kopf.

„Na dann erklären Sie das mal meiner Frau ..." Der nächste Schwall schaffte es nicht mehr in die Wanne.

Hagen wich instinktiv zurück. Jonas brachte sich mit einem Satz vor Hagens Hacken in Sicherheit.

Im Hinterzimmer klickte ein Feuerzeug. Dann das Quietschen von Sprungfedern oder ähnlichem. Hagen wandte sich der Tür am Ende des Flurs zu und klopfte. „Frau Markowski?", fragte er. Vorsichtig schob er die Tür auf. Als er eine schnelle Bewegung sah, hielt er inne.

„Frau Markowski, Polizei. Wir kommen wegen Ihres Sohnes." Er klopfte noch einmal.

„Kommen Sie rein.", rief eine Frau von drinnen. Klar artikuliert klang es nicht.

Er öffnete nun die Tür ganz und trat ein. Auf der Couch, die schon bessere Zeiten gesehen hatte, saß eine dickliche Frau mit aufgeschwemmtem Gesicht und müden, verquollenen Augen. Nach einer Denkpause fragte sie:

„Und was ist mit meinem Sohn? Hat er wieder etwas angestellt? Heute Nacht war er zu Hause."

Hagen trat näher, aber nicht nah genug, um ihr die Hand geben zu müssen.

„Frau Markowski, es tut mir leid, aber Ihrem Sohn André ist etwas zugestoßen. Er hatte einen Unfall mit seinem Moped." Und nach einer Pause: „Er ist tot."

Hagen hatte nachdrücklich gesprochen, aber eben so schnell, dass er nicht unterbrochen wurde. Seine Rede musste ihr als geballte Ladung vorgekommen sein, die sie erst langsam zerstückeln musste, bis sie zum Kern des Ganzen vordrang.

Sie hatte den Kopf gesenkt und stierte auf den Glastisch vor sich. Dann schaute sie ihn an.

„Tot?"

Hagen nickte. „Tot. Ja. Sein Moped ist auf dem nassen Pflaster weggerutscht. Er hat nicht leiden müssen."

Markowski senior kam nun herein und setzte sich mutig neben seine Frau. Wie ein Automat strich er über ihren Rücken.

„Aber …", stotterte sie. „Aber warum …? Ist er gerast? Er war immer so unvernünftig, mein André."

„Nein, Frau Markowski." Hagen schüttelte langsam den Kopf, sprach aber nicht weiter.

„Was denn sonst?", fuhr sie auf. „Man ist schließlich nicht so einfach tot!"

„Nein, er hat die Bank in Zehdenick ausgeraubt und wollte auf seinem Moped fliehen. Da stand ein Auto im Weg."

Hagen hatte es so satt. Alles. Diese Jungen, die nichts mit ihrem Leben anzufangen wussten, diese Eltern, die nur den Suff kannten. Natürlich war ihm klar, dass das Leben ungerecht war und manche – vielleicht sogar sehr viele – nichts vom

großen Glück abbekamen. Trotzdem glaubte er, dass man aus seinem Leben auch ohne viel Geld etwas machen konnte.
Aber das redete sich so leicht dahin aus der Perspektive eines Menschen, der zwar nicht in Reichtum schwamm, aber sich um Geld auch keine großen Gedanken machen musste. Hagen wusste, dass er ihnen gegenüber ungerecht war, aber er konnte eben auch nicht aus seiner Haut.
Die Frau im Jogginganzug starrte ihn an, der Kerl daneben ebenso.
„Ein Freund war noch dabei. Wissen Sie vielleicht, wer das war, sein Freund?" Hagen unterbrach sich.
Nein, er würde den alten Markowski nicht noch auf den Komplizen hetzen. Die Frage war sowieso unüberlegt und völlig überflüssig. Natürlich würde er keine Antwort bekommen.
Und da schüttelten sie auch schon unisono mit dem Kopf.
„Kommen Sie bitte morgen nach Gransee ins Revier. Dann sage ich Ihnen, wie es weitergeht."
Ohne zu grüßen, verließen sie die Wohnung.
„Nein, so möchte ich nicht leben", erklärte Jonas, als sie wieder im Auto saßen. „Aber sind wir weitergekommen?"
Hagen nickte bedächtig. Dann sah er Jonas an.
„Fahr mich bitte nach Hause, Jonas. Silke wird warten."
Jonas startete wortlos den Motor, parkte aus und fuhr langsam durch die Dunkelheit in Richtung Mühlhof.
Als er in der Einfahrt zum Hof hielt, blieb Hagen sitzen. Sein Kinn war auf die Brust gesunken. Er dachte nach.
„Wir brauchen die Überwachungsbänder für den ganzen Tag. Und sag mir bitte Bescheid, was aus Stan geworden ist."
„Mach ich, Chef."
In Hagens Kopf rumorte es. Er wartete. Da war noch etwas. Aber er kam nicht darauf. Er hatte irgendwas gesehen, das

wichtig war.

Mit einem Ruck hob er den Kopf, löste den Gurt und stieg aus. Dann eben morgen oder übermorgen.

„Gute Nacht, Jonas."

„Schönen Abend, Chef."

59

„Hagen, du hast dich losreißen können? Das ist schön. Dann war der ganze Aufwand wenigstens nicht umsonst."
Silke strahlte: Ihre Augen leuchteten, die Lippen leuchteten und das weiße Kleid, das er noch gar nicht kannte, ebenfalls.
„Schatz, du siehst wunderschön aus in diesem weißen Kleid."
Er hielt sie etwas von sich weg und betrachtete sie von oben bis unten.
„Ja, nicht wahr? Ein bisschen wie ein Schneehuhn – oder?"
Hagen lachte. „Schneehuhn? Nein. Ist doch erst Herbst."
„Martinsgans? Hagensgans. Hast du Hunger?"
„Auf Hagensgans? Ja. Aber erst duschen und ein kleines vegetarisches Vorspiel. Ist noch etwas vom Salat übrig?"
„Nein, ich fürchte, nach dem Duschen gibt es nur noch den Hauptgang mit viel Fleisch", sagte sie, gurrte dabei übertrieben und zog ihm die Jacke von den Schultern.
„Komm schon. Zieh aus das Ding. Siehst ja aus wie ein Spießer damit. Emil Pelle, oder so."
Klar war jedenfalls, dass sie es nicht wirklich so eilig hatte, wie sie jetzt tat. Noch war es Stufe 1 des Abendprogramms: Damenwahl – Aufheizprogramm.
Unter der Dusche versuchte er erneut, sich daran zu erinnern, was unterwegs nicht hatte hervorkommen wollen. Doch es gelang nicht. Sein Gehirn stand unter Druck. In dem Gedankendurcheinander war nun Silke auch noch hinzugekommen.

Keine einzige Lücke mehr. Wie bei diesem Logikspiel, wo man die Zahlen so lange ins freie Feld schieben muss, bis alle hintereinanderstehen. Nur dass er jetzt gar nichts mehr schieben konnte. Kein freies Feld mehr.

Als er sich umdrehte und nach dem Duschbad griff, stand Silke in der Tür mit dem Badetuch über dem Arm. Er hatte sie nicht kommen gehört. Sie sah aus wie ein Engel.

Ihr Gesicht hatte sie dem Fenster zugewandt. Da war etwas Verträumtes in ihrem Blick, das er nicht einordnen konnte.

Schnell seifte er sich ein, spülte alles wieder ab und trat unter der Dusche hervor. Silkes Blick war zurückgekehrt, von wo auch immer. Sie reichte ihm das Handtuch.

Er trocknete sich Haare, Schultern und Arme ab – sie übernahm etwas weiter unten. Und als sich ihre Blicke trafen, war alles wie immer. Er sah die pure Lust in ihren Augen. Dann spürte er ihre harten Brustwarzen durchs Kleid.

„Willst du jetzt wirklich erst essen?", fragte sie.

Er schüttelte den Kopf. Das Handtuch blieb auf dem Boden liegen, als er sie zum Schlafzimmer trug. Am Rahmen der Schlafzimmertür hielt sie sich fest und glitt von seinen Armen. Dann genoss er es, das Zittern ihrer Haut zu spüren, als er das Kleid langsam nach oben schob. Sie trug nichts darunter. Und er verharrte mehrmals auf dem Weg.

Ihre Beine hatte sie so weit gespreizt, wie es zwischen den Türpfosten eben möglich war und hielt sich krampfhaft am Holz fest, um nicht umzufallen. Ihr Atem ging schneller. Und wo seine Hände sie auch berührten, bewegte sie sich ihnen entgegen.

Als er oben angelangt war, warf sie das Kleid ins Zimmer, legte ihre Arme dann schnell um seinen Hals, um nicht das Gleichgewicht zu verlieren. Doch er löste sich wieder und

führte ihre Hände zurück zum Türrahmen.
Sie warf den Kopf in den Nacken und stöhnte laut, als seine Hände die Unterseiten ihrer Arme entlangfuhren. Er streichelte ihr Gesicht, ihren Hals. Seine Zunge umkreiste die Brustwarzen, dann ihren Bauchnabel.
„Ja, Hagen, ja. Bitte ...", rief sie. „Lass meine Beine länger werden."
Er erhob sich, um sie zum Bett zu tragen, doch nun war sie es, die ihn dorthin zog und auf den Rücken warf. Schnell kniete sie sich ans Kopfende, spreizte seine Arme zur Seite und begann, seinen Oberkörper zu streicheln, während ihr Unterleib seinen Lippen immer näher rückte.

Hagen fühlte sich wohlig schlapp. Er lag auf dem Bett und beobachtete den Lichtschein auf der anderen Hofseite. Carla war gerade nach Hause gekommen.
Ein Wunder, dass sie noch immer zurückkam zum Schlafen. Meist sogar ohne Knut.
Silke, die halb auf ihm lag, regte sich. Und als sie den Kopf hob, streckte er den Arm aus und schaltete die Nachttischlampe ein.
Sie blinzelte kurz und kuschelte sich wieder an ihn. Dann rutschte sie ein Stück hoch und küsste ihn auf den Mund. Lange und immer stürmischer. Sie schwang sich auf ihn, als sie merkte, dass sich wieder etwas regte, und rutschte tiefer.
Ihre Bewegungen waren nun weich und langsam. Sie richtete sich ein wenig auf, fasste seine Handgelenke.
Plötzlich hielt sie inne. Er sah den Schalk in ihren Augen und wappnete sich.
„Hagen, du könntest mir wirklich helfen."
„Wobei?"

„Ich suche einen heiratswilligen Trottel. Kennst du keinen?"
Sie nahm ihren Rhythmus wieder auf.
„Wenn ich dir trottelig genug bin ...", sagte er, ohne groß darüber nachdenken zu müssen.
„Heißt das, ... du stellst dich ... zur Verfügung?"
„Ja, aber den da unten musst du auch fragen." Hagen lächelte.
Silkes Rhythmus wurde schneller und härter.
„Hab ich doch ... längst. Er hat ... seinen Segen gegeben. Stoßweise sozusagen, in ... ter ... vall ... ar ... tig."
Sie schrie aus voller Kehle. Ihre Oberschenkel zitterten. Mit den Händen presste sie seine Handgelenke aufs Kopfkissen. Dann sank sie auf seine Brust und keuchte nur noch.

60

Bereits vor Stunden war es draußen dunkel geworden. Helle hatte kein Licht gemacht, sondern war einfach kurz aufgestanden und hatte das Tor ein Stück geöffnet. Schnell kroch er wieder unter die Decke, die er nach einigem Suchen gefunden hatte. Sie kam ihm nicht ganz so feucht und schimmlig vor wie die anderen. Obwohl auch sie ziemlich übel roch.
An die Betonwand im Innern des Bunkers gelehnt, hatte er nach draußen in die Nacht geschaut und um seinen Freund Marke getrauert. Am schönsten hatte er immer die Tage empfunden, an denen sie zusammen vor dem Bunker gesessen hatten. Tagesnzeit und Jahreszeit waren egal gewesen. Manchmal hatten sie den Insekten, Vögeln und Kaninchen zugeschaut, manchmal ein kleines Lagerfeuer gemacht und dem Knacken des Holzes zugehört. Ja, hier oben auf den Hellbergen war es schön gewesen mit Marke – bis der eines Tages auf die Idee gekommen war, den Menschen das Feuer zu bringen, und er selbst, Helle, war daran Schuld gewesen, weil er

Marke von einer Doku über Urmenschen erzählt hatte.
Helle schaute auf die Leuchtzeiger seiner Armbanduhr. Neun. Es war Zeit. Opa ging jetzt schlafen.
Mit steifen Gliedern erhob er sich und machte ein paar Kniebeuge wie jeden Morgen, um warm und wach zu werden. Dann öffnete er das Tor noch ein Stück, schob die Schwalbe nach draußen und trat sie an. Einen Moment überlegte er noch, ob er die Umhängetasche mit dem Geld mitnehmen sollte, die er längst unter den Decken versteckt hatte – entschied sich dann aber dagegen und fuhr los.

In der Küche brannte noch Licht. Helle sah es schon von weitem, als er den Hügel hinunterfuhr. Auf Höhe des ersten Hauses stellte er den Motor ab, schaltete das Licht aus und rollte die letzten Meter im Leerlauf. Hundert Meter hinter dem Haus auf der Straße nach Osterne bockte er seine Schwalbe auf und lief geduckt über die Wiese nach hinten. Auf der dem Dorf abgewandten Seite des Hauses war alles dunkel und hinten am Stall erst Recht, als er das hintere Gartentor öffnete.
Plötzlich blieb er stehen. Opa hatte anscheinend das Außenlicht über der Eingangstür eingeschaltet und war vor die Tür getreten. Helle sah einen langen Schatten durch den Garten wandern. Wer außer Opa sollte es sonst sein. Als hätte ihm eine Art siebter Sinn gesagt, dass er in der Nähe wäre.
Helle stand da, rührte sich nicht und hielt das Gartentor fest, damit es nicht von alleine wieder zufiel und ihn verriet. Er wagte kaum zu atmen.
Verdammt, es war einfach zu früh. Er sollte noch etwas warten. Opa war sicherlich unruhig, weil er nicht nach Hause gekommen war zur Schlafenszeit.
Sollte er seinen Plan ändern? Er könnte Irene besuchen. Und

jetzt – mit einem Batzen Geld in der Tasche – würde sie ihn bestimmt auch nicht mehr zurückweisen.

Langsam zog er sich zurück und schloss leise wieder das Gartentor. Ja, er hatte sich entschlossen. Auch wenn Opa nun in die Küche zurückgekehrt war und das Außenlicht ausgeschaltet hatte. Doch um sicher zu gehen, dass Opa ihn nicht sah, folgte er dem Zaun auf der Rückseite der Höfe und kehrte erst an der Granseer Chaussee auf die Straße zurück. Nur ein einziger Hund hatte gekläfft.

Als er wieder in die Lindenstraße einbog, sah er Irenes Auto vor der Haustür stehen. Helle fand es merkwürdig, da sie es sonst immer in die Garage fuhr. Jedenfalls saß niemand darin. Helle schaute hoch zu den Fenstern. Die Rollos waren heruntergelassen, aber in der Küche brannte Licht und er sah auch einen Schatten darin umherwandern.

Irene! Sie wartet auf mich!, schoss es ihm durch den Kopf. Vielleicht trägt sie schon diesen seidenen Bademantel, der sich so toll anfühlte wie ihre Haut selbst.

Helle klopfte leise und voller Erwartung.

Vielleicht trug sie auch dieses ärmellose Shirt und keinen BH darunter. Das wäre auch toll. Er könnte die Spitzen ihrer Brüste sehen, noch bevor er ihr Shirt auszog.

Die Tür ging auf.

„Was willst du denn hier?", fragte Irene. Sie trug noch immer das schwarze Kostüm wie heute Mittag.

„Habe ich es nicht verdient, hier zu sein?" Er lächelte sie breit an. „Ich denke doch."

Sie lachte auf. „Du kleiner Pisser. Sie werden dich erwischen. Jeder wird dich erkennen, der die Bilder der Überwachungskamera sieht. Und mich ziehst du da nicht mit hinein!"

Er stand da wie erstarrt und sah sie ungläubig an.

„Hast du mich nicht verstanden? Verpiss dich, du Idiot!", sagte sie leise, aber jedes Wort klang wie ein Peitschenknall für ihn. Als sie die Tür schließen wollte, stellte er den Fuß vor.
„Marke ist tot und du setzt mich vor die Tür", sagte er dann, während die ersten Tränen seine Wange hinunterrannen.
„Wieso sollte ich jetzt noch auf dich Rücksicht nehmen. Ich gehe zur Polizei und stelle mich."
Wütend wischte er die Tränen fort, wandte sich von ihr ab. Erst langsam, dann immer schneller rannte er zu seinem Moped zurück. Als er es erreichte, hörte er einen Automotor aufheulen und Räder durchdrehen. Das Auto wendete und kam nun auf ihn zu.
Helle gab Gas und fuhr kurz vor Irenes Auto auf den Plattenweg, der zum Bunker führte. Das Auto schloss immer dichter zu ihm auf.

61
„Chef, hier sind die Aufnahmen von den Überwachungskameras. Willst du sie gleich ansehen?", fragte Fernando, als Hagen Brandt zum ersten Mal seit Monaten das Büro betrat.
„Guten Morgen, zusammen", rief er und stellte einen Beutel mit Streuselschnecken und Pfannkuchen auf den Tisch.
„Hier, mein Einstand. Macht jemand Kaffee? Anschließend Schlachtplan."
Fünf Minuten später saßen alle um den Konferenztisch herum. Fernando, Jonas, Hagen und natürlich Anne.
Während Hagen mit der linken Hand seine Schnecke hielt, zog er sich mit der anderen den Notizblock heran und begann, Notizen zu machen. Irgendwie erschien es ihm als selbstverständlich, dass er ab jetzt sagte, wie es weiterging. Und seine kleine Crew akzeptierte das. Anne schien sogar froh zu sein,

sich auf die Spurenauswertung zurückziehen zu können.

„So, dann wollen wir mal", sagte er kurz darauf. „Die Aufgaben für den Anfang: Fernando und Jonas übernehmen die Bankmitarbeiterinnen. Anne schaut sich mit mir die Aufzeichnungen an. Anne, wie weit bist du mit den Protokollen? Du brauchst sicherlich noch etwas Zeit – oder?"

Sie nickte mit vollem Mund.

„Fingerabdrücke? Möglichst vom zweiten Täter?", hakte er nach.

Anne schluckte hinunter und schüttelte dabei den Kopf. „Sie trugen Handschuhe. Natürlich", sagte sie dann.

„Was ist beim Klinkenputzen herausgekommen?", fragte er weiter und schaute zu Fernando.

„Rein gar nichts", sagte der zwischen zwei Bissen. „Es gab mehrere im Rathaus, die ans Fenster stürzten, als es auf der Straße krachte. Aber das war es auch schon."

„Gut, fangen wir erst einmal an und sehen, wie schnell wir sind. Die Markowskis kommen nachher auch noch. Hier, nehmt euch den restlichen Kuchen mit." Er warf Jonas die Kuchentüte in die Arme.

„Hopp, hopp, ab geht's."

Fernando trank seine Tasse im Stehen aus und raus waren sie.

Hagen sah Anne an. „Wie geht's dir?"

„Bisschen müde. Ihr wart ziemlich laut. Sonst gut."

Ihr Lächeln war ... müde, nein, schüchtern, fand er.

„Tut mir leid." Er nahm ihre Hand. „Ich weiß nicht, ob das jetzt der richtige Zeitpunkt ist – aber ich will, dass du es von mir erfährst." Er hielt einen Moment inne. „Wir haben letzte Nacht so etwas wie Verlobung gefeiert. Wir werden heiraten."

Anne sah ihn nicht an, sondern starrte auf die Tischplatte. Dann nickte sie langsam.

„Mein Versetzungsgesuch ist fertig", antwortete sie. „Es gibt da einen Mann in Eberswalde. Mach dir keine Sorgen um mich. Komm, lass uns einfach arbeiten."
Hagen sah sie unverwandt an. Das mit der Versetzung glaubte er ihr, den Mann nicht.
Anne stand auf und fischte sich den Datenstick mit den Video-Daten vom Tisch. An der Tür schaute sie noch einmal zurück, irgendwo in den Raum hinein.
„Kommst du?"

„Zwei Video-Dateien", sagte Anne, als er den Technikraum betrat. Ihr Blick schien am Monitor festgefroren.
Sie ist unsicher. Sie weiß nicht, ob er ihr geglaubt hat, nahm er an und seufzte.
„Eine von sechs bis acht Uhr achtundfünfzig", fuhr sie fort, „und eine von neun Uhr vierzehn bis zwölf Uhr vierzehn."
Er setzte sich neben sie.
„Gut, fang an." Hagen bemühte sich, sachlich zu klingen. „Lass die erste Datei in vierfacher Geschwindigkeit laufen."
Hagen lehnte sich zurück und starrte auf den Monitor, der ein geviertes Bild zeigte. Auf den beiden oberen Bildschirmen liefen die Bilder durch, die unteren blieben schwarz.
„Zwei Kameras, synchron", sagte Anne zur Erklärung.
Der linke zeigte den Kassenraum. Die Kamera war auf den Vordereingang und das, was an den Schaltern passierte, ausgerichtet. Auf dem rechten sahen sie das Büro von Frau Meister mit dem Tresor im Hintergrund.
Beide Bildschirme zeigten leere Räume bis sieben Uhr einundfünfzig. Dann kamen Frau Meister und eine Putzfrau. Sie hetzten in vierfacher Geschwindigkeit durch die Räume, wobei Frau Meister die meiste Zeit am Schreibtisch verbrachte.

Um acht Uhr zweiunddreißig sprang die Filialleiterin vom Schreibtisch auf und verließ das Büro. Kurz darauf kam sie mit einem Mann zurück. Der Geldtransport. Zwei Säcke wurden auf den Schreibtisch gelegt, Frau Meister kontrollierte die Plomben. Sie unterschrieb ein Papier. Der Mann verschwand. Die Putzfrau ging ebenfalls.
„Geh bitte auf doppelte Geschwindigkeit", sagte Hagen.
„Die erste Datei ist sowieso gleich zu Ende", antwortete Anne und ließ es so laufen.
Hagen sah, wie die Filialleiterin zum Safe ging und etwas holte. Vielleicht eine Schale für das Geld. Die Geldsäcke wurden geöffnet und geleert. Was mit dem Geld passierte, war nicht zu sehen. Frau Meister stand davor.
„Halt bitte an und geh ein Stück zurück, Anne."
Nun tat sie, was er verlangte, und man sah, dass sie das Geld wirklich in eine Art Kassenbox umpackte. Allerdings war davon nicht viel zu sehen. Selbst dann nicht, als die Filialleiterin plötzlich den Arm hob und mit einem Blick in die Kamera zur Seite trat. Nur den Rand der Box mit einigen gestapelten Geldbündeln sah er, denn der größte Teil der Box stand außerhalb des Aufnahmebereichs.
Gleich darauf wurden beide Bildschirme schwarz.
„Das sah aber komisch aus. Findest du nicht?", fragte Hagen, als Anne schon dabei war, die zweite Datei zu starten.
„Was sah komisch aus?", fragte Anne zurück.
„Na, als ob sie vorausgeahnt hätte, dass die Aufzeichnung gleich abbrechen würde. Merkwürdig. Das muss ich mir später noch einmal anschauen. Mach weiter."
Anne startete die zweite Datei.
Die Geldbox war etwas mehr ins Bild gerückt – die Filialleiterin trat in die Bildmitte und verdeckte die Box wieder. Als

sie sich zum Tresor umdrehte, sah man kurz, dass sie die Box mit dem Geld in den Händen trug. Frau Meister bückte sich, schob sie in den Tresor und legte einen Deckel darüber. Dann kam sie mit der zweiten Box, die sie obendrauf stellte, und schloss anschließend den Tresor.

Hagen lehnte sich zurück und schloss die Augen. Er durchdachte noch einmal die letzten Minuten dessen, was er gesehen hatte. Es gab zwei Stellen, an denen es in ihm laut Stopp geschrien hatte.

„Schneller?", fragte Anne und sah ihn an.

Abspeichern. Auswertung später, befahl er sich, nickte und schaute zu ihr hinüber. Jetzt hat es auch sie gepackt.

Kurz vor halb zehn kamen nach und nach weitere Kolleginnen. Man sah sie kommen, mehr aber auch nicht.

Jetzt sitzen sie bestimmt im Aufenthaltsraum und trinken Kaffee, ging es Hagen durch den Kopf. Dort war keine Kamera, im Flur zum Hintereingang ebenfalls nicht. Schade.

Um zehn öffnete die Bank. Kunden kamen und gingen.

Plötzlich erkannte er die Oma, mit der er gesprochen hatte. Gleich dahinter stand Opa.

„Stopp", rief Hagen. „Langsam jetzt. Sie kommen gleich."

Anne schaltete auf normale Geschwindigkeit.

Oma und Opa verließen die Bank. Er zog ordentlich die Tür hinter sich zu. Dann passierte eine halbe Minute nichts, bis die Filialleiterin ins Bild kam. Die Frau am Kundenpult drehte sich zu ihr um, suchte kurz und zog dann ein Blatt Papier unter einem Stapel hervor. Jetzt gingen sie aufeinander zu.

Alles verlief so, wie die Meister es ihm beschrieben hatte: Die Eingangstür ging auf, ein junger Mann stolperte herein und blieb neben dem Eingang stehen. Der dahinter kam, war groß – bestimmt einen Kopf größer als der erste – und muskulös.

Markowski. Mit einer Pistole in der Hand.

Die beiden Bankangestellten reagierten beinahe gleichzeitig. Die Frau vom Schalter war etwas schneller, obwohl sie mit dem Rücken zur Tür gestanden hatte. Sie drehte sich zu ihrem Pult um, Frau Meister wollte anscheinend zu dem Alarmknopf am anderen Pult, das links hinter ihr stand.

Für einen Moment konnte er Frau Meisters Gesicht erkennen. War das Erschrecken echt? Es sah so aus. Doch beide hielten fast gleichzeitig in ihren Bewegungen inne und blieben wie angewurzelt stehen. Wahrscheinlich hatte Markowskis Ruf sie gestoppt. Er kam mit weit vorgestreckter Pistole auf die beiden zu und hielt sie der Filialleiterin an den Kopf. Gleichzeitig schubste er die andere Angestellte nach hinten. Dann verschwanden die drei aus dem Bild, nur der ziemlich jung wirkende Mann am Eingang blieb stehen. Genau an der Stelle, an der Hagen die Pfütze auf dem Boden bemerkt hatte. Eine halbe Minute später, als Markowski und die Bankangestellten im Büro auftauchten, setzte auch der sich in Bewegung, als sei er gerufen worden.

Schade, dass es keinen Ton gibt, ging es Hagen durch den Kopf. Die Stimmen hätten viel über das Nervenkostüm der Beteiligten ausgesagt.

Markowski hielt der Meister noch immer die Pistole an die Schläfe. Die ältere Angestellte musste sich vor dem Tresor hinknien, ihn öffnen und das Geld in eine Umhängetasche packen, die Markowski ihr hinwarf. Inzwischen griff er nach hinten. Eine zweite ähnliche Tasche kam zum Vorschein, die offenbar der andere Täter getragen hatte. Markowski ließ auch diese füllen und zwang die Bankangestellten anschließend mitzukommen in den Kassenraum.

Was hat Markowski jetzt nur vorgehabt?, überlegte Hagen.

Gleich muss Stan kommen. Aber wie, fragte sich Hagen, wie wäre es ohne Stan abgelaufen?

Gerade trat Irene Meister ins Bild, die Pistole in ihrem Rücken, als die Eingangstür aufging. Stan.

Hagens Herz begann zu rasen. Wusste er doch, was geschehen würde. Er schrie auf, als die Pistole in der Hand des Räubers zuckte und Stan lautlos zu Boden ging.

Diese Szene würde Hagen nie wieder vergessen können. Und sie wurde durch ihre Lautlosigkeit nur noch unheimlicher. Die Täter rannten zur Tür und Frau Meister zum Alarmknopf.

Jetzt erst bemerkte er, wie bleich Anne aussah. Sie griff zur Maus. Offenbar, um den Film zu stoppen.

„Lass laufen, Anne", sagte er leise. „Ich muss auch den Rest sehen."

Anne stand auf und rannte hinaus. Selbst als sie die Tür zugeworfen hatte, hörte er noch ihr Schluchzen.

62

Hagen saß da und starrte auf etwas, das er nicht wahrnahm. Niemand hätte ihn zu fragen brauchen, was er in der letzten Stunde gesehen hatte. Nämlich nichts.

Seine Augen füllten sich immer wieder mit Tränen. Niemals hätte er sich eingestanden, dass es ihn so mitnehmen würde, mit ansehen zu müssen, wie Stan niedergeschossen wurde.

Zuerst glaubte er, Olli zu verstehen, der dicht daran gewesen war, in die Menge der Gaffer zu schießen oder wenigstens auf sie einzuprügeln.

Verstand er wirklich? Nein, gar nichts hatte er verstanden. Und erst recht nicht, warum man jemanden niederschießt wegen ein paar lausiger Tausend Euro.

Kugelschreiber und Notizblock rutschten von seinen Knien.

Das Geräusch ließ ihn aufschrecken.

Verständnislos starrte er auf den schwarzen Monitor. Dann erhob er sich mit einem Ruck, fingerte eine Zigarette aus der Schachtel und zündete sie an. Er verließ den Technikraum, die Tür blieb offen stehen, und suchte sein Handy in den Jackentaschen.

„Krankenhaus Gransee, Station C3", sagte eine Frau.

„Brandt, Kripo Gransee. Bitte sagen Sie mir, dass mein Kollege wieder auf die Beine kommt", sagte er. „Bitte."

„Ja, Herr Brandt. Er kommt wieder auf die Beine. Doktor Löwen wird Sie anrufen, wenn Sie mit ihm sprechen können."

Er unterbrach die Verbindung, ohne sich zu bedanken. Eigentlich müsste er erleichtert sein. Doch der Druck in seinem Kopf blieb.

Als er die Tür zum Hof öffnete und hinaustrat, hörte er hinter sich jemanden seinen Namen rufen. Hagen blieb stehen und wartete, als er Schritte auf der Treppe hörte.

„Hagen?" Es war Jörg Butterbrod, der Revierleiter. „Die Markowskis sitzen seit einer Stunde im Warteraum. Ich konnte niemanden erreichen."

„Ja, ist gut, Jörg. Ich komme gleich."

Markowski.

Hagen Brandt versuchte sich zu sammeln. Jemand musste mit ihnen zur Pathologie fahren und er selbst war der einzige, der noch hier war.

Dann also los, Hagen, raff dich auf!

Er ging noch einmal ins Büro, nahm Autoschlüssel und Fahrtenbuch und holte die Markowskis im Warteraum ab.

Erstaunlich. Beide sahen aus, als wären sie nüchtern.

Auf der Fahrt nach Oranienburg weinte Frau Markowski die ganze Zeit, während ihr Mann versuchte, sie zu trösten, oder er starrte aus dem Fenster. In der Pathologie wurde ihr Weinen noch schlimmer. Und als sie dann vor der Kühlbox standen und das Leichentuch zurückgeschlagen wurde, klappte sie vollends zusammen.

Hagen Brandt stand daneben und fühlte nichts. Ob die Beiden neben ihm sich nun fragten, was sie alles versäumt hatten, was sie anders hätten machen können?

Nein, es hätte nicht so enden müssen mit André Markowski, gab er sich selbst die Antwort. Für ihn war das vollkommen klar. Er sah zu, wie der alte Markowski seine Frau wieder auf die Beine brachte und sie in seine Arme nahm.

„Ist das Ihr Sohn André?", fragte Hagen Brandt, um Sachlichkeit bemüht. Markowski nickte. Der Leichnam wurde wieder abgedeckt und sie gingen hinaus.

Auf dem Parkplatz bot er den beiden Zigaretten an, die sie schweigend annahmen.

„Da wären noch ein paar Fragen", sagte Hagen Brandt, nachdem er ihnen Feuer gegeben hatte.

Markowski senior war vielleicht froh, sich vom Anblick seines toten Sohnes ablenken zu können, und nickte.

„Wo hat Ihr Sohn sein Moped immer untergestellt? Wissen Sie das?"

Markowski schüttelte den Kopf. „Nein. Wir wussten nichts von einem Moped", erwiderte er dann. Seine Stimme klang kräftiger, als Hagen es vermutet hätte.

„Mit wem ist Ihr Sohn denn immer umhergezogen?"

Diesmal erhielt er ein Schulterzucken zur Antwort. Und nach einem Weilchen sagte Markowski: „Unser Sohn meinte, er sei erwachsen und sein Leben ginge uns nichts mehr an."

Seine Frau hatte sich rauchend abgewandt. Plötzlich drehte sie sich um und schlug ihrem Mann mit der flachen Hand ins

Gesicht. Sein Kopf flog zur Seite.

„Du Mistkerl! Du hast ja nur gesoffen. Erhoffen konnte er sich von dir sowieso nichts. Jetzt wälze nicht alle Schuld auf ihn! Und, verdammt nochmal, sag dem Mann die Wahrheit!"

So überraschend ihr Ausbruch gekommen war, so schnell verpuffte er wieder. Sie rauchte weiter, als wäre nichts geschehen. Markowski wischte sich nur über das Gesicht. Als wolle er prüfen, ob es heil geblieben war.

Hagen sah, dass die Wange langsam anschwoll.

Ja, wahrscheinlich hat er die Ohrfeige verdient, dachte er. Mindestens das. Doch was soll man mit solchen Eltern machen, die nicht einmal ihr eigenes Leben in den Griff bekommen? Geschweige denn das Leben ihrer Kinder.

Er selbst kannte noch die Vollbeschäftigung, wie sie zu DDR-Zeiten üblich war. Doch das war eine andere Zeit gewesen. Jetzt dagegen wurden viele nicht mehr gebraucht und sehr viele von denen kamen damit nicht klar. Sie wussten nichts mehr mit sich anzufangen.

Und für Hagen stellte sich die Frage nicht zum ersten Mal: Zu was soll man seine Kinder erziehen, wenn nicht zur Arbeit? Doch dieser Lebenssinn, sich um seine Familie zu sorgen und dafür zu arbeiten, war ihnen genommen. Schließlich gab es HARTZ IV, das all diesen Menschen die gröbsten Geldsorgen abnahm. Und einen anderen Lebenszweck fanden viele nicht. An dieser Stelle, ging es Hagen durch den Kopf, haben wir versagt. Wir alle!

„Aber ich weiß doch wirklich nicht, mit wem er seine Zeit verbracht hat", schloss Markowski den Disput.

„Ich würde gern noch kurz mit hinaufkommen und mir Andrés Zimmer ansehen. Haben Sie etwas dagegen?", fragte Hagen Brandt, als sie vor dem Haus der Markowskis in Osterne ankamen.

„Nein, kommen Sie nur", antwortete Frau Markowski zu seinem Erstaunen. Seit ihrem Ausbruch hatte sie sich scheinbar willenlos ins Auto setzen lassen und keinen Ton mehr von sich gegeben. Nun war sie völlig verändert. Erst nüchtern und zerbrochen, jetzt selbstbewusst und kooperationsbereit? Mal sehen, wie lange das anhielt.

Sie stiegen aus.

1. Stock, linke Wohnung, erstes Zimmer, links. Hier ist André Markowski also zu Hause gewesen, ging es Hagen Brandt durch den Kopf, während er sich umschaute. Ein Bett mit zerwühltem Kopfkissen; die Zudecke lag auf dem Boden. Ein kleines Regal mit Modellhubschrauber, Fahrtenmesser, einige Zeitschriften und VHS-Kassetten, jedoch nichts zum Abspielen. Ein viel zu kleiner Schreibtisch mit viel zu kleinem Stuhl für einen Ein-Meter-neunzig-Mann. Ein Schrank. Hagen öffnete ihn. Wäsche.

„Das ist alles, Frau Markowski? Hier hat er gelebt?", fragte er und drehte sich zu ihr um. Sie stand in der Tür, die Arme verschränkt.

„Ja. Irgendwelche Klamotten oder Möbel oder auch nur einen uralten Fernseher hat er abgelehnt. Er wollte sich diese Sachen selbst verdienen. Wie, war mir schleierhaft."

„Bitte zeigen Sie mir noch Ihren Keller", bat er zuletzt. „Dann werde ich gehen."

Sie schaute ihn an mit trostlosem, verlorenem Blick. Natürlich, sie verstand noch immer nicht, warum ihr Sohn sterben musste. Doch dann sagte sie nur mutlos: „Nehmen Sie einfach den linken Gang. Nummer 39/3. Es ist kein Schloss davor."

Er nickte. Helfen konnte er ihr nicht. Deshalb sagte er nur:

„Vielen Dank für Ihre Hilfe. Hier ist meine Nummer, falls Ihnen noch etwas einfällt oder Sie Fragen haben." Er gab ihr seine Visitenkarte. „Die Freigabe zur Bestattung wird noch ein paar Tage dauern. Wir melden uns dann."
Als er zum Auto ging, hörte er Frau Markowski hinter sich rufen. „Herr Brandt, einen Moment."
Er blieb stehen und wartete.
„Ich weiß nicht, ob das sein Kumpel war, aber vor einer Woche ungefähr habe ich hier so ein Kind mit Moped gesehen. Fuhr am Haus vorbei und sah zu uns hinauf. Hat aber nicht angehalten, sondern ist zu den Hellbergen hochgefahren. Das wollte ich noch sagen. Vielleicht hilft es ja."
„Wie sah er denn aus oder sein Moped?"
Sie schüttelte den Kopf. Hagen wollte nur noch weg.

63

Es war bereits nach drei, als Hagen Brandt auf den Zehdenicker Marktplatz einbog. Den zivilen Dienstwagen, der vor der Bank geparkt war, erkannte er sofort. Man war also noch bei der Arbeit. Er suchte sich ebenfalls einen Parkplatz und klopfte am Vordereingang der Bank.
Die Filialleiterin persönlich ließ ihn ein.
„Ach Herr Brandt, Ihre Kollegen sind noch hier. Bitte kommen Sie herein."
Obwohl er Irene Meister gestern zum ersten Mal gesehen hatte, kam ihre Erscheinung ihm heute ungewohnt vor. Vielleicht war sogar unpassend das richtige Wort. Erklären hätte er dieses Gefühl nicht können. Jedenfalls lag es nicht an dem neuen Kostüm. War sie beim Friseur? Ihre Haare waren braun gefärbt, mit einer helleren Strähne. Außerdem hatte er einen Ring gespürt, als sie ihm die Hand gab. Der war gestern noch

nicht da. Und dieses Ohrgehänge? Nein, bestimmt nicht. Das hätte er sich bemerkt.

Er schaute sie von oben bis unten an, als sie die Eingangstür wieder abschloss. Dann verschob er diese Gedanken auf später. Er würde sowieso mit ihr reden müssen. Bald.

Nachdenklich wandte er sich dem Kassenraum zu. Früher hätte er auf Anhieb sagen können, was anders an Irene Meister war. Woran lag es, dass er nun zweifelte?

Von Jonas und Fernando war nichts zu sehen. Also durchquerte er den Kassenraum mit langen Schritten. Da hörte er sie lachen und blieb stehen.

„Die anderen sind nach Hause", sagte Irene Meister hinter ihm. „Frau Korthals ist die letzte. Sie ist jetzt ..." Die Filialleiterin schaute auf ihre Armbanduhr. „... seit über dreißig Minuten da drin. Werden also bald fertig sein, nehme ich an."

„Frau Meister, ich würde mir gern noch einmal ihr Büro ansehen. Darf ich?"

„Natürlich." Sie öffnete die Tür, die – wie die zum Aufenthaltsraum – ab Hüfthöhe verglast war.

Er blieb auf der Türschwelle stehen und nahm den recht überfüllt wirkenden Raum in sich auf. Und er spürte, dass Irene Meister dicht hinter ihn trat, ließ sich aber nicht beirren.

Links Aktenschränke, gegenüber der Tür der Tresor, rechts mit Blick auf den Kassenraum der Schreibtisch, den er in der Aufzeichnung gesehen hatte. Hier hatte sie das Geld ausgepackt und in die Geldboxen gestapelt, bis plötzlich die Aufnahme abgebrochen war.

Er schaute rechts neben die Tür. Dort war ein Sicherungskasten angebracht. Darüber hing die Überwachungskamera.

„Warum gibt es eigentlich keine Kameras im Flur?", fragte er, ohne sich zu ihr umzudrehen.

„Tja, also, es gab eine. Leider ist die in der vorigen Woche kaputtgegangen. Und keiner weiß warum. Der Techniker hat sie demontiert."

„Und im Aufenthaltsraum, sagten Sie, gibt es weder Kamera noch Alarmknopf. Richtig?"

„Ja, richtig. Das hat der Datenschutz bewirkt. Es ist der einzige Raum, und die Toilette natürlich, wo man auch mal Privates erledigen kann, ohne das einer zusieht."

„Und die Hintertür? Hat die eine Überwachungskamera?"

„Ja, die gibt es. Der Geldtransporter fährt immer direkt an die Hintertür heran. So lässt das Ausladen sich leichter überwachen, meint die Sicherheitsfirma. Es gibt nur einen Zugang von der Straße her, den ein Sicherheitsmann gut übersehen kann, während der andere auslädt. Ich parke da immer mein Auto."

„Wie lange heben Sie die Aufnahmen denn auf?"

„Drei Tage sind vorgeschrieben. Meist lösche ich sie zum Anfang der Woche, also am Montag, für die ganze vorige Woche. Es eilt ja nicht. Geht alles auf eine externe Festplatte und für den Notfall habe ich noch eine zweite."

„Gut. Dann schließen Sie mal die Ersatzfestplatte an. Die von der letzten Woche nehme ich mit."

„Die ganze Festplatte? Das geht doch nicht. Da wird ..."

„Doch, Frau Meister. Alles. Sie bekommen sie natürlich zurück, wenn wir sie nicht mehr brauchen."

„Aber ich hatte gedacht ..." Ihr Gesicht zeigte Überraschung, hatte aus irgendeinem Grund Farbe bekommen.

„Ich muss bei der Zentrale anrufen", sagte sie nun hektisch und versuchte an ihm vorbei zum Telefon zu gelangen. Er ließ sie nicht durch, sondern zog erst in Ruhe die Festplatte samt Kabel vom Computer ab. Er klemmte sie sich unter den Arm und trat zur Seite.

Doch die Filialleiterin hatte es nun offenbar nicht mehr eilig zu telefonieren. Sie stand im Türrahmen und schien zu überlegen. Als sie seinen Blick bemerkte, schaute sie auf und lächelte ihn an. Ein nachdenkliches Lächeln.

„Verzeihung, Herr Brandt, ich hoffe, Sie verstehen das nicht falsch. Ich will nur alles richtig machen. Man hat mir gestern reichlich den Kopf gewaschen. Und zu Recht."

„Hallo Chef", hörte er dann hinter sich Fernando. „Wir sind fertig für heute."

Hagen schüttelte unwillig den Kopf.

Für einen Moment war in ihm die Frage aufgetaucht … Ja, verdammt!

„Warum fehlen eigentlich diese fünfzehn Minuten in der Aufzeichnung, Frau Meister?"

„Die Sicherung war herausgeflogen. Warum, weiß ich nicht."

Er nahm es nickend zur Kenntnis, trat an Irene Meister heran, um an ihr vorbeizukommen, und stellte fest, dass es hier drin wirklich sehr eng war. Sie sah ihm fest in die Augen, als er sich an ihr vorbeischob. Dabei fingerte sie eine Haarsträhne hinters Ohr und lächelte.

Dieses Lächeln. Warum tat sie das?, fragte er sich. Eine wirklich sonderbare Frau, diese Irene Meister. Widersprüchlich. Passt das zu einer Filialleiterin, die nur das Wohl ihrer Bank im Kopf hat? Warum gibt sie sich plötzlich so weiblich?

Fehlt bloß noch, dass sie mir zublinzelt.

Das tat sie aber nicht und Hagen trat in den Flur.

„Sehr gut, Fernando. Jonas, bist du auch so weit?"

Jonas saß noch am Tisch im Besprechungsraum und schien seine Notizen zu ergänzen. Jonas nickte und klappte das Notizbuch zu.

„Dann kommt. Lassen wir den Damen ihren Feierabend. Für das Wochenende müssen Sie sicherlich noch einkaufen", wandte er sich dann an die Filialleiterin. „Ach, Frau Meister, kann ich Ihre Telefonnummer haben, falls mir noch etwa einfällt?"

Sie suchte in ihrer Tasche und reichte ihm dann eine Visitenkarte mit vielen kleinen aufgedruckten Herzchen.

„Aber bitte nicht in der Nacht anrufen, Herr Brandt. Wenn ich mich nicht irre, sind wir ja beinahe Nachbarn." Irene Meister zwinkerte ihm nun doch zu.

Er nickte und sie verließen kurz darauf die Bank.

„Habt ihr Hunger?", fragte er, als hinter ihnen abgeschlossen wurde.

Fernando und Jonas nickten.

„Dann lasst uns einen Abstecher zum bulgarischen Griechen machen. Ist gleich hier um die Ecke. Die Autos lassen wir am besten hier."

Hagen steckte die Hände in die Hosentaschen und ging voraus. Sie folgten der Marktstraße hinunter und wandten sich nach rechts. Vor ihnen ragte die alte Wassermühle empor, eins der unbeachteten Wahrzeichen Zehdenicks.

„Hey, wo führst du uns denn hin?", rief Fernando von hinten. „Ins Moor?"

„Gleich hier hinter der Brücke müssen wir links rein. Und dann noch 250 Meter bis zur *Argo Galera*. Nun kommt schon", antwortete er und bog ab.

Zwischen den beiden Havel-Armen kamen erst Gärten. Am Ende des Weges ragte eine der berühmten Kamelbrücken auf. Kurz davor blieb Hagen plötzlich stehen und schaute gedankenverloren übers Wasser.

Was war nur los mit ihm? Seine Gedankenblitze tauchten an

den unmöglichsten Stelle auf und verschwanden ebenso schnell wieder.

„Hagen? Wollten wir hier rein?", fragte Fernando.

„Warte", flüsterte Jonas. Hagen sah, wie Jonas Fernando zurückzog. „Ihm ist etwas eingefallen."

„Sieht aus, als würde er sich gleich die Hosenbeine hochkrempeln wollen", flüsterte Fernando zurück und lachte.

Hagen drehte sich um. „Hosenbeine hochkrempeln? Wozu?", fragte er und versuchte noch immer, sich zu erinnern.

„Hochwasser?", fragte nun Jonas.

Hagen nickte nachdenklich. Genau. Es hatte mit dem hohen Pegelstand der Havel zu tun gehabt – und mit dem Geld.

Mit dem Pegelstand des Geldes? Hagen, du bist bekloppt.

Rücklauf ... Anhalten ... Langsamer Vorlauf ...

Da war es: Geld in die Box umpacken ... Sendepause ... Geld in eine Umhängetasche umpacken. Das Umpacken? Wasserstand? Verrückt ...

„Hagen?"

Hagen wusste nicht, wer gefragt hatte, aber er fand zurück.

„Kommt, Jungs. Gehen wir essen. Um den Pegelstand kümmern wir uns später."

64

Zur gleichen Zeit saß Anne Pagels in ihrem Büro am Schreibtisch und las noch einmal das Schreiben, das sie aufgesetzt hatte. Dann überlegte sie, ob sie es per Kurier an den Kripo-Chef schicken sollte oder einfach per E-Mail.

Sie schaute auf die Uhr über der Bürotür.

Wahrscheinlich ist er schon nach Hause zu seinem Freund, überlegte sie. Und dann ist erst einmal Wochenende.

Noch immer unentschlossen klickte sie auf den Outlook-But-

ton, dann auf Neue Mail. Bedächtig tippte sie den Empfänger in das entsprechende Feld, fügte die Datei als Anhang ein.
Einen Moment zögerte sie noch und klickte dann auf Senden.
Dann erst fiel ihr ein, dass sie weder einen Betreff noch sonst ein erklärendes Wort in die Mail geschrieben hatte.
Na egal. Muss er eben den Anhang lesen.
Sie begann, ihren Schreibtisch aufzuräumen, schloss ihn dann ab und fuhr den PC herunter.
Das Telefon schrillte.
Wie erstarrt saß sie da. Dann beugte sie sich langsam vor und schaute aufs Display. Der Revierleiter.
Sie hob ab.
„Jörg, was hast du?", fragte sie. Lustlos, aber doch erleichtert, dass es nicht der Kripo-Chef war.
„Hier sitzt ein achtzigjähriger Opa, Willi Lachmann, im Warteraum und will eine Vermissten-Anzeige aufgeben. Sein 18-jähriger Enkel ist seit einem Tag nicht nach Hause gekommen."
„Seit einem Tag? Ein bisschen früh für eine Anzeige", sagte sie mehr zu sich selbst.
„Schon wahr. Aber vielleicht kannst du das trotzdem übernehmen. Ich habe jetzt auch niemanden zur Verfügung. Die Geisterfahrer auf der B 96 sind wieder unterwegs. Weißt du?"
„Also gut. Ich komme."
Sie legte auf, öffnete den Schreibtisch wieder und holte ihr Notizbuch hervor.
Das Telefon schrillte erneut. Sie nahm ab und fahndete nach dem Kugelschreiber.
„Noch etwas, Jörg?"
„Frau Pagels, was soll das?"
Mit einem Ruck richtete sie sich auf.

„Ich verstehe Ihre Frage nicht, Herr von Meerbusch."
„Das ist nicht Ihr Ernst. Sie wollen in die Prignitz?"
„Ja, das will ich."
„Warum?"
„Ich habe Gründe, private Gründe."
„Private Probleme? Kann ich Ihnen ..."
Sie unterbrach ihn. „Ich fürchte nein, Sie können mir nicht helfen."
Am anderen Ende war es still geworden.
„In der Prignitz ist im Moment keine Stelle frei", sagte von Meerbusch nach einer Weile.
Es sollte wohl klingen, als habe er ernsthaft in den Stellenplänen nachgeschaut. Aber das nahm sie ihm nicht ab.
„Dann eben Angermünde oder Schwedt oder Guben. Von mir aus auch Potsdam."
„Frau Pagels, hören Sie. Überlegen Sie sich das noch einmal richtig. Das Wochenende liegt ja jetzt vor uns. Heute kann ich sowieso niemanden mehr erreichen. Und ich fürchte, Frau Pagels, ich brauche Sie einfach dort, wo Sie jetzt sind. Lück und Lucio brauchen einen Mentor und Hagen Brandt ... Ach, jetzt verstehe ich das Problem ..."
Nein! Nein! Nein!
Sie brüllte ihre Worte nicht ins Telefon. Sie knallte den Hörer einfach zurück auf den Apparat.
Nein, sie wollte es sich nicht überlegen. Und von Meerbusch verstand sowieso nichts. Wahrscheinlich vermutete er irgendwelchen Neid unter Kollegen. Dass sie mit Hagen dienstlich nicht klar kam. Dass sie ihm die Aufklärungserfolge neidete.
Aber das war doch alles Schwachsinn. Nichts von all dem stimmte. Nein, Hagen Brandt wollte einfach heiraten.
Sie legte den Kopf auf die kühle Schreibtischplatte. So unend-

lich müde fühlte sie sich und doch konnten ihre Gedanken nicht loslassen.

Hagen. Immer wieder Hagen.

Sie konnte ihn nicht wegstoßen, hinaus aus ihren Kopf. Immer wieder fand er einen Weg hinein. Und wenn sie ehrlich zu sich selbst war, wollte sie es auch nicht. Und das war das Schlimmste daran.

Plötzlich öffnete jemand die Tür.

„Anne?", fragte Jörg Butterbrod. „Was ist mit dir? Kann ich dir irgendwie helfen?"

„Nein, Jörg, es ist nichts", sagte sie. „Ich komme gleich. Gib mir zwei Minuten."

Sie stand auf und lief an Jörg vorbei zur Toilette. Am Waschbecken hielt sie die Hände unter den Strahl kalten Wassers und klatschte es sich ins Gesicht.

Ja, das tat gut. Wenn es auch die Gedanken an Hagen nicht wegwusch.

Sorgfältig trocknete sie sich ab und ging hinunter zum Warteraum.

Die achtzig sah man dem dürren Mann nicht an, der Jörg Butterbrod im Warteraum gegenübersaß. Vielleicht eher gute sechzig, dachte sie, als sie eintrat. Obwohl die tiefen Falten in seinem Gesicht davon sprachen, dass er auf den Äckern und Weiden der Umgebung sein Leben verbracht hatte.

Er hat bestimmt seinen guten Anzug angezogen. Der, mit dem er wahrscheinlich immer zu den Beerdigungen im Dorf geht.

Sie trat näher. „Mein Name ist Anne Pagels", sagte sie und gab ihm die Hand.

„Sie ist von der Kriminalpolizei", sagte Jörg. „Sie wird sich bestimmt um ihren Enkel kümmern."

Der Alte nickte und sah sie so erwartungsvoll an, als bräuchte sie nur einmal in die Hände zu klatschen und der liebe Enkel würde auf dem Stuhl neben ihm sitzen.

„Nun, Herr Lachmann, dann wollen wir mal sehen, was wir für Sie tun können. Bitte erzählen Sie mir noch einmal von vorn, weshalb Sie hier sind", bat sie und setzte sich auf den Stuhl, auf dem Jörg eben noch gesessen hatte.

„Mein Enkelsohn Helfried ist gestern nicht nach Hause gekommen. Natürlich ist er jetzt achtzehn und kann gut auf sich selbst aufpassen. Das weiß ich. Aber ich mache mir Sorgen. Wissen Sie, seine Eltern sind bei einem Autounfall ums Leben gekommen – das war vor 15 Jahren – und seitdem hatte ich das Sorgerecht für ihn."

„Haben Sie vielleicht ein Foto von ihm?", fragte Anne und versuchte, beruhigend zu lächeln.

Der Alte kramte in seiner Jacke und holte ein Foto hervor. Immerhin in Farbe, dachte Anne, als sie es betrachtete. Doch der Junge darauf war höchstens zehn.

„Er wird sich inzwischen verändert haben", bemerkte sie. „Wie alt war er hier? Zehn?"

„Zehn ein halb. Aber viel verändert hat er sich nicht. Sogar der Haarschnitt ist der gleiche. Natürlich sieht er inzwischen reifer aus. Ist aber recht klein geblieben."

„Hat er eine Freundin?"

Lachmann schüttelte den Kopf. Dann hob er die Schultern.

„Ich denke, er hätte es mir erzählt. Ich bin für ihn sozusagen Vater und Mutter in einem. Wir haben uns abends viel unterhalten. Beim Karten- oder Brettspiel."

„Was hatte er denn gestern für Sachen an, als er das Haus verließ, und wo wollte er hin?"

„Ich weiß nicht, wo er hin wollte. Ich habe ihm zu seinem achtzehnten Geburtstag ein Moped gekauft. Damit wird er

wohl umher gefahren sein. Und nun frage ich mich, ob es vielleicht einen Unfall mit Moped gab. Das war so ein altes Moped, ein wenig rostig schon. Fuhr aber tadellos."
Beim Wort Moped ruckte Annes Kopf hoch.
Moped, dachte sie, sag nicht Moped, sag Schwalbe.
„Was war es denn für ein Moped?"
„Ach, die Dinger kennt doch heute niemand mehr. Aus DDR-Zeiten. Es war eine blaue Schwalbe. Er hat sie geliebt und ist seit dem Geburtstag jede freie Minute damit herumgefahren. Kennen Sie die Schwalbe noch?"
Anne nickte geistesabwesend. Dann fragte sie:
„Wo ist das, wo Sie wohnen?"
„Wir wohnen in Kraatz. Das letzte Haus, ein Holzhaus, wenn man nach Osterne fährt. Auf der linken Seite, wissen Sie?"
Wieder nickte Anne. Sie erinnerte sich wirklich an das alte Holzhaus am Ende von Kraatz. Jedes Mal, wenn sie daran vorbeigefahren war, hatte sie sich gefragt, ob da noch jemand wohnte. Es war einfach so alt und grau und teilweise verfallen, dass sie es kaum glauben konnte.
„Das Holzhaus also", sagte sie laut.
„Ja, genau. Das Holzhaus. Aber wir werden bald ein neues Haus bauen. Das habe ich Helfried versprochen und so wird es auch kommen. Hoffentlich ist ihm nichts passiert. Gab es denn einen Verkehrsunfall mit einem Moped?", kam der Alte auf sein eigentliches Thema zurück.
„Nein." Anne schüttelte den Kopf. „Sagen Sie, war Ihr Enkel vielleicht gestern in Zehdenick mit der Schwalbe?"
„Das weiß ich nicht. Warum fragen Sie? Gab es dort einen Unfall?"
„Nein, keinen Unfall. Aber dort wurde eine blaue Schwalbe gesehen."

„Wirklich? Na ja, ein paar blaue Schwalben wird es wohl hier in der Gegend noch geben. Außer die von Helfried, meine ich. Ich habe ihn nämlich nicht gesehen. Ich war gestern Nachmittag auch in Zehdenick. Leider umsonst. Denn die Bank hatte geschlossen wegen eines Banküberfalls. Das habe ich auch heute früh in der Zeitung gelesen."

Anne lehnte sich auf ihrem Stuhl zurück und fixierte den Alten. Die nächste Frage lag auf der Hand und sie wollte genau sehen, wie der Alte reagierte.

„Sie wollten zur Bank? Zur Bürgerbank?", fragte sie.

„Aber ja. Ich wollte eine größere Summe abheben, die ich für den Hausbau brauche. Nun werde ich die Firma noch einmal vertrösten müssen."

Ja, sie war sich ganz sicher, dass er die Wahrheit sagte. Wenn er auch inzwischen auf seinem Stuhl hin und her ruckelte.

„Warum das?", fragte sie nun in leichtem Plauderton. „Warum müssen Sie die Firma vertrösten?"

„Irene Meister, meine Nichte, hat gesagt, ich soll es nicht weitererzählen, aber Ihnen kann ich es ja sagen. Mein ganzes Geld wurde geklaut bei dem Banküberfall. Jetzt muss sie erst neues beschaffen und das dauert wieder drei Wochen."

„Ist Frau Meister nicht die Filialleiterin?"

„Aber ja. Sie wohnt nebenan und hat mir angeboten zu helfen. Ansonsten wäre die Bürgerbank in Gransee natürlich näher gewesen."

Mist, dachte Anne, ich hätte ihn doch mit hoch nehmen und das Band mitlaufen lassen sollen. Doch nun war es zu spät. Sie würden die Vernehmung noch einmal wiederholen müssen. Schnellstmöglich.

„Was hatte Ihr Enkel denn gestern für Sachen an, als er das Haus verließ?", fragte sie. Gerade war ihr eingefallen, dass sie auf diese Frage noch keine Antwort bekommen hatte.

„Wissen Sie, er hat da so eine alte Uniform von der NVA. Wir haben sie früher Ein-Strich-kein-Strich genannt. Die hat er jetzt auf dem Moped immer angezogen. Und dann noch einen alten Schlosseranzug oben drüber und seine neuen Schnürschuhe, glaub ich. Oder Gummistiefel. Das weiß ich nicht so genau."

„Und wie sah sein Sturzhelm aus?"

„Frau Pagels, Sie fragen, als ob sie genau wüssten, was er an hatte. Das war so ein altes Ding. Eigentlich durfte man damit gar nicht mehr fahren, weil er schon gerissen war. Aber einen neuen wollte er nicht."

„Welche Farbe?", drängte sie nun.

Er hob die Schultern. „Ehemals weiß mit abgesetztem Leder und einer uralten Motorradbrille."

Jörg, der die Tür zu seinem Wachlokal offen gelassen und offenbar mitgehört hatte, erschien in der Tür. Er schaute Anne ungläubig an, denn auch er kannte die Beschreibung des zweiten Täters, den sie intensiv suchten.

Sie nickte ihm zu und Jörg verschwand. Er würde jetzt alles in Bewegung setzen, was nötig war. Sämtliche Streifenwagen würden jetzt Jagd auf Helfried Lachmann machen. Und sie würden ihn finden, das war sicher.

Sie selbst musste nun eigentlich nur noch Hagen Brandt und die beiden Jung-Kommissare informieren. Und das würde sie sich auch nicht nehmen lassen.

„So, Herr Lachmann, ich denke, nun haben wir alles zusammen. Keine Sorge, wir werden ihn finden."

Sie erhoben sich und gaben sich die Hand. Anne Pagels sah ihm nach, als der Alte zur Tür schlurfte. Aus dieser Perspektive sah man doch sein Alter.

„Herr Lachmann? Wie kommen Sie denn jetzt zurück nach Kraatz?", rief sie ihm hinterher.

Er drehte sich noch einmal um. „Mein Nachbar hat mich hergefahren." Er zeigte durch die Glastür nach draußen.

Anne trat neben den Alten und schaute hinaus. Da stand ein silberfarbener Pkw, mit Hochzeitsbändern geschmückt.

„Er hat gestern geheiratet. Deshalb konnte er nicht eher Auto fahren. Sonst wäre ich schon heute früh hier gewesen."

Sie nickte, sagte aber nichts mehr.

Schon wieder musste sie an Hagen denken.

65

Hagen Brandt hob sein Glas Cola und prostete den beiden Tischnachbarn zu. „Bevor das Essen kommt", sagte er dann, "würde ich gern hören, wie es bei euch gelaufen ist."

Sein Handy klingelte. Er meldete sich.

„Anne hier. Ich habe interessante Neuigkeiten. Kommt ihr noch mal ins Revier?"

„Lieber wäre es mir, du würdest zu uns kommen. Zehdenick. Immer der Nase nach, bis es nach Gyros riecht."

„Dann weiß ich schon. Bestell mir bitte auch einen Teller."

Er steckte das Handy zurück in seine Jackentasche.

„Planänderung", sagte er zu Fernando und Jonas. „Wir warten auf Anne."

Dann hob er die Hand, winkte den Kellner heran und bestellte eine große Portion Gyros mit Reis, scharf. Er wusste, dass Anne darauf abfuhr. Das Leckerste auf diesem Planeten, hatte sie einmal gesagt. Das war zu Pfingsten gewesen, als sie den Tod des Bauamtsleiters geklärt hatten, und alles, was damit zusammenhing. Schade, dass Anne nun einen Schlussstrich ziehen wollte. Jedenfalls sieht es so aus, sinnierte er. Und

Carla würde wohl bald zu Knut ziehen.

„Du bist so still heute. Woran liegt das?", fragte Jonas.

Hagen hob die Schultern. Er hatte keine Lust, darüber zu reden. Aber Jonas war ein wirklich guter Beobachter.

„Du solltest dir noch diese Gesichtserkennungssoftware installieren lassen, Jonas", sagte er dann.

„Ja, ich weiß. Aber die alte Version hat noch ziemlich viele Macken." Jonas lachte. „Ich warte auf das nächste Update. Du wirst sehen: Dann bin ich besser als du."

Hagen grinste ihn an. Eine witzige Antwort fiel ihm allerdings nicht ein. Wieder das Handy. Doktor Löwen.

„Brandt?"

„Löwen. Herr Brandt, Ihr Kollege Stan, so nennt er sich wohl, lässt grüßen."

„Ist er wieder auf dem Damm?"

„Ja, er langweilt sich, sagt er. Aber geben Sie ihm bitte noch bis morgen Zeit."

„Gerne. Dann bis morgen."

Hagen trennte die Verbindung und wählte sofort neu.

„Silke, wir sitzen hier zu viert und bekommen gleich unser Gyros. Hast du Lust herzukommen?"

„Ja, muss nur noch Duschen. Halbe Stunde. Ich liebe dich."

Weg war sie. Als er das Handy wegsteckte und noch ein Gyros und einen Stuhl bestellte, kam Anne zur Tür herein.

„Jungs", sagte Anne und setzte sich, „wir haben ihn."

„Wen haben wir?", fragte Fernando.

„Den zweiten Täter. Sein Opa kam ins Revier, weil sein Enkel den zweiten Tag nicht nach Hause gekommen ist. Und der Enkel fährt eine blaue Schwalbe."

Dann erzählte sie die ganze Geschichte von vorn.

„Gut. Die Fahndung läuft also", sagte Hagen am Ende. „Da-

mit wären wir ja ein ganzes Stück weiter."
Er lehnte sich in der Bank zurück, um nachzudenken.
„Dann kann ich ja gleich weitermachen", sagte Fernando und nahm ein Schluck von seinem Bier. „Also, die Damen von der Bank waren nicht so ergiebig. Vom Ablauf des Raubes nichts Neues. Absolut nichts. Als sie bemerkten, was abging, waren sie bereits eingeschlossen."
„Und die Angestellte am Schalter?", fragte Anne dazwischen.
„Ein Wunder, dass sie schon wieder zur Arbeit gekommen war", antwortete Jonas, blätterte in seinem Notizblock und fuhr dann fort. „Diese Frau Kunzmann muss Nerven haben wie Stahlseile. Aber sie konnte auch nichts anderes erzählen, als wir bereits wussten. Aber wenn ich etwas zu sagen hätte, würde ich Frau Kunzmann und Frau Korthals noch einmal vorladen. Sie sind die Ältesten und Kältesten von all den Angestellten. Für die Details sind sie auf jeden Fall die Brauchbarsten."
Jonas verstummte. Das Essen kam und wurde mit lautem Getöse begrüßt.
Bereits nach dem dritten Happen japste Fernando: „Man, ist das Zeug scharf." Schlang aber gleich weiter, während Anne noch nicht einmal damit fertig war, ihren Teller gründlich zu inspizieren.
Silke kam. Das Essen und der Stuhl folgten ihr praktisch auf dem Fuße. Sie begrüßte alle, setzte sich und wartete auf ihr Wasser, das sie noch bestellt hatte.
Hagen gelang es nur schlecht, sich aufs Essen zu konzentrieren. Alles mögliche spukte ihm durch den Kopf. Zuerst waren da die Brände. Zwei Täter. Eine Cross-Maschine mit Anhänger. Die beiden Toten in Margaretenhof.
Das Moped hatten sie lange nicht gefunden und plötzlich die-

ser Bankraub. Und zwar an dem Tag, an dem Opa Lachmann sein Geld abheben wollte.
Nach allem, was Anne erzählt hatte, war die Information – zumindest die, wenn nicht auch der Plan für den Überfall – von dem zweiten Täter gekommen.
„Das Geld", sagte er halblaut, ohne es zu merken.
„Hagen?" Jonas sah ihn aufmerksam an und sprach dann weiter. „Ich denke auch: das Geld. Irgendwas stimmt damit nicht. Warum sollte der Enkel seinem Opa das Geld stehlen, das er – als Hausneubau – sowieso bekommt?"
„Ich tippe, er wollte kein Haus, sondern eine Urlaubsreise", sagte Anne zwischen zwei Bissen, was die anderen am Tisch zu ähnlichen Vermutungen animierte.
Hagen gabelte das nächste Stück Fleisch auf und schob es in den Mund.
Letztlich war alles nur Spekulation. Seine eigenen Ziele lagen näher. Obwohl er auf die Frage *Warum stehlen, was man sowieso bekommt?* auch keine Antwort hatte. Aber vielleicht war die ja ganz einfach: Man wollte doppelt kassieren. Auf jeden Fall lag die Antwort irgendwo dort draußen auf der Straße oder in einem Versteck, das sie nur finden mussten.
Er legte Messer und Gabel auf den Teller und wischte sich den Mund ab. Er bemerkte Annes fragenden Blick, als er sein Cola-Glas an die Lippen hob und trank.
Dann räusperte er sich.
„Ist auch der zweite Bankräuber der zweite Brandstifter?"
Anne nickte, sagte aber nichts.
Am Tisch wurde es still und so blieb es, bis sie aufstanden und zu den Autos gingen.

Als Hagen Brandt am nächsten Morgen vom Klingeln des Weckers geweckt wurde, blieb er einfach liegen und starrte an die Decke. Erstaunlich fand er, dass man ihn schlafen gelassen hatte. Denn das bedeutete: Der zweite Täter war noch nicht gefasst. Er hatte sein Versteck nicht verlassen und würde es wohl bei Licht auch nicht wagen.

Er stellte sich einen jungen Mann vor, der mit seinem Kumpel eine Bank ausgeraubt hatte. Wie mochte der sich jetzt fühlen und wie konnte der Plan nach dem Raub ausgesehen haben?

Hatten sie sich darauf vorbereitet, in einem Versteck zu verharren? Wozu? Und wie sollte es dann weitergehen?

Viel logischer wäre doch, nur das Geld zu verstecken und ins normale Leben zurückzukehren, bis Gras über die Sache gewachsen war.

Denken solche Jungs logisch? Konnten sie das überhaupt?

Er musste sich richtig mit ihnen auseinandersetzen und er hoffte, dass er die Zeit dazu haben würde. Wer waren sie?

Beim Frühstück rief Silke an, die zum Einkaufen war und wissen wollte, ob sie etwas zum Mittagessen besorgen sollte.

Nein, er würde unterwegs essen.

Dann telefonierte er mit Anne. Nein, es gäbe keine Neuigkeiten. Er würde also noch einmal mit den Markowskis reden und anschließend den alten Lachmann besuchen. Ja, und zu Stan wollte er auch noch.

„Da beneide ich dich ein wenig", antwortete Anne. „Aber ich habe noch so viel Schreibkram zu erledigen. Fernando und Jonas sitzen auch schon seit über einer Stunde an ihren Protokollen von gestern."

„Gut, dann machen wir das so. Aber zu Stan fahren wir zusammen, denke ich. Ruf mich an, wenn es etwas Neues gibt."

Hagen trennte die Verbindung und machte sich auf den Weg nach Osterne.

Als er vor dem Haus stand und zum 1. Stock hinaufschaute, ahnte er, dass sich bei den Markowskis etwas geändert hatte. Alle Fenster standen offen und auf einem Fensterbrett kniete die Frau des Hauses und winkte. Frühjahrsputz im Herbst?

Er winkte zurück und rief: „Ich komme rauf."

Sie empfing ihn an der Tür.

„Sie sind ja früh dran, Herr Brandt", sagte sie und bat ihn hinein. „Bitte entschuldigen Sie, dass es hier so wüst aussieht, aber ich habe mir vorgenommen, Ordnung zu schaffen vor der Beerdigung. Besuch hat sich angekündigt."

„Ist Ihr Mann denn auch zu Hause?"

„Nein." Sie senkte die Stimme, als wollte sie verhindern, dass ihr Mann es hörte. „Er ist mit dem Fahrrad nach Kraatz gefahren und will dort nach Arbeit fragen."

Sie schien ihm sehr aufgeregt und jetzt strahlte sie, als sie fortfuhr: „Vielleicht hat er ja Glück. Früher war er dort Futtermeister. Deshalb hat er heute früh angerufen und nachgefragt. Sie suchen jemanden für die Hilfsarbeiten. Das wäre doch ein Anfang – oder?"

Hagen nickte nachdenklich. Schade, dachte er, dass es für André zu spät ist. Nicht jeder kann Ingenieur werden, aber jeder kann sich bemühen, seinem Leben einen Sinn zu geben.

„Frau Markowski, ich wollte mit Ihnen über André reden. Haben Sie etwas Zeit?"

„Natürlich, Herr Brandt. Kommen Sie ins Wohnzimmer. Möchten Sie einen Kaffee?"

„Gern. Danke schön."

Sie verschwand in der Küche. Er hörte, wie sie Wasser aufsetzte und mit Tassen klapperte. „Haben Sie denn Andrés

Kumpel gefunden?", rief sie und schaute um die Ecke.
Er schüttelte den Kopf. „Das ist ja unser Problem, weshalb ich hier bin. Ich kannte André nicht, weiß nicht, was er so getrieben hat, welche Freunde er hatte und so."
Er hörte Wasser blubbern. Sie verschwand.
„Ja, wissen Sie, Herr Brandt, viele Freunde hatte er nicht, der André", hörte er sie aus der Küche. Da kam sie auch schon um die Ecke.
„Aber irgendwen müssen Sie doch kennen. Schulkameraden oder Kumpels, Arbeitskollegen ..."
Sie schüttelte bei jedem Wort den Kopf, stellte die Tassen auf den Tisch und setzte sich ihm gegenüber auf die Couch.
„Nein, André war nicht der Schlauste. Nachdem er die 8. Klasse wiederholt hatte und wieder drohte, sitzen zu bleiben, haben wir ihn von der Schule genommen. Es war einfach besser, auch für ihn. Er war zwar der Größte und Stärkste in der Klasse, trotzdem wollte niemand etwas mit ihm zu tun haben. Selbst im Jugendclub nicht, wo er hinging, um zu trainieren. Die haben da ein paar Hanteln und so etwas. Aber er wurde ständig gehänselt. Er hat sich gequält."
„Wie ging es denn nach der Schule weiter?"
„Ach Gott, nach der Schule. Sie kennen das sicher nicht: Er ist 1987 geboren. Und ziemlich bald gab es hier keine Arbeit mehr. Früher arbeitete man als Ungelernter auf der LPG oder als Gärtner oder in einem Betrieb – aber jetzt? Jetzt muss sogar ein Lagerarbeiter Abitur haben. Also half er mal Rasen mähen, mal Kartoffeln lesen, mal Schnee fegen. So war das."
Sie verstummte und starrte vor sich auf den Tisch. Er merkte, wie ihre aufgeräumte Stimmung langsam umschwenkte und die alte Trostlosigkeit sie wieder packte.
„Aber jetzt bekommt ihr Mann vielleicht Arbeit. Und Sie?"

„Ich will auch wieder arbeiten. Meinen Konsum gibt es ja leider nicht mehr. Ich werde mir etwas anderes suchen müssen. Das ist nicht so einfach. Auch wenn ich öfter bei anderen Leuten putzen war und die mich kennen."
Sie klatschte sich auf den Schenkel.
„Aber das werden wir schon schaffen, stimmt's?"
„Natürlich schaffen Sie das."
Er stand auf. Seinen Kaffee hatte er kaum angerührt. Und als er es bemerkte, trank er schnell im Stehen einen Schluck.
„Ja, Frau Markowski, ich muss leider weiter. Vielen Dank für den Kaffee und Ihre Zeit."
„Hat mich gefreut. Vielleicht kommen Sie wieder vorbei, wenn Sie in der Nähe sind."
Sie gaben sich die Hand. Und Hagen glaubte, dass sie sich wirklich gefreut hatte über seinen Besuch.
„Im Parterre, der ältere Herr, der gerade eingezogen ist, der würde sich auch über Besuch freuen. Er kennt ja hier niemanden. Klingeln Sie doch einfach mal bei ihm."
„Ja, das werde ich machen", antwortete sie, als er schon auf der Treppe war.

67

Silke fuhr mit ihrem Auto direkt bis an den Hintereingang zur Küche, denn es hatte angefangen zu regnen. Schnell schleppte sie die Einkäufe hinein. Nachdem alles verstaut war, überlegte sie, was jetzt noch zu tun war. Der Regen hatte schon wieder aufgehört.
Am liebsten würde sie jetzt joggen gehen und schaute misstrauisch aus dem Fenster. Es war wieder heller geworden. Die Wolken verzogen sich. Matschig würde es trotzdem sein. Egal. So eine richtig schöne Zehn-Kilometer-Runde, danach

war ihr jetzt.

Im Schlafzimmer zog sie ihre Laufklamotten an und die alten Laufschuhe. Die würden den Matsch schon aushalten, hoffte sie. Unterm Vordach blieb sie noch einmal stehen und schaute in den Himmel. Dabei überlegte sie kurz, wohin sie heute rennen wollte: Kraatz, Hellberge, Fünffingerstein und die Straße entlang zurück.

Der Feldweg, der hinüberführte zur Granseer Chaussee, war ziemlich aufgeweicht, ging aber noch. Danach würde es besser werden. In Kraatz bog sie links ein und dann gleich wieder rechts zur Kiesgrube und zu den Windrädern. Der Plattenweg, der den Hügel hinaufführte, war gut zum Laufen bei diesem Wetter. Und so langsam bekam sie auch ihren Kopf frei. Das dauerte immer einen oder zwei Kilometer, dann begann das Laufen erst richtig Spaß zu machen. Sogar bergauf.

Links zweigte jetzt der Weg zur Kiesgrube ab. Silke lief weiter geradeaus, direkt auf die Windräder zu.

Das Rauschen über ihrem Kopf wurde lauter und lauter. Angst machte es ihr nicht, wie manch anderer von sich behauptete. Im Gegenteil: Sie fand es spannend. Schon oft war sie hier entlang gelaufen und kannte sich aus. Egal, bei welchem Wetter; sie fand immer den richtigen Weg.

Doch nun setzte der Regen wieder ein – und zwar heftig. Gerade, als sie den Hügel erklommen hatte. Hier oben gab es nichts, wo sie sich unterstellen konnte. Das alte Gemäuer zur Rechten, das sie gerade passierte, hatte kein Dach mehr.

Sie überlegte, ob sie sich in einem der Bunker unterstellen sollte. Es gab ja mehrere davon. Also rannte sie weiter. Irgendwo rechts kam der nächste Bunker. Und gleich dahinter gab es eine Abkürzung, wo die Betonmauer, die das Gelände umzäunte, an einem Stück eingestürzt war.

Sie lief langsamer und blieb dann abrupt stehen.
Direkt neben dem Plattenweg im Gras lag ein Moped, eine blaue Schwalbe.

68

Hagen Brandt fuhr vor dem Lachmannschen Haus auf den Seitenstreifen und hielt. Er nahm seinen Notizblock vom Beifahrersitz, klappte ihn auf und studierte noch einmal seine Notizen. Als er ausstieg, begann es zu regnen. Und zwei Schritte weiter platzte über ihm ein Wassersack.

Er riss die Gartenpforte auf und rannte zum Haus. Der schmale Plattenweg führte zur linken Hausseite. Er wummerte gegen die Tür. Eine Klingel war nicht zu sehen.

„Herein", rief von drinnen jemand und Hagen Brandt stieß die Tür auf. Während er sie schnell wieder schloss, hörte er hinter sich erneut die Stimme.

„Ungewöhnlich, dass der Regen heute von Osten kommt. Hier regnet es sonst nie rein."

Hagen drehte sich um und stand in der Küche des Hauses. Aber von dem Inhaber der Stimme war nichts zu sehen.

„Herr Lachmann?", fragte er und schaute sich suchend um.

„Ja." Ein alter Mann, immerhin war er Anne zufolge achtzig Jahre alt, tauchte hinter dem Küchentisch auf.

„Und Sie sind?"

„Oh, entschuldigen Sie. Mein Name ist Brandt. Hagen Brandt, Sonderermittler bei der Kripo. Ich ..."

„Haben Sie meinen Enkel gefunden?" Der Alte stand hinter seinem Küchentisch und stützte sich darauf ab, als müsse er sich gegen die Antwort wappnen. Hagen schüttelte den Kopf und antwortete dann: „Nein, Herr Lachmann, noch nicht."

Die Erstarrung des Alten lockerte sich. Er bückte sich wieder.

Ein Eimer klapperte. Hagen ging um den Tisch herum.
Lachmann kniete auf dem Boden und versuchte die Stelle zu finden, an der es von der Decke tropfte. Als er sie gefunden hatte, richtete er sich auf. „Ist bestimmt gleich vorbei", sagte er nun und wies auf einen Stuhl. „Bitte setzen Sie sich doch."
Hagen Brandt folgte der Aufforderung.
„Herr Lachmann, aus irgendeinem Grund scheinen Sie ernsthaft zu befürchten, ihrem Enkel sei etwas zugestoßen. Warum ist das so?"
Lachmann öffnete den Mund. Doch er kam nicht mehr dazu zu antworten. Hinter Hagen Brandt wurde die Tür aufgerissen. „Hagen, komm schnell!"
Silkes Stimme klang so schrill, dass er sie beinahe nicht erkannt hatte. Er sprang auf. „Was ist?", fragte er.
„Komm doch. Schnell!", rief sie ganz außer Atem.
Und als er neben ihr stand, raunte sie: „Ich habe die blaue Schwalbe gefunden. Hellberge, neben dem Plattenweg."
Ohne sich noch um Lachmann zu kümmern, packte er Silkes Hand und zog sie mit sich zum Auto.
„Dort oben?", fragte er und zeigte hinauf zur Kiesgrube.
„Ja. Aber den Jungen habe ich nicht gesehen."
Sie sprangen ins Auto und Hagen griff zum Handy.
„Anne? Kommt hoch zu den Hellbergen. An der Kiesgrube Kraatz vorbei. Silke hat die Schwalbe gefunden."
Er unterbrach die Verbindung und gab Gas.
„Was machst du bei dem Wetter dort oben?", fragte er dann in ruhigem Tonfall.
„Ich war laufen."
„Und natürlich wieder ohne Handy. Mensch, Silke, irgendwann knickst du mit dem Fuß um und liegst dann tagelang dort oben, ohne dass dich einer findet."

„Quatsch. Du weißt doch, wo ich immer jogge", sagte Silke und schrie im selben Moment auf, in dem das Auto aus einer Kuhle heraus hochgeschleudert wurde.
„Fahr langsamer. Hier kommt es gleich."
Hagen stoppte, als etwas Blaues neben dem Plattenweg auftauchte.
„Du bleibst hier, bitte", sagte er und sprang aus dem Auto.
Im Licht der Scheinwerfer prasselten Regentropfen auf den Plattenweg. Und dann hörte er auch, wie die großen Tropfen auf Blech trommelten. Zwischen dem abgestorbenen, hüfthohen Beifuß reflektierte etwas das Scheinwerferlicht.
Langsam näherte er sich, blieb aber auf dem Plattenweg, um keine Spuren zu vernichten. Nur, falls der Regen überhaupt etwas davon übrig ließ. Er hielt die rechte Hand in Augenhöhe. Der peitschende Regen tat richtig weh in den Augen.
Ja, es war vermutlich das gesuchte Moped, jedenfalls eine blaue Schwalbe. Sie lag auf der linken Seite. Ihm schien es, als wäre die Unterseite noch trocken.
Hagen ging in die Hocke, um besser sehen zu können. Eine Ecke Papier schaute unter dem Blech hervor. Dort wo das Moped mit dem Trittblech auflag. Er konnte jedoch nicht erkennen, was es war. Als er wieder aufstand, war ihm so, als hätte im Brachland hinter der Schwalbe etwas aufgeblinkt. Vielleicht eine Glasscherbe, die sich im Scheinwerferlicht spiegelte. Vielleicht etwas anderes. Er konnte jedenfalls nicht erkennen, was es war. Also hieß es, sich zu gedulden, bis die anderen kamen.
Hinter Kraatz aus Richtung Gransee blinkten plötzlich blaue Lichter auf. Die Verstärkung rückte näher. Hagen Brandt lief zurück zum Auto, öffnete die Fahrertür und ließ sich in den Sitz fallen.

„Ist es die Schwalbe, die ihr sucht?", fragte Silke und im Nachhinein wunderte es Hagen, dass sie wirklich im Auto geblieben war.

„Bestimmt. Sag mal, bist du um die Karre herumgelaufen?"

„Nein, ich dachte, dass es dort noch matschiger ist als sowieso schon. Ich bin gleich umgedreht. Wollte irgendwo klingeln und die Polizei anrufen. Da sah ich dein Auto stehen."

Hagen schaute in den Innenspiegel. Die Scheinwerfer hinter ihm blendeten.

„Hältst du es im Auto noch etwas aus? Sonst schaue ich mal, ob ich einen Fahrer für dich finde. Wir werden hier sicherlich einige Zeit zu tun haben."

„Nein, keine Sorge. Ich renne nach Hause, wenn es etwas weniger regnet. Ist das eine Decke dort auf der Rückbank?"

Sie hatte sich umgedreht und angelte danach.

69

Vorweg fuhr ein Streifenwagen, dann Annes rosafarbener Käfer. Dahinter kam noch ein Streifenwagen.

„Das ganz große Aufgebot, heute?", rief er Olli entgegen, der als erster aus dem Streifenwagen sprang.

„Ist im Moment nicht viel los. Das ist selten inzwischen."

„Geht's mit dir wieder?", fragte Hagen Brandt noch, der sich sofort an die Szene vor der Bank erinnerte.

„Klar. Stan geht's doch auch gut." Olli lachte.

Von hinten kam Anne angelaufen. In ihrem weißen Overall war sie nicht zu übersehen. In der Hand trug sie eine große Taschenlampe.

„Es war noch niemand dran, Anne. Hier drüben." Hagen zeigte die Stelle. Doch sie hatte das Moped schon entdeckt und steuerte darauf zu. Auch sie blieb zunächst auf dem Plattenweg und strahlte mit der Lampe das Moped an.

„Olli", rief sie, „bring mal bitte die Plane aus meinem Kofferraum und deck die Karre damit ab."

Olli rannte los. Anne leuchtete weiter die Umgebung ab.

Der Lichtstrahl wanderte über Gräser und abgestorbenes Unkraut. Zehn Meter schaffte die Lampe locker, selbst bei diesem Starkregen. Plötzlich hielt sie den Strahler still. Hagen trat neben sie.

„Scheiße", flüsterte er. „Auch das noch."

Das Licht des Strahlers hatte einen Gummistiefel und ein Hosenbein erwischt.

„Bleib hier", sagte Anne und ging in einem großen Bogen darauf zu, während sie die Lampe direkt vor ihre Füße hielt, um zu vermeiden, dass sie Spuren zerstörte.

Hagen erkannte einen Menschen, der auf dem Bauch lag.

Anne hockte sich hin. Wahrscheinlich prüfte sie, ob er – oder sie – noch lebte.

„Er ist tot", rief sie. „Ruft den Arzt. Hagen, du kannst kommen, aber bleib in meiner Spur."

Vorsichtig näherte er sich und versuchte dorthin zu treten, wo Anne bereits gegangen war. Denn jetzt ging es nicht mehr um irgendeinen Mopedfund, sondern um einen Menschen. Egal, wie der auch gestorben war.

„Ein-Strich-kein-Strich, wie Lachmann beschrieben hat", sagte Anne leise und leuchtete nun die nähere Umgebung der Leiche ab. „Das ist Helfried Lachmann. Kein Zweifel."

„Schau mal. Da ist eine Schleifspur", erläuterte sie dann.

Er nickte. „Leuchte mal auf seine Hände. Ich glaube, die rechte ..."

Die linke Hand war unter dem Körper verborgen, doch die rechte lag ausgestreckt über dem Kopf der Leiche. Es sah aus, als wäre noch Leben in der Hand und versuche, den schweren Körper voranzuziehen.

„Ob er gestürzt ist und dann versucht hat, von irgendwo Hilfe zu holen?", fragte Anne nun. Ihrer Stimme nach hatte sie ihre Sachlichkeit wiedergefunden.

Nein, bestimmt nicht, ging es Hagen durch den Kopf. So viele Zufälle gibt es nicht, dass erst der eine Bankräuber durch einen Unfall zu Tode kommt und dann auch noch der andere.

Doch er streckte nur die Hand nach der Lampe aus. Zwar hatte der Regen nachgelassen, doch die Wolken waren so dick, dass man nicht wusste, ob es bald hell werden würde oder dunkel.

„Wir brauchen mehr Licht und ich muss Fotos machen", sagte Anne, als sie sie ihm reichte. „Im Büro habe ich noch zwei Scheinwerfer. Ich rufe Fernando an."

Während Anne zurücklief zu ihrem Auto, wo sie wahrscheinlich ihr Handy vergessen hatte, leuchtete er Stück für Stück über die Füße, Beine und Rücken des Toten. Aber außer dass alles klitschnass war, konnte er nichts erkennen.

Auch die blonden Haare klebten am Hinterkopf. Sie wirkten dunkler als auf dem Foto. Wahrscheinlich von der Nässe.

Oder? Hagen beugte sich hinab.

Das Kinn war halb unter der Schulter verborgen, als hätte der Junge es fest an den Körper gepresst oder als habe er keine Kraft mehr gehabt, seinen Kopf vorzurecken.

Hagen hielt die Lampe etwas höher, dann tiefer, um den Einfallwinkel des Lichts zu verändern. Dann hielt er still.

Am Unterkiefer, ein Stück unterhalb des Ohrs, war die Haut verfärbt und aufgewölbt. Vielleicht einen Zentimeter breit und zehn Zentimeter lang. Ein Hämatom? Vorn verbarg das Kinn praktisch alles, hinten der Jackenkragen, wo die Wunde sich fortzusetzen schien. Konnte das von einem Schlag stammen? Möglich.

Anne stand plötzlich neben ihm. Er zeigte ihr die Stelle und trat zurück. Jetzt war sie an der Reihe. Mehrmals erhellte der Blitz der Kamera die Umgebung.

„Schieb mal den Kragen zur Seite", forderte sie.

Vorsichtig zog er und konnte die Wunde nun deutlich sehen.

„Mein Gott", sagte er und wich einen Schritt zurück. Dann starrte er Anne an. Das Entsetzen in ihren Augen war greifbar. Seine Hand mit der Lampe begann zu zittern.

Kein Hämatom. Es war ein tiefer, langer Schnitt.

Hagen schluckte.

„Dreh ihn um", kommandierte Anne, die sich offenbar als Erste gefangen hatte.

Hagen trat hinüber auf die andere Seite, fasste Schulter und Hüfte und zog ihn vorsichtig auf die Seite.

Der Kopf des Jungen fiel langsam nach hinten. Die Wunde klaffte weit auseinander, gereinigt vom Regen. Hagen ahnte, dass das Messer die Halsschlagader durchtrennt hatte und das Leben stetig aus dem Jungen herausgesickert war. Sein Gesicht trug links die erwartete Leichenblässe. Diese Seite hatte nach oben gezeigt. Die rechte Gesichtshälfte war jedoch rotbraun verfärbt. Liegeflecke. Er musste also schon länger, vielleicht seit gestern, hier liegen.

Anne machte weitere Fotos. Hagen hielt es nicht länger aus. Er musste weg hier, bevor seine Tagträume zurückkehrten.

„Ich fahre jetzt am besten zum alten Lachmann. Und ich muss nachdenken", sagte er.

Anne nickte. „Ich rufe dich an, wenn ich Neuigkeiten habe."

Er ging zurück zum Weg. Dort winkte er die beiden Streifenbesatzungen heran und wies sie an, den Tatort weiträumig ab-

zusperren. Jetzt war hier zwar noch Ruhe, aber irgendwann würde die Hansen den Braten riechen, das ahnte er.
Dann öffnete er die Autotür. Silke schlief. Er schloss die Fahrertür so leise wie möglich und lehnte sich dann zurück.
Ganz langsam lief der Film in seinem Kopf rückwärts bis zu dem Anruf, den Anne an seinem Geburtstag erhalten hatte.
Wie lange war das her? Zwei Tage erst? Mit dem verzweifelten Olli hatte es begonnen. Dann der tote André Markowski, der Kassenraum, Irene Meister, der nuschelnde Opa.
Wo war es passiert? An welcher Stelle waren seine Gedanken gestolpert?
Lachmann wollte Geld abheben. Stolpern. Am Nachmittag. Am Abend des nächsten Tages meldet er seinen Enkel als vermisst. Für die Polizei zu früh, aber für den sorgenden Opa sehr spät.
Dann die Aufzeichnungen der Überwachungskameras. Das Bild in seinem Hirn holperte wieder. Erschreckte Gesichter. Die Pistole. Das Geld.
Verdammt! Wo?
„Hagen, mir ist kalt", riss ihn Silke aus den Gedanken.
„Ja. Ich bringe dich jetzt nach Hause."

70

Als Hagen Brandt vor Lachmanns Haus aus dem Auto stieg, riss der Wind ihm die Tür beinahe aus der Hand. Mit Wucht schlug er sie zu. Dann lehnte er sich gegen seinen alten Astra. Der war lange nicht so alt wie er selbst. Und doch dachte Hagen manchmal, sie hätten inzwischen die gleichen Gebrechen. Das Wetter ließ heute seine Glieder schmerzen und das machte ihn noch wütender. Zwar hatte es aufgehört zu regnen, doch es war kälter geworden. Der Luftdruck schwankte hoch und runter, seine Gelenke kreischten bei jeder Änderung.

Warum mussten zwei Menschen sterben, die eigentlich noch gar nicht richtig gelebt hatten. Ob sie gehofft hatten, dass das Leben für sie noch beginnen würde? Vielleicht. Vielleicht hatte einer von ihnen schon seine große Liebe erlebt, ging es ihm durch den Kopf, als er an Silke dachte. Verdammt!

Er hob den Kopf und sah den alten Lachmann aus der Haustür treten. Hagen Brandt stieß sich vom Astra ab und ging auf ihn zu. Der Alte rührte sich nicht. Nur dessen Haare flatterten im Wind. Die Haustür hielt er so fest, dass sie sich keinen Zentimeter bewegte. Eher würden die Türangeln nachgeben als er. Genau so wirkte er auf Hagen. Würde er wanken, wenn die Tatsachen ausgesprochen waren? Lachmann ahnte sie bereits, seit das Auto vorgefahren war. Spätestens.

Hagen Brandt blieb vor Lachmann stehen, sah ihn an und drückte ihm wortlos die Hand. Dann trat er an ihm vorbei in die Küche. Der Alte schloss die Tür und sperrte den Wind aus.

Es wurde still. Nein, noch stiller.

Hagen war es im Nachhinein, als hätte er den Wind draußen nur gesehen, aber nicht gehört, als er dem Alten gegenüberstand.

Stille. Starre. Trauer.

Als sie sich setzten, lief eine Träne über die Wange des Alten. Eine einzige. Und Lachmann ließ es geschehen, dass er sie sah.

Hagen dachte an die Trauer, die die Markowskis gezeigt hatten. Selbstmitleid. Auch Reue. Aber dies hier war anders.

Endgültiger.

Wenn Hagen auf dem Weg hierher noch überlegt hatte, ob der Alte eine Schuld trug – das war vorbei.

Ob er Hilfe brauchte?

„Haben Sie Familienangehörige? Kann Ihnen ..."

Doch Lachmann schüttelte schon mit dem Kopf.

Wieder Stille. Plötzlich schlug eine Wanduhr dreimal und es war, als würde der Alte erwachen.

„Nur Aurelia und Irene. Aber die haben wohl andere Sorgen. Eigene Probleme", sagte der Alte langsam.

Es war nur ein Hauchen. Kraftlos.

Irene Meister, ja.

„Aurelia?", fragte er.

„Fuchs. Beide hatten kein Glück mit ihren Männern."

Hagen war für einen Moment verwirrt. Da schließt sich ein Kreis, hatte er das Gefühl. In Gedanken baute er ein Muster zusammen: Der alte Lachmann, dann Aurelia Fuchs und Irene Meister. Ganz unten Helfried Lachmann, der jüngste Spross und der mit dem kürzesten Leben.

„Der Fuchs war ein Blödmann", sagte Lachmann jetzt. „Helfried ist nie hingegangen. Aber bei Irene war er immer gern. Als er noch ein kleines Kind war, hat sie mit ihm gespielt."

Warum erzählt der Alte das?

Hagen schüttelte irritiert den Kopf.

War es der Alte auch? Verwirrt? Klammerte er sich jetzt daran, dass ihm die Verwandten geblieben waren? Oder redete er nur so dahin, um nicht an den Tod denken zu müssen?

„Helfried ist ...", begann Hagen.

„Ich will es nicht wissen!"

Die Stimme des Alten war plötzlich hart.

„Hören Sie? Ich will es nicht wissen. Nicht, was er getan hat, und nicht, wie er gestorben ist. Für mich soll er weiterleben, jedenfalls in meinen Gedanken. Und jetzt gehen Sie. Bitte."

Hagen stand auf. Er schaute den Alten noch einen Moment an

und glaubte, ihn zu verstehen.

Das Unbegreifliche. Der Junge war tot – ein Achtzigjähriger musste weiterleben.

Ob der alte Lachmann es schaffte?

71

Vorlauf. Bilder huschten vorbei.

Anhalten. Rücklauf. Weiter.

Langsam vorwärts.

Als Hagen Brandt sich zurücklehnte, spürte er wieder seine Hüftgelenke. Er ruckelte auf dem harten Stuhl herum.

Anhalten.

Zeitlupe.

Die Augen der Bankangestellten weiten sich. Sie öffnet den Mund, als wollte sie schreien. Irene Meisters Hinterkopf wandert langsam nach links.

Es war nicht zu glauben …

Hagen sprang erschreckt auf. Das Handy in seiner Hose war auf Vibrato gestellt. Sein Bein zuckte, dass er sich am Tisch abstützen musste.

„Anne hier. Wo steckst du eigentlich?"

„Was? Wer? Wer ist da?", stotterte Hagen.

Er hörte ein trockenes Lachen, verstand den Sinn nicht.

„Hagen. Ganz ruhig. Hier ist Anne. Sag mir jetzt einfach, wo du bist." Sie sprach langsam, selbst für ihn.

„Anne? Na, ich bin hier."

Er schaute sich kurz um.

„Im Technikraum."

Kurz darauf ging die Tür auf.

„Jetzt bist du also im Technikraum. Und wo warst du eben noch? Mein Gott, dich hat es aber erwischt. Du solltest Feierabend machen."

Er starrte noch einmal auf den Monitor. Ganz langsam kam das Begreifen. Jetzt wusste er, was geschehen war.

„Komm und schau dir das an", sagte er, ohne sich zu rühren.

„Ich will jetzt aber nichts sehen. Weißt du, wie spät es ist? Drei Uhr irgendwas. Du musst doch müde sein."

Er zog sie einfach heran und setzte sie auf den Stuhl. Dann griff er zur Maus.

Rücklauf. Anhalten. Vorlauf.

Zeitlupe.

„Siehst du es?", fragte er ganz aufgeregt.

„Nein. Was?"

„Warte. Noch einmal."

Rücklauf. Anhalten. Vorlauf.

Zeitlupe, noch langsamer.

„Und jetzt?"

Anne schüttelte mit dem Kopf.

„Von vorn ..."

„Nein, Stopp! Hagen, du hörst jetzt auf damit." Sie stand auf. „Bevor du noch ganz irre wirst."

Er stand hinter dem Stuhl und sah unbewegt die Bilder.

Wie Anne sich bückte.

Wie Anne die Hand ausstreckte.

Wie Anne den Knopf drückte ...

Sie schob ihn zur Tür hinaus und plapperte irgendwas von *verrückt werden*.

72

Willi Lachmann glaubte, nichts mehr zu fühlen. Seine Welt und die seines Enkels Helfried waren in sich zusammengestürzt. Alle Bäche waren versiegt, nicht einmal weinen konnte er noch. Seit er wusste, von wem in den Zeitungen der letzten Tage die Rede gewesen war, also seit gestern Mittag, um genau zu sein, saß er hier am Küchentisch, schaute durch das Fenster auf die Straße und grübelte.

Mehrmals hatte er Nachbarn, aber auch Fremde, vor seinem Haus stehen und diskutieren sehen, doch niemand war hereingekommen. Niemand hatte geklopft und er wollte auch niemanden sehen.

Helfried ist tot, war der einzige Gedanke, der in seinem Kopf Platz hatte.

Kein wie, kein warum. Es war ihm egal.

Vor ihm auf dem Tisch stand der alte Schuhkarton mit den Erinnerungen. Zwei Fotos von Helle und dessen Eltern, seiner Tochter mit ihrem Mann, hatte er herausgesucht. Sie lagen zwischen seinen steifen, rissigen Händen und schienen ihn anzuschauen, ihn anzuklagen, warum er nichts unternommen hatte, um Helle zu retten. Dabei hätte er für Helfried sein Leben gegeben.

Draußen am Gartentor bemerkte er eine Bewegung. Jemand war herangetreten und stand nun dort, ohne sich zu rühren. Es dauerte ein ganzes Weilchen, bis sich seine Augen klarten und er Irene erkannte. Und dann sah sie aus, als hätte sie sich nach außen hin abgeschottet und würde nachdenken.

Aus irgendeiner Ecke von Willi Lachmanns Gehirn tauchten nun doch die Fragen auf, die er bisher zur Seite geschoben hatte: Wie ist es geschehen und warum? Gab es jemanden, der Schuld auf sich geladen hatte?

Wieder schaute er zu Irene. Sie hatte die Gartentür geöffnet und kam zögernd näher. Dann hörte er, wie sie vor der Tür stand und mit den Füßen auf dem Tritt scharrte. Bald fünf Minuten vergingen, bis sie klopfte.

Doch da wusste es Willi Lachmann bereits.
Er starrte auf die Tür, ohne zu öffnen oder sie hereinzubitten. Und als die Tür geöffnet wurde und Irene auf der Schwelle stand, atmete er tief ein und brüllte:
„Raus! Scher dich raus, du Kinderschänderin!" Dabei wies er auf die Tür.
Und jetzt endlich konnte er weinen.

73

Es waren Silkes Augen, in die er schaute, als er erwachte.
„Guten Morgen, Chef."
„Wieso Chef? Bist du nicht die Silke, die nie Chef sagt, sondern Schatz?"
Sie gab ihm einen Kuss.
„Ein Test, Schatz. Hast bestanden. Wie geht's deinem Kopf?"
„Gut. Meinem Bauch geht's schlecht. Er hat Hunger."
„Dann ist es ja gut. Frühstück wartet schon."
„Frühstück? Schon wieder Frühstück?"
„Ja. Du hast ein bisschen länger geschlafen. Fast 24 Stunden. Ich verstehe nur nicht, wieso Anne mich in der Nacht mindestens dreimal geweckt hat, um nach dir zu schauen. Na egal. Komm frühstücken."
Ganz, ganz langsam stellten sich die Erinnerungen ein. Aber er hatte dafür zwei Tassen Kaffee gebraucht. Jetzt saß er am Küchentisch. Zurückgelehnt. Spulte die Bilder im Kopf ab.
Dann sah er Silke an. „Wo ist Anne?", fragte er.
„Arbeiten. Wo sonst? Es ist zehn."
„Sonntag?"
„Ja, Sonntag."
Er stand auf.
„Willst du etwa auch arbeiten?", fragte sie.

„Natürlich. Aber keine Sorge: Wenn dieser Tag vorbei ist, gehöre ich wieder ganz allein dir. Versprochen."
Silke schob ihren Stuhl zurück und trat dicht an ihn heran.
„Bitte, Hagen, übertreib es nicht. Als Anne dich gestern nach Hause brachte, da hattest du etwas an dir ... das mir Angst gemacht hat. In deinem Blick lag etwas ... etwas Irres."
Er wollte sich freimachen, einfach an ihr vorbeigehen zum Auto. Aber Silke hielt ihn fest.
„Sag mir wenigstens, wo du jetzt hinfährst. Dann bin ich vielleicht etwas ruhiger. Bitte."
Er verstand, dass sie ihn nicht loslassen würde. Aber es war nun wirklich nichts Aufregendes dabei. Er wollte doch nur ...
„Ich will zu einer der Bankangestellten. Sie heißt Frau Kunzmann, wohnt in Zehdenick und ist kurz vor der Rente. Genügt dir das?"
Silke nickte zögernd. Dann ließ sie ihn gehen.
Ach, diese Frauen.
Er ging noch einmal in sein Büro, holte den Notizblock und klappte den Laptop zu. Als er ins Schlafzimmer ging, um sein Handy zu holen, hörte er Silke telefonieren, verstand aber nicht, worum es ging.
Dann machte er sich auf den Weg.

74

Sonntagvormittag im November. Obwohl es nicht regnete, waren die Straßen von Zehdenick menschenleer. Ein grauer Golf kam ihm entgegen und bog zur Tankstelle ab.
An der großen Kreuzung musste Hagen Brandt anhalten und ließ das Seitenfenster herunter. Aus Richtung Gransee war eine Polizeisirene zu hören und plötzlich schien in seinem Hirn etwas aufzuschreien:

Rücklauf. Anhalten. Vorlauf ...
Noch mehr Geschrei von draußen. Weiß der Teufel. Wohl zwei Trunkenbolde, die sich beim Frühschoppen im *Haus Vaterland* das Kloppen gekriegt hatten?
Die Ampel sprang auf grün. Er passierte den neuen Fischladen, den er noch nie betreten hatte, dann die Klosterscheune, wo jetzt natürlich auch tote Hose war. Gegenüber der Feuerwehr bog er in die Parkstraße ein. Rechts, das war wohl der Park, jedenfalls ging es einen bewaldeten Hang hinauf – links kamen Mehrfamilienhäuser, dann Einfamilienhäuser. Und ganz am Ende der Straße, so hatte er sich sagen lassen, stand der alte Wasserturm.
Nach ein paar hundert Metern hatte er die richtige Nummer gefunden. Das Haus sah alt aus, hatte aber ein neues Dach.
Als er ausstieg und sich umschaute, bog ein dunkler VW Passat in die Parkstraße ein und hielt gleich am zweiten Haus.
Niemand stieg aus. Und um zu sehen, wer darin saß, dazu war es zu weit entfernt.
Hagen blieb stehen. Erstarrte.
Vorlauf!, schrie es in ihm.
Hagen wartete kopfschüttelnd, bis es vorbei war, dann überquerte er die Fahrbahn und blieb an der Gartenpforte stehen.
Bevor er noch den Klingelknopf gefunden hatte, wurde ein Fenster geöffnet.
„Wollen Sie zu mir?", fragte ein Mann, ungefähr sein Alter, jedenfalls kurz vor der Rente.
„Wenn Sie Herr Kunzmann sind, dann will ich wohl zu Ihrer Frau. Mein Name ist Hagen Brandt", stellte er sich vor und hörte aus dem hinteren Teil des Hauses eine Frauenstimme:
„Erwin, mit wem redest du denn da?"
Erwin drehte den Kopf nach hinten und rief: „Ein Herr Brandt

will zu dir. Wahrscheinlich hat er gerochen, dass es Rouladen gibt." Kunzmann sah ihn wieder an und grinste.

„Was?" Die Frauenstimme kam näher. Dann war sie selbst am Fenster.

„Bitte, Frau Kunzmann, entschuldigen Sie die Störung am Sonntag, aber ich habe Fragen, die keinen Aufschub dulden. Dauert auch nicht lange."

Sie erkannte ihn offenbar wieder.

„Kommen Sie rein, Herr Brandt. So lange die Rouladen nicht anbrennen, bleibt mein Erwin auch friedlich."

Fünf Minuten später saß er in der Küche, vor ihm eine Tasse Kaffee und einige Pfefferkuchen, die schon seit vier Wochen überall angeboten wurden. Der Hausherr hatte sich vor den Fernseher verdrückt, die Hausfrau wendete noch schnell die Rouladen.

„Also, wo drückt denn der Schuh?", fragte sie und setzte sich zu ihm.

Er blätterte kurz in seinem Notizblock. Das sah immer wichtig aus und offiziell. „Frau Kunzmann, ich weiß, Sie haben schon mit meinen beiden Kollegen gesprochen und es klingt vielleicht paranoid, aber manches muss ich einfach selbst hören oder erleben, um es glauben zu können."

Er sah sie aufmerksam an und fuhr fort, als er sicher war, ihre Aufmerksamkeit zu haben.

„Kurz vor dem Überfall standen Sie ganz allein vorn im Kassenraum. Kam das in der Vergangenheit öfter vor?"

Sie schüttelte den Kopf.

„Ganz und gar nicht. Es ist ja auch gegen jede Vorschrift. Und ich habe die halbe Nacht wach gelegen und darüber nachgedacht, wie es trotzdem passieren konnte. Seit ich in dieser Bank beschäftigt bin – und das sind 25 Jahre – ist das nicht vorgekommen."

„Gibt es eine Art Plan oder eine Absprache oder irgendeine Gewohnheit, wer wann Pause macht oder wer wann vorn am Schalter zu stehen hat?"

„Ja und nein. Wir sind eigentlich drei, die an den Schaltern sitzen. Die anderen haben andere Aufgaben, zum Beispiel Termine mit Kreditkunden, Baufinanzierung, Geschäftskunden und so."

„Und wenn eine Angestellte Pause machen will oder auf Toilette muss?"

Frau Kunzmann lehnte sich zurück. Er merkte, dass sie keine Angst davor hatte, irgendwen reinzureiten. Mit der rechten Hand stützte sie sich auf dem Tisch ab und gestikulierte mit der linken. Es war ihr Terrain.

„So lange wir zu dritt vorne sind, schließt die Kollegin einfach ihre Kasse ab und geht nach hinten. Sind wir zu zweit, drückt sie den Rufschalter und eine Ablösung kommt von hinten. Wie gesagt, das ist alles normaler Arbeitsalltag."

„Aber wie kam es, dass Sie plötzlich ganz alleine vorn standen?"

Sie zuckte mit den Schultern.

„Ich stand mit Frau Korthals vorne, wie es sein soll. Hinten lief die Schlacht um die besten Urlaubszeiten. So war das."

„Ist Frau Korthals von sich aus nach hinten gegangen?"

„Nein, das würde sie niemals tun. Wenn man sein halbes Leben an der Kasse verbringt, schleift sich so manches ein. Positives wie Negatives. Außerdem kam es bei uns beiden ja nicht darauf an. Frau Korthals lebt allein und mein Erwin ist Frührentner. Wir hätten zu jeder Zeit Urlaub machen können, ohne auf jemanden Rücksicht nehmen zu müssen.

Nein, Frau Korthals wurde von Frau Meister nach hinten gerufen. Und als sie auch nach dem zweiten Ruf an ihrem Pult blieb, hat sie sie geholt."

Schade, ging es Hagen durch den Kopf, dass dieser Ablauf von den Kameras nicht erfasst wurde. Der zweite Schalter lag noch gerade so im Aufnahmebereich, der dritte war in der Aufzeichnung gar nicht zu sehen und auch die Schreibtische dahinter nicht, die mit einer Glasscheibe abgeteilt waren.

„Ist Frau Meister schon lange in der Filiale?", fragte er.

„Irene? Seit einem Jahr ist sie als Leiterin eingesetzt. Vorher war sie in Gransee. Kreditsachbearbeiterin."

„Kommen Sie gut mit ihr aus?"

Es war die direkteste und zugleich unverfänglichste Art zu fragen, die ihm einfiel. Doch Frau Kunzmann hob nur die Schultern und sagte: „Ja."

Pech gehabt. Neuer Versuch:

„Kennen Sie ihre Familie?"

Kopfschütteln. „Ich habe nur vor ein paar Tagen gesehen, wie sie von einem jungen Mann abgeholt wurde. Aber warum fragen Sie mich das alles über Frau Meister?"

Paff! Da hatte er es. Nun konnte er nur noch hoffen, dass sie nicht gleich zum Telefon griff, wenn er zur Tür heraus war.

Plötzlich sprang Frau Kunzmann auf und war mit zwei Schritten am Herd.

„Ach du meine Güte, ach du meine Güte", rief sie, griff zum Topflappen und zog die Schmorpfanne aus dem Ofen. Dann schaute sie ihn strafend an.

„Das wird Ärger geben. Mit Erwin sowieso." Sie lächelte gequält, wurde aber sofort wieder ernst. „Ich hoffe nicht, dass eine von uns an dem Überfall beteiligt war."

Ihr Blick ging zu seinem Notizblock, der noch immer unangetastet auf dem Küchentisch lag.

„Irene war doch nicht beteiligt – oder?"

Das hatte er nun davon. Verdecktes Ermitteln war noch nie seine Stärke gewesen.

„Frau Kunzmann, ich kann Ihnen natürlich nicht den Mund verbieten, trotzdem hoffe ich, dass das bis morgen unter uns bleibt. Einverstanden? Bis dahin weiß ich die Antwort auf Ihre Frage."

Er stand auf und sie nickte.

„Dann sehen Sie mal zu", sagte sie lächelnd, „dass Sie unbeschadet an meinem Erwin vorbeikommen. Der hat bestimmt schon gerochen, dass da etwas angebrannt ist."

75

„Dieser verflixte Hagen Brandt", grummelte Anne in sich hinein und legte ihr Handy auf den Beifahrersitz. Wenn er Lunte gerochen hat, nimmt er auf nichts und niemanden Rücksicht. Und das Team bleibt grundsätzlich auf der Strecke.

Bloß gut, dass Silke sie informiert hatte und Fernando schon im Büro war. So hatte sie jetzt wenigstens Zeit, sich um ihre eigene Arbeit zu kümmern.

Die ganze Nacht hatte sie sich von einer Seite auf die andere gewälzt, weil sie die Gedanken an den toten Lachmann nicht los wurde. Vor allem ärgerte es sie, dass der Regen ihr den ganzen Tatort aufgeweicht hatte. Sie hoffte, dass es heute etwas abgetrocknet war und sie doch noch einige Spuren fand.

Das Messer, die Tatwaffe, muss sich doch finden lassen, ging es ihr durch den Kopf, als sie den Motor ihres Käfer startete und das Auto wieder auf die Straße lenkte.

Kein normal denkender Mensch nahm ein Messer vom Tatort mit, wenn es nicht gerade ein besonderes war. Also, hieß es Suchen.

Sie bog auf den Plattenweg zu den Hellbergen ein, umkurvte vorsichtig die großen Pfützen, bei denen man nicht wusste, wie tief sie waren, und langte kurz darauf oben an.

Sie steckte ihr Handy wieder ein für den Fall, dass es Neuigkeiten von Hagen gab, klemmte sich die Mappe mit der Tatortskizze unter den Arm und stieg aus.

Zuerst suchte sie sich den richtigen Ausgangspunkt und verglich dann die Skizze mit der Wirklichkeit. Sie nahm noch einige Korrekturen vor, kroch unter dem Flatterband durch und begann Bahn für Bahn abzusuchen. Hundert Meter rauf, hundert runter. Immer parallel zum Plattenweg.

Irgendwo, dachte sie, muss doch etwas zu finden sein.

Plötzlich stutzte sie und bückte sich. Direkt vor ihr war ein Loch im Boden. Ein Loch? Ein Löchlein von einem Quadratzentimeter Größe. Rechteckig. Verwaschen vom Regen, aber noch vorhanden, weil Laub es abgedeckt hatte. Sie markierte es und suchte weiter.

„Wo eins ist, müssen doch noch mehr sein, verdammt", sagte sie leise zu sich selber. „Jedenfalls dann, wenn es ist, was ich glaube."

Es dauerte zwanzig Minuten, bis sie das zweite Löchlein gefunden hatte. Fünf Meter entfernt. Sie markierte auch dies und richtete sich auf. Am liebsten hätte sie gleich Hagen angerufen. Oder Fernando. Ja, sie hatte Neuigkeiten: Sie hatte die Eindrücke von Stöckelschuhen gefunden. Von einer Wanderin stammten die garantiert nicht.

Mühsam unterdrückte sie ihren Wunsch, zum Handy zu greifen, und suchte weiter. Jetzt kannte sie die Richtung und fand gleich darauf noch zwei weitere Eindrücke. Dabei bewegte sie sich stetig auf einige wild gewachsene Birken und Nadelbäume zu.

Als sie sich wieder einmal aufrichtete, um ihren Rücken zu strecken, saß auf einem kleinen Findling am Rande des Plattenwegs ein alter Mann. Sie erkannte ihn sofort.
Willi Lachmann. Anne griff zum Handy.

76

„Irgendwas stinkt da", knurrte Hagen vor sich hin und meinte nicht Frau Kunzmanns Rouladen.
Er schloss die Gartentür hinter sich und schaute nach rechts zur Hauptstraße. Der schwarze Passat war weg. Doch als er in seinen Astra stieg, entdeckte er ihn ein Stück die Straße runter. Er hatte gewendet. Hinter der Frontscheibe bewegte sich etwas, die Seitenscheibe war ein Stück heruntergelassen.
Wir werden sehen, was er will, ging es ihm durch den Kopf und startete den Motor. Von hinten kam ein Lkw. Er ließ ihn vorbei und zog direkt hinter ihm auf die Fahrbahn.
Wer auch immer in diesem Passat saß, konnte ihn erst im letzten Moment sehen und musste dann noch wenden. Das dürfte reichen.
Während er im Rückspiegel das Wendemanöver des Passat beobachtete, bog er gleich in die nächste Straße rechts ein. Durch ein paar Seitenstraßen kam er zu den Plattenbauten, bog rechts auf die Hauptstraße ein, dann links. Auf der Straße nach Klein-Mutz war niemand mehr hinter ihm.
Hagen grinste. Er hätte wetten können, dass Fernando Lucio in dem Passat gesessen hatte. Wahrscheinlich ahnten Anne und Co., dass er kurz davor stand, den Fall zu lösen, und hatten ihm Fernando hinterhergeschickt.
Blöd. Sie brauchten doch nur anrufen und fragen, wohin er fuhr. Hagen lachte. Er spürte es: Etwas entkrampfte sich in ihm.

Schneller Vorlauf ...
Osterne. Er bog links ab zu den Plattenbauten, hielt dort aber nicht, sondern fuhr weiter hinauf in die Hellberge. Er wollte sich die Fundstelle noch einmal bei Lichte besehen. Außerdem behinderten ihn viele Menschen, die ständig um ihn herumwuselten, beim Denken.
Das Flatterband war noch nicht entfernt, obwohl es sicherlich wenig Sinn hatte. Hier oben in der Wildnis tat sowieso jeder, was er wollte. Ein Flatterband machte höchstens noch aufmerksam und wies den Weg.
Annes Käfer blinkte in der Sonne und Annes weißer Overall hob sich ebenfalls gut von den Bäumen dahinter ab. Sie hatte also den gleichen Gedanken gehabt wie er.
Auch Opa Lachmann hatte die Stelle gefunden. Sein Fahrrad lag am Wegrand. Er selbst saß auf einem Feldstein drei Meter daneben.
Hagen stieg aus. Er knallte hörbar die Tür zu und lehnte sich dagegen.
Worüber mochte Lachmann nachdenken, fragte er sich. Welche Schuld er selbst an dem Drama hatte? Ob er es hätte verhindern können? Mag sein, dass er diesen Überfall mit arrangiert hatte – Hagen glaubte es nicht – aber den Tod seines Enkels hatte er bestimmt nicht mit eingeplant oder in Kauf genommen. Wenn überhaupt, dann hatte er das Geld seinem Enkel zugedacht. Soweit glaubte Hagen den Alten einschätzen zu können.
Hagens Gedanken wanderten weiter zu dessen Nichten, die angeblich – neben dem Enkel – seine einzigen Familienangehörigen waren. Aurelia Fuchs hatte er nur am Telefon gesprochen. Über sie wusste er einfach zu wenig. Nur einen Satz des Alten hatte er im Gedächtnis behalten: Helfried mochte ihren

Mann nicht und ging nie hin. Das war alles. Anders war das bei Irene Meister, die nur ein paar Häuser entfernt wohnte. Sie hatte mit Helfried gespielt, als er klein war. Zu ihr ging er gern. Reichte das, um sich gemeinsam einen Plan auszudenken? Wahrscheinlich war Helfried es gewesen, der seine Tante vorige Woche von der Arbeit abgeholt hatte.

Dass Helfried Lachmann und André Markowski gemeinsam den Überfall durchgeführt hatten, war unstrittig. Doch beide waren tot. Es musste einfach einen dritten geben, der das Messer geführt hatte. Wer?

Helfried Lachmann war durch einen einzigen entschlossenen Messerangriff gestorben. Wahrscheinlich war der Angreifer von hinten gekommen. Helfried hatte ihn nicht kommen sehen oder war auf der Flucht vor ihm.

Hagen wusste nicht, ob Anne die genaue Stelle gefunden hatte, an der es passiert war, und wie weit sich Helfried Lachmann noch immer fliehend über den Boden gezogen hatte, bis ihm die Kraft ausging. Jedenfalls hatte der Mörder offenbar mit kühler Logik gehandelt, nicht panisch, ängstlich oder von Sinnen.

Der Mörder?

Es gab nur einen einzigen Hinweis. Und der war so dürftig, dass er damit niemandem kommen brauchte. Er glaubte es ja selbst kaum.

Anhalten ... Anhalten!

Diese eine Stelle in der Aufzeichnung der Überwachungskamera, die er sich den ganzen Abend und die halbe Nacht immer wieder angeschaut hatte. Sie nährte seine Ahnung – aber sie bewies nichts.

Er sah, wie Anne winkte. Hagen Brandt stieß sich von der Fahrertür ab und beeilte sich, zu ihr zu kommen.

„Da bist du ja endlich", begrüßte sie ihn. „Bitte Vorsicht, ich habe hier Spuren gefunden. Schau mal."

Er beugte sich hinunter und ging Spurenkarte für Spurenkarte ab, ohne zu verstehen, was Anne markiert hatte.

„Was ist das?", fragte er und sah, wie Anne grinste.

„Stöckelschuhe. Nicht hoch, aber auf keinen Fall die Schuhe einer Wanderin."

Jetzt hellte sich auch sein Gesicht auf. Ein erster wirklicher Beweis, dass er richtig lag mit seiner Vermutung.

„Wunderbar, Anne. Gratuliere. Ich werde jetzt mal versuchen, mit dem Alten zu reden."

Anne nickte. „Nur eins noch: Die Schwalbe war hinten lädiert. Aber ich konnte noch nichts sichern. Sie muss erst trocknen."

Alles passt zusammen, alles, überlegte er und nickte. Dann ging er langsam dorthin, wo Lachmann auf seinem Stein saß und blieb abwartend neben ihm stehen.

Der Alte rührte sich nicht.

Hagen seufzte. Dann steckte er seine Hände in die Taschen und sagte: „Ich war heute bei Frau Markowski. Auch ihr Sohn ist tot und sie versteht es nicht."

Er hielt inne und wartete auf eine Reaktion.

Nichts. Der Alte schaute nicht einmal auf.

Hagen fuhr fort: „Dann habe ich mit Frau Kunzmann gesprochen, die mit Ihrer Nichte zusammenarbeitet. Sie und Ihre Nichte standen im Kassenraum und wurden von einer Pistole bedroht. Auch Frau Kunzmann könnte jetzt tot sein. Kennen Sie Frau Kunzmann?"

Wieder keine Reaktion. Vielleicht kannte er sie nicht oder sie war keine Antwort wert. Nun denn. Hagen Brandt gab sich einen Ruck. Seine Stimme war nun lauter, drängender und längst nicht mehr so verständnisvoll.

„Herr Lachmann, wissen Sie, was ich glaube? Ich glaube, der Markowski-Junge wollte unbedingt das Geld. Unbedingt. Aber der ganze Plan für den Bankraub ist ein Gemeinschaftswerk *Ihrer* Familie. Ja, das glaube ich."

Der Alte drehte ihm den Kopf zu, sagte aber nichts.

„Ihr Enkel Helfried und Ihre Nichte Irene haben das alles geplant. Und Irene hat ..."

„Nein! Irene hat damit gar nichts zu tun!" Der Alte schrie es. Sein Gesicht war rot vor Zorn oder vor Scham. So genau konnte Hagen das nicht erkennen.

„Nicht? Wer dann?", hakte er nach.

„Den Plan für den Überfall habe ich mir ausgedacht. Ich wollte für Helfried ein neues Haus bauen lassen. Mein Erspartes hätte dafür nicht ausgereicht. So einfach ist das."

„Und Irene Meister, Ihre Nichte und Filialleiterin, soll davon nichts gewusst haben?"

Der Alte schüttelte heftig den Kopf.

Hagen schaute in die Richtung, aus der er selbst gekommen war. Ein Motorgeräusch. Der Spürhund. Der Passat war wieder da und hielt. Der Motor erstarb.

Hagen Brandt sah wieder den Alten an. Doch der saß reglos auf seinem Stein. Im Hintergrund winkte Anne.

Dreißig oder vierzig Meter vom Plattenweg entfernt befand sich der nächste Bunker. Von hier aus konnte man zwischen Birken und Fichten nur einen bewachsenen Hügel erahnen. Neben einer Fichte stand Anne und zeigte auf den Boden.

Hagen hob das Flatterband und ging auf Anne zu. In seinem Rücken spürte er den Blick des Alten. Auch dann noch, als er bei Anne ankam. Er bückte sich, um unter einem Ast hindurch zu kommen, und wurde von Annes Griff in seinen Kragen abrupt zum Stehen gebracht. Am Fuße der kleinen Fichte lag ein Messer, so eins, mit dem er selbst früher seine Kaninchen geschlachtet hatte. Die Klinge war dunkel, am Griff perlte Regenwasser.

Rücklauf ... schneller Rücklauf ...

Hagen richtete sich auf und stieß sich den Kopf an dem Birkenast über ihm. Fluchend zog er das Handy aus der Tasche.

„Fernando, komm her und bring eine Plastetüte mit."

„Ja, Chef."

Als Hagen sich umdrehte, sah er, zuerst Annes strahlendes Gesicht, dann dass der alte Lachmann sich erhoben hatte und näher kam. Quer über den abgesperrten Bereich.

„Herr Lachmann, bleiben Sie dort stehen. Keinen Schritt näher", rief er.

Aber der Alte scherte sich nicht darum. Langsam und hinkend schritt er voran und wollte sich offenbar von niemandem aufhalten lassen.

„Ich habe gesagt, Sie sollen stehen bleiben." Hagen Brandt ging ihm entgegen.

„Wozu?", fragte der zurück, als Hagen ihn fast erreicht hatte. „Die Spuren hier sind sowieso alle von mir."

Hagen stellte sich ihm in den Weg.

„Nein, Herr Lachmann, sind sie nicht. Und das wissen Sie genau. Ich glaube kaum, dass Sie in Ihrer Freizeit Stöckelschuhe tragen. Nicht einmal mit niedrigen Absätzen."

„Stöckelschuhe? Reden Sie doch kein dummes Zeug. Von Stöckelschuhen weiß ich nichts. Dann muss heute schon jemand hier gewesen sein."

Der Alte versuchte nun ernsthaft, ihn zur Seite zu schieben. Er schaffte es natürlich nicht. Dann war auch Fernando heran.

„Anne, ich bringe Herrn Lachmann nach Hause."

„Und dann, Chef?", fragte Fernando zurück.

In Fernandos Stirn hatte sich eine tiefe Falte eingegraben.

Hagen überlegte, ob er es darauf ankommen lassen sollte, dass der Alte mithörte.

Nein. Es war zu früh.

77

Unterwegs hatte der alte Lachmann schon keinen Ton von sich gegeben und jetzt, als sie vor seinem Haus ankamen, auch nicht. Hagen Brandt stieg aus und wuchtete das alte Fahrrad aus dem Kofferraum. Lachmann blieb sitzen.

Mit einer Hand den Lenker festhaltend, öffnete er mit der anderen die Beifahrertür.

„Kommen Sie, Herr Lachmann. Aussteigen bitte."

„Ich steige nicht aus. Sie müssen mich festnehmen", gab der aufbrausend zurück.

„Aber, aber. So einfach geht das nicht, Herr Lachmann. Zuerst muss ich mir Ihr Haus ansehen. Es durchsuchen. Es fehlen schließlich noch einige wichtige Beweismittel."

Hagen lehnte das Fahrrad an den Gartenzaun und hoffte, den Alten irgendwie zum Aussteigen bewegen zu können.

„Ihr Geständnis ist zu lückenhaft. Verstehen Sie mich?"

Lachmann blieb stur sitzen.

„Gut. Dann bleiben Sie eben so lange hier. Ich gehe allein ins Haus, wenn Ihnen das lieber ist."

Er ließ die Autotür offen, schob das Fahrrad über den schmalen Weg bis zur Haustür und lehnte es dort an. Krampfhaft bemühte er sich, nicht zum Auto zu schauen, als er die Tür öffnete. Natürlich war sie nicht abgeschlossen. Das tat man hier einfach nicht.

Die Dielen knarrten, als er in die Küche trat. Alles sah genauso aus, wie bei seinem letzten Besuch. Nur der Eimer fehlte, mit dem Lachmann das eindringende Regenwasser aufgefangen hatte.

Der alte Herd war sauber, nichts lag in der Spüle, die Zeitungen der letzten Woche waren fein säuberlich auf dem Küchenschrank gestapelt, der aus den Sechzigern stammen musste.

Es gab in der Nähe des Herdes noch eine in den Boden eingelassene Klappe, die wahrscheinlich ein Kellerloch verschloss, links davon eine Tür aus rohen Brettern, die sicher in den Stall führte, und genau gegenüber der Haustür eine weitere Tür. Was er suchte, musste sich hinter dieser Tür befinden.

Draußen hielt ein Auto. Fernando war doch nicht etwa schon fertig?

Jemand öffnete die Gartentür. Dann hörte Hagen die Stimme des Alten: „Halt, Sie dürfen dort nicht hinein. Das ist mein Haus. Ich verbiete es."

„Ich will nur zu meinem Kollegen. Nichts weiter."

Annes Stimme. Dann wütendes Knurren vom Alten, der wahrscheinlich versuchte auszusteigen. Endlich.

Hagen schaute hinaus.

„Anne, kommst du mal bitte?" Er winkte.

„Was machst du hier? Willst du den Alten schikanieren?", fragte Anne leise im Näherkommen.

„Nein", gab er ebenso leise zurück. „Er will alles auf sich nehmen und festgenommen werden. Aber er kann es nicht gewesen sein. Trotzdem muss ich ins Haus. Ich muss das Zimmer des Jungen sehen, verstehst du?"

„Bist du sicher, dass das legal ist?"

„Zumindest muss ich versuchen, dass er mir keine Beweise beiseite schafft. Ah, er kommt. Das ist gut."

„Also, was soll der Auflauf hier?", blaffte der Alte. „Rein

oder raus."

„Rein", sagte Hagen und trat ein. In der Küche wartete er, bis der Alte sich gesetzt und Anne die Tür geschlossen hatte.

„So, Herr Lachmann", begann er, „Sie behaupten also, den Raubüberfall geplant und Ihren Enkel ermordet zu haben."

„Habe ich doch gesagt: Ich war's. Was wollen Sie denn noch?", knurrte der Alte zurück.

Hagen blinzelte Anne zu. Übernimm du, hieß das. Ich habe anderes vor.

„Ich will zum Beispiel wissen, wo das Geld ist", erklärte Anne, während Hagen hinter Lachmanns Rücken die Tür öffnete, die ins Allerheiligste führte.

Das Wohnzimmer. Hagen trat ein und ließ die Tür offen.

Schon beim Betreten des Raumes fühlte er sich unwohl. Hier durfte man nichts berühren, nichts schmutzig machen. Hochglanzmöbel. Jahrhundertwende oder früher. Wertvoll, aber nicht sein Geschmack. Die Fenster auf der gegenüberliegenden Seite waren von Läden verschlossen. Licht drang nur durch die Tür hinter ihm.

„Dort werden Sie nichts finden", sagte der Alte laut von der Küche her. „Das Geld ist versteckt."

Hagen kümmerte sich nicht darum, sondern öffnete die Tür zur Rechten. Das war die Seite, die zur Straße hinausging. Das Zimmer hatte über Eck je ein Fenster und war lediglich mit einem Doppelbett und einem Kleiderschrank ausgestattet. Es wirkte recht klein, was vor allem daran lag, dass die Deckenhöhe nur zwei Meter betrug, wie schon in Wohnzimmer und Küche. Nur war es vor allem in der großen hellen Küche nicht so aufgefallen.

Hagen zog die Tür wieder zu und ging zu der anderen Tür, die aussah, als wäre sie nachträglich eingebaut worden.

Das Zimmer, das er betrat, war wirklich nicht groß. Links neben der Tür stand der Kachelofen, rechts ein Kleiderschrank. An der gegenüberliegenden Wand eine Liege, daneben ein Stuhl und eine Stehlampe. Sie war definitiv das neueste Möbelstück im ganzen Haus. Über der Liege hatte Helfried mit Stecknadeln einige Fotos an die Tapete gepinnt, eine Art Familienalbum, wie es aus der Ferne aussah.

Zwischen Bett und Schrank gerade Platz genug, um die Schranktüren öffnen zu können oder das einzige Fenster. Statt der Fensterläden gab es hier ein Scheibenrollo.

Hagen trat heran und zog es hoch.

Der Betonfußboden war mit einem Teppich belegt. Gegenüber den anderen beiden Zimmern, die er vorher besichtigt hatte, sah es hier eher schäbig aus. Aber dieser Raum diente offenbar wirklich nur zum Schlafen.

Hagen Brandt wandte sich zuerst dem Schrank zu und öffnete die Doppeltür. Links hingen zwei Hemden, eine Hose und eine Jacke. Auf dem Boden stand ein Paar moderne knöchelhohe Freizeitschuhe, wie sie heute jeder Junge gern trug.

Auf der rechten Seite Bettwäsche, Unterwäsche, Handtücher, Tischwäsche. Eine Waschtasche für unterwegs, die so alt war, dass dieses *Unterwegs* schon länger her sein musste.

Er schloss den Schrank und drehte sich zum Bett um.

Das Licht hier drinnen war schlecht und die Fotos waren wirklich klein. Hagen setzte sich vorsichtig auf die Liege, die ein klagendes Geräusch von sich gab, und verrenkte sich beinahe den Hals, als er versuchte, die Fotos zu betrachten: Helfried und Opa. Helfried, Mama und Papa. Tante Irene allein. Helfried, zehnjährig, und Tante Irene.

Unschlüssig schaute Hagen sich um. Er wusste ziemlich sicher, dass er hier richtig war. Er würde genau hier den Hinweis finden, nach dem er suchte. Das war mehr als nur eine Ahnung.

„Hallo?", rief Opa Lachmann aus der Küche. „Sind Sie eingeschlafen? Was machen Sie denn da?"

„Herr Lachmann, bleiben Sie hier und lassen Sie meinen Kollegen seine Arbeit erledigen." Das war Anne. Danke.

Hagen ließ seinen Kopf kreisen, um die Verspannung im Nacken wieder loszuwerden. Am liebsten hätte er sich wirklich ein wenig ausgestreckt und ein Nickerchen gemacht.

Er strich mit der Hand über das Kopfkissen. Es fühlte sich frisch an und ... nein ... es roch auch frisch. Höchstens ein Mal benutzt.

Als er seine Sitzposition änderte, klimperte etwas. Ein Schlüssel an einem Schlüsselring lugte unter dem Kopfkissen hervor. Na, Freundchen, wem gehört denn dieser Schlüssel?

Er hob das Kopfkissen hoch und erstarrte.

Rücklauf ... Anhalten ... Anhalten! Stopp!

Ja, er hatte gewusst, dass er hier fündig werden würde. Vollkommen klar war das.

Zurück in der Küche blieb Hagen vor dem Alten stehen.

„Haben Sie Telefon, Herr Lachmann?", fragte er.

Der Alte schüttelte den Kopf.

„Ein Handy?"

„Heiß ick vielleicht Bräsicke oder Prinzessin Beatrice? Nein, verdammt!"

„Dann gehen wir jetzt und kommen wieder. Sie dürfen das Haus nicht verlassen, bis wir zurück sind. Sie haben Hausarrest. Haben Sie mich verstanden, Herr Lachmann?"

Lachmann starrte geradeaus und reagierte nicht mehr.

„Zur Sicherheit, dass Sie mir nicht abhauen, postiere ich einen Kollegen vor der Tür. Nur, dass wir uns verstehen."

Anne sah ihn ungläubig an. Er zeigte mit dem Kopf zur Tür und schob sie mehr oder weniger vor sich her.
„Hagen, was wird das?", fragte sie, als er die Gartenpforte hinter sich schloss. „Ich denke, er hat gestanden."
„Ja, hat er."
Er winkte Fernando heran, der gegenüber, in der Einfahrt zur Kiesgrube geparkt hatte. „Bleib du hier und sag Bescheid, wenn der Alte das Haus verlassen will. Hindere ihn möglichst daran."
„Und was macht ihr jetzt?", fragte Fernando zurück.
Doch Hagen war schon unterwegs. Zu Fuß. Dorfeinwärts.

78
„Guten Tag, Frau Meister", sagte Hagen Brandt, als die Tür geöffnet wurde. Eine Antwort erhielt er nicht. Sie stand unbewegt im Flur und schien an ihm vorbeizuschauen.
„Ich hoffe, wir stören nicht zu sehr. Aber es gibt da noch ein paar Fragen, die keinen Aufschub dulden. Können wir kurz hereinkommen? Meine Kollegin Pagels kennen Sie ja bereits."
Es dauerte ein ganzes Weilchen, bis sie reagierte.
„Bitte", sagte sie. Ihre Stimme klang weder freundlich, noch unfreundlich, sondern einfach nur tot. Vielleicht ein wenig zu sicher. Irgendwie endgültig. Eine tote Stimme. Aber nur, wenn man genau hinhörte. Und Hagen war jetzt nur Auge und Ohr, bis es Zeit wurde zu reden.
Endgültig. Ja.
Ihre Augen wirkten kalt. Entschlossen und kalt. Abweisend und tot. Ihr Gesicht abweisend, obwohl der seidene Morgenmantel einladend aber unbeachtet aufklaffte.
Abwesend. Endgültig! Tot!

Jedenfalls hat sie nicht die ganze Nacht wach gelegen und über den Tod ihres Neffen geweint.
Er musste auf der Hut sein.
Anne klinkte hinter seinem Rücken die Haustür zu.
Und die ... die Mörderin öffnete die erste Tür auf der linken Seite des Flurs. Wieder eine Küche, aber ganz anders als die vorige. Neue Möbel, Hochglanz, moderne Beleuchtungsanlage.
„Chic, wirklich chic", sagte Hagen. „Alles neu?"
Sie, die Mörderin, nickte, ging um den Tisch herum, setzte sich, band ihren Morgenmantel wieder zusammen und bedeckte dann ihre Beine mit den Schößen des Morgenmantels.
Unbewusste Gesten. Ohne Bedeutung.
Er beobachtete sie dabei und versuchte zu lesen, zu verstehen.
Eisernes Gesicht. Roboterhafte Bewegungen.
Aufpassen, Hagen. Aufpassen!
Er drehte den Stuhl mit der Lehne zum Fenster. So hatte er sie gut im Blick. Das Tageslicht, das durch die Fenster drang, beleuchtete ihr Gesicht schräg von vorn und ließ jedes Fältchen und jede Regung (es gab keine Regung) deutlich hervortreten. Zwischen ihnen stand nur der Tisch. Ein Küchentisch, so alt wie sie beide zusammen. Mit dem neuen weißen Anstrich passte er ganz wunderbar zu der modernen Einbauküche.
Anne blieb an der Tür stehen wie eine Justizbeamte in Dienstausübung.
Hagen Brandt saß und wartete, dass die Stille kam.
„Nun, was wollen Sie wissen?", platzte es aus der Mörderin heraus, als es ihr im Raum anscheinend zu still geworden war.
„Sie fragen ja gar nichts."
„Frau Meister, sind Sie nervös?", fragte er und zog seinen Notizblock hervor, ohne sie aus den Augen zu lassen. Sie

lachte auf. Es klang falsch.

Ja, nervös. Sehr. Aber auch kalt.

„Zunächst möchte ich Ihnen mein Beileid aussprechen."

„Danke."

„Der Tod Ihres Neffen scheint Sie nicht sonderlich aufzuregen."

„Er war ja nicht mein Sohn, sondern ein Neffe. Muss man in Tränen ausbrechen, um glaubhaft zu wirken, Herr Brandt?"

Er wartete. Lauschte in die Stille und versuchte den Grund ihrer Nervosität hinter dem eisernen Vorhang zu ergründen. Ihre Angriffswelle verlief dabei im Sande.

Dann spürte er eine Veränderung in ihr. Wie die Mörderin auf dem Stuhl hin und her rutschte. Er glaubte, die elektrische Aufladung zu hören, die sie beim Füßescharren auf dem Teppich verursachte.

„Irgendein Neffe? Helfried?"

Er stellte es in den Raum. Wartete wieder.

Die Fingerknöchel ihrer verkrallten Hände wurden weiß.

„Wo ist eigentlich Ihr Mann?", fragte er nun und merkte, wie ihre Spannung abfiel. Sicheres Terrain.

„Keine Ahnung. Er ist abgehauen."

„Da war keine Liebe mehr. Eine Antwort, die ich letztens in einem Buch gelesen habe. Keine Liebe mehr."

Sie starrte ihn an, als sei er verrückt geworden.

Er starrte zurück und sagte: „Stimmt doch – oder?"

„Geht Sie das etwas an?"

Er zuckte mit den Schultern. „Vielleicht. Jedenfalls konnte er gehen. Aber Helfried", bemerkte er dann wie beiläufig. „Er konnte nicht einfach gehen. Es war ihm nicht möglich."

„Wie meinen Sie das?" Wütend.

„Nun, er hat geliebt. Innig. Verzehrend. Wie Jungen eben lieben. Sie wussten das."

Sie starrte ihn an. Äußerlich völlig unbewegt. Doch im Hintergrund ihrer Augen sah er ein erstes leises Zittern.

„Bittend", fuhr er fort. „Bettelnd förmlich. Und besitzergreifend. Er hat Sie verfolgt in jeder freien Minute. Hat Sie beobachtet. Hinter den hell erleuchteten Fenstern. Genoss es, in Ihrem Bett zu liegen, wenn Sie auf Arbeit waren. Und als SIE IHN DAZU EINLUDEN!"

„Nein." Tonlos.

„DOCH!" Hagen hieb mit der flachen Hand auf den Tisch. Und noch einmal: „Doch!"

Und mit jedem Donner erschien ein Foto vor ihr auf dem Tisch. Kleine Fotos. Aber sie sprachen all das aus, was sein Gegenüber herunterspielte.

Da war ein Foto mit ihnen beiden. Aufgenommen liegend mit freien Oberkörpern. Und ein zweites, das nur sie alleine zeigte. Nackt auf dem Bett.

Er, Helfried, sah auf dem ersten Foto so glücklich aus. Lachte. Strahlte. Irene Meisters Gesicht auf dem einen belustigt, auf dem zweiten verärgert.

Seine Andenken an einen Nachmittag, vielleicht. Seine ganz große Eroberung, um die er so lange gerungen hatte. Und die einmalig bleiben sollte. Hagen ahnte, dass Helfried danach nur noch das Betteln geblieben war.

„Sie haben ihm Ihre Bedingungen gestellt", sagte er nach einer Weile. „Ihn erpresst. Ihn zu diesem Banküberfall gezwungen. Nie wieder würde er Sie sonst so berühren dürfen!"

Hagen atmete tief durch. Langsam. Geduldig.

Er sah jetzt den Schock in ihren Augen. Sie, die Mörderin, begriff offenbar, dass Sie genau das getan hatte. Vielleicht begriff sie erst jetzt.

Eine Träne löste sich. Klatschte auf die Tischplatte. Nur die erste. Dann schlug sie die Hände vor's Gesicht.

Schluchzen. Heulen.

„Er war doch ... ein Kind ... mein Kind. So liebebedürftig. So sanftmütig ... so wild!", brach es aus ihr heraus.

Für ihn kam der Zusammenbruch zwangsläufig. Er hatte ihn herbeigeführt auf dem Wege. Beiläufig fast, um ans Ziel zu gelangen. Hagen empfand es nicht als verwerflich. Diese Art des Vorgehens. Für ihn war es legitim. Und das Ziel waren Wahrheit und Reue. War es erreicht?

Anders als der Zusammenbruch, den sie selbst herbeigeführt hatte. Der endgültig war. Unumkehrbar.

Hagen stand auf und kehrte ihr den Rücken zu. Er schaute hinunter auf die Dorfstraße. Sah den alten Lachmann, zwischen Wut und Weinen zerrissen.

Zurückgehalten von Fernando.

Dann Anne, die Wächterin.

Ihr Gesicht schien versteinert. Doch ihre Hände zitterten wie seine eigenen auch.

„Das Geld?", fragte er hart.

Sie sah nicht auf. Ihre Hand zeigte zum Spülschrank.

Er sah Anne die Schranktür öffnen. Dann ihr Nichtverstehen, als sie sich aufrichtete mit einer Umhängetasche und einer weiteren Tasche voller Geld in den Händen.

„Warum?", kam seine nächste Frage, ohne dass sich jemand gerührt hätte.

Ein Schluchzen antwortete. Alles andere verbarg sie, die Mörderin, hinter ihren Händen. Minutenlang.

Hagen beugte sich vor und knallte wieder die Hand auf den Tisch.

„Warum, verdammt", brüllte er, „musste Helfried Lachmann

sterben?"

In den Augenwinkeln sah er Anne zusammenzucken und einen Schritt auf ihn zu machen. Er hob abwehrend die Hand. Und als Anne wieder an ihren Platz zurückkehrte, hob die Mörderin den Kopf.

„Es spielt keine Rolle mehr", antwortete sie leise und kopfschüttelnd. „Aber ich konnte es doch nicht zulassen, dass er alles zerstörte."

Sie änderte ihre Sitzposition ein wenig, rückte vom Tisch zurück. Ihre Hände kamen auf den Knien zu liegen. In ihren Augen war keine Angst, keine Reue, keine Trauer. Nichts. Völlig unbewegt schien ihr Gesicht jetzt. Dann sah er eine Veränderung. Ihre Augen schienen dunkler zu werden. Die Pupillen sich zu weiten.

„Nein!", schrie er und sprang vor.

Im selben Moment, wie die Mörderin die kleine Schublade des Küchentischs aufriss und das Messer ergriff.

Die Mörderin schrie, sprang auf. Irrsinn.

Rückwärts taumelnd riss sie den Stuhl um. Krachte gegen den Küchenschrank. Hob die Hand mit dem Messer und rammte sie nach unten.

Hagen stieß den Küchentisch um. Er streckte seine Hand aus, um ihre zu erreichen.

Zu spät.

Die lange Klinge stak in ihrer Leibesmitte. Blut floss über ihre Hand, als die Mörderin noch einmal nachstieß, während sie ihn irre anstarrte.

Dann schloss die Mörderin die Augen, als wollte sie nur noch mit sich allein sein. Ihr Gesicht sah irgendwie selbstzufrieden aus. Dann rutschte sie langsam zu Boden.

79

Als sie die Augen schloss, spürte sie zuerst nur den brennenden Schmerz in ihrem Leib. Und doch war er für sie wie eine Erlösung.
Warum dieser Schmerz? Warum hört er nicht auf? Und warum das Denken nicht?
Dieser Hagen Brandt hat mehr verstanden, als ich mir jemals zugestanden hätte. Mit Helle, das war nur ein Spiel gewesen, bei dem ich ein einziges Mal nachgegeben habe.
Es hat weh getan … wie jetzt.
Doch ich hätte Opa Willi nicht mehr gegenübertreten können. Auch er hatte alles verstanden: Es war eine Sache zwischen ihr und Helle, eine verbotene … Sie verlor den Faden und sah plötzlich ihre Hand das Messer vom Küchentisch nehmen, sah sich zum Auto rennen. Sie hörte das Krachen, als sie ihn auf seinem Moped vom Plattenweg fegte und sich dabei mit dem Messer selbst am Handgelenk verletzte.
Blut … es vernebelte das Bild von Helle, der taumelnd aufstand und zu ihr zurückschaute. Diese entsetzten Augen, als er sie erblickte. Sie und das Messer.
Das blutige Messer!
Sie sah seinen Rücken, wie ihre Hand seinen Kragen packte und ihn nach vorn stieß, als ihre Körper aufeinanderprallten.
Wie sie ihn am Hals herumreißen wollte und das Messer dabei seine Arbeit tat.
Blut … Sie fühlte, wie es warm über ihre Hände lief. Schmerz … der in ihrem Unterleib explodierte. Nein, das ist nicht genug … noch einmal zustoßen … Schmerz!
Schmerz! Blut. Nebel.
Rauschen … Rauschen …
Ein blutroter Himmel … Schmerz!

Epilog

Es war Samstagabend, eine Woche später, als sich nach und nach die Mitglieder von Hagens Kommune im sogenannten Community-Stall einfanden. Fernando Lucio und Jonas Lück waren ebenfalls erschienen. Denn Carla und Knut hatten eingeladen, um ihren Umzug zu Knut zu feiern.

Wieder trank Hagen Brandt einen großen Schluck Rotwein in der Hoffnung, dass sich seine Laune doch noch bessern würde. Aber eigentlich wusste er, dass diese Hoffnung vergebens war. Ja, er hätte den jungen Helfried Lachmann retten können, ging es ihm wieder durch den Kopf, hätte er damals vor der Argo Galera, dem bulgarischen Griechen, wie er das Restaurant nannte, nur sofort reagiert. Dort war ihm aufgefallen, dass das Geld in den Geldboxen schon vor dem Überfall abgenommen hatte. Er hätten dem nachgehen müssen, dann wäre er viel früher auf Irene Meister gestoßen.

Nein, einen Grund zum Feiern hatte er wahrlich nicht. Obwohl er sich eigentlich darüber freute, dass Carla und Knut sich gefunden hatten und nun zusammenzogen.

Die zweite Flasche Rotwein war schon leer und die dritte geöffnet, als Carla fragte: „Sagt mal, muss Anne noch arbeiten oder ist der Fall nun geklärt? Hagen, du weißt doch sonst immer alles."

Doch Hagen Brandt hob nur die Schultern. Er wusste zwar, dass Anne heute nicht arbeiten musste. Denn bis Irene Meister vernehmungsfähig war, würden noch Wochen vergehen.

Aber außerdem wusste er, dass Anne schon zum dritten Mal in dieser Woche nach Eberswalde gefahren war. Er war davon überzeugt, dass er selbst die Schuld daran trug. Vor allem mit seiner Offenbarung, heiraten zu wollen.

Während er Carla wirklich hatte helfen können, von Einsamkeit und Drogen wegzukommen, hatte er Anne förmlich in dieses dunkle Loch der Einsamkeit hineingestoßen.

Natürlich hatte er gehofft, sie würde es verstehen. Sie war für ihn nicht nur Lückenbüßer gewesen, als Silke ihn verlassen hatte. Nun würde Anne ihn verlassen, ihn und Gransee. Wegen eines neuen Jobs, so hatte sie gesagt. Und er nahm an, dass sie sich in der letzten Woche um eine Wohnung gekümmert hatte und deshalb heute nicht zur Feier erschien.

Aber sei es wie es sei – er konnte das den anderen nicht erklären. Er würde schweigen und wenn sie noch so fragten.

Als Hagen von seinem Glas hochschaute, sah er durchs Fenster Scheinwerfer in der Einfahrt auftauchen.

Anne. Sie war also doch noch gekommen.

Als Anne die Tür öffnete, wurde sie von Carla und Silke mit großem Hallo begrüßt. Carla drückte ihr sofort ein Glas Rotwein in die Hand und wollte anstoßen.

Doch Anne wehrte ab: „Halt, wartet einen Moment. Ich habe auch eine Überraschung mitgebracht", rief sie lachend und hob Entsetzen spielend die Hände, als die Fragen auf sie einprasselten. „Wartet. So wartet doch." Anne ging rückwärts zur Tür und öffnete sie. In der Tür stand ein großer Mann, der lächelnd eintrat.

Hagen kannte ihn von früher, ihm fiel nur der Name nicht mehr ein. Aber was ihm dann auffiel, war die Zurückhaltung, mit der Fernando und Jonas ihn begrüßten. Fernando sah richtig enttäuscht aus, fand er.

„Das ist Markus Heldt. Er ist auch bei der Kripo und hat sich nach Gransee versetzen lassen. Wir ziehen zusammen."

Hagen zögerte noch einen Moment. Dann schaute er zu Silke, die froh lächelnd auf Anne zueilte und ihr beinahe überschwänglich gratulierte. Und ihre Freude war echt. Natürlich. Aber sein eigener Frohsinn hielt sich noch zurück.

Trotzdem stand er auf und ging um den Tisch herum. Vor Heldt blieb er stehen und musterte ihn von oben bis unten. Anne hatte sich bei ihm eingehängt. Und plötzlich fiel ihm auch ein, woher er ihn kannte. Von wegen die alte Gesichtserkennungssoftware hat noch Macken, ging es ihm durch den Kopf.

„Eins sag ich dir", sagte Hagen dann so leise, dass es außer dem Angesprochenen wohl nur Anne hörte, „wenn du es nicht Ernst meinst mit Anne, wirst du dir wünschen, hier niemals aufgetaucht zu sein."

Dann schaute er kurz Anne an und hob sein Glas.

ENDE